新潮文庫

お家さん

上巻

玉岡かおる著

お家さん　上巻　目次

プロローグ　7
第一章　波の音　12
第二章　海風　128
第三章　出船　入り船　261

下巻　目次

第四章　地平
第五章　紅炎
エピローグ
あとがき
解　説

お家さん

上巻

プロローグ

これは神戸の「鈴木商店」の物語です。

そして、「お家さん」と呼ばれた、一人の女の物語でもあります。

けど、鈴木、と言うて、さあ、今の皆様のどのくらいがその名をご存じですやろ。

鈴木商店、その商標は、┐辰、┐（カネ）に辰《たつ》の一文字を充《あ》てます。いえそれよりも、社章のダイヤモンド印なら覚えとられる方もいらっしゃるかもしれまへんなあ。なんせこのマークのついた樟脳《しょうのう》は、大正のころ衣類の保存や虫除《むしよ》けに日本じゅうの一般家庭でいちばんよう出回った品でしたから。

いえ、樟脳はほんの一部の仕事にすぎまへん。大正から昭和の初め、アジアで最初の近代化をなしとげた日本が、日の出の勢いのまま、世界経済という国際舞台に躍り出た時代のこと。鈴木は、神戸にこの店ありと、その名を海の向こうにまでもとどろかせた総合商社やったんでございます。

商店というからには、鈴木は何を商《あきの》うたんでっしゃろ？

答えは、エブリシング、何もかも。およそこの地上にあるもので、貨幣を介して商品となりうるものならすべてだす。

樟脳はもちろん、砂糖や小麦、繊維といった生活に欠かせん品物から、ゴム、アルミニウムなどの工業原料、石油、電力などのエネルギー、それに、鉄鋼から船舶といった重工業製品まで、国内のみならず外国相手に、鈴木が扱わん品はおませんでした。それも、全部、みずから工場に出資し、一から産業を興《おこ》してのなりわいでした。

驚かれるかもしれまへんけど、鈴木商店は、かつて日本一の年商を上げた、ヨーロッパではいちばん名の知れた巨大商社やったんでございますよ。お名前を出して恐縮ですけんど、年商でいえば三井、三菱《みつびし》をもしのいどりました。

その量たるや、スエズ運河を通る商船の半分が、船中に鈴木のトレードマークをつけた品物を積み込んどる、と言われたほどだす。

後にはその船さえ、自前の造船所で造ってしまう勢いでしたが、そんな鈴木商店を動かし、世界の海へと突き進んだんは、今で言う企業戦士、商売で国益を成そうと戦うサムライの心を持った男たちでした。

彼らは、ちっぽけな東洋の島国、日本から、軍事力ではなく、経済という知力をもって、欧米の先進国に伍《ご》して生きたんでした。

国土も狭く、資源に乏しく、ほんの半世紀前までちょんまげに刀を差しとった男たちのこの国が、またたくうちに近代化の遅れをとりもどし、世界にメイド・イン・ジャパンの品を輸出してたしかな評価を得るようになったんには、そんな鈴木商店の働きも小《ちい》そうはないはずだす。男と生まれたからには、世界を相手に、故国を背負う大仕事がしてみたい。そんな夢を、みごとに花と咲かせたんが鈴木商店にほかなりまへん。

あれは、そう、あの時代が見せた、大きな蜃気楼《しんきろう》やったんかもしれまへんなあ。日本中が、欧米に追いつけ、欧米に負けるなと、一流国になることをめざして懸命に前進した時代のことでした。自分が大きゅうなれば国の力も大きゅう育つ。そやからこそ、みんなの夢が、前へ、前へと動いたんとちがいますやろか。

日本近代という早暁《そうぎょう》の海に、短くも太い航跡を引いて進んでいった鈴木商店という船は、飽くことなく膨れ拡大し続け、世界に冠たる巨艦になりました。そして時代の潮《うしお》に揺さぶられ、ついには皆の夢や野望もろとも、みずからの重みで歴史のはざまに沈んでいったのだす。

その船と最後までともにあり、沈みゆく水圧を受けつつ最期《さいご》を見届ける。そんな総《そう》帥《すい》のお役目は、並み大抵の胆力では務まりまへん。

重い積み荷を載せられて大海原へ乗り出していく先が、龍神のすみかであっても千尋の海の底であっても、臆《おく》すこともなければ悔いることもない、そんな覚悟で船に乗り込まん限りは。

そのお役目――関連会社約五十社、社員総勢約五千人の頂点に座し、栄光と挫折《ざせつ》の航跡をともにみつめ、全責任を一身に受け止めた主人が、一人の女子《おなご》やったいうんも、今考えてみればおもしろおますな。

女に選挙権すらなかったあの時代に、ようまあ男はんらの上に立って、ようそれだけの商社を、睨《にら》みをきかせ統率しぬいたもんだす。

そのお方の名前は鈴木よね。総帥としての覚悟のもとに、店の命運を見守りつづけた鈴木商店の女主人でございます。

不肖、わたくしは、おそばに長く仕えた女子《おなご》衆《し》の一人として、どなた様よりよくおよね様のことを存じ上げているつもりでございます。こんな昔話をする時には、およね様は、決まってこないおっしゃったもんだす。

――世間様ではこの嫗《おうな》を、偉い女や、烈女やと言うてくださりますけんど、そんなことはあらしまへんえ。

実際、身近にお仕えすれば、家におられるほとんどの時間を繕い物に励んだ、どこにもおられるような「家の女」でありました。

もちろん、その手でつかみ、育て、そして守りたいと願《ねご》うたもんも、なんぼかお持ちやったことは知っとります。

今となっては幾重にもかさなり寄せる歴史の波が、鈴木の栄光と蹉跌《さてつ》の時代を、まるで砂で築いた城塞《じょうさい》のように遠いとこへ消し去ってしまおうとしとります。ふりかえってみるとどんなものでも、自分たちの船が懸命に描いた航跡は、長い布地に残した縫い目のようで、いとおしゅうてならんもんだす。

およね様と同じ時間を過ごしたわたくしも、この年では目も悪うなって、針仕事もままならんようになってきました。後から来て働いてくださるお方のために何も残せんことが残念ですけど、せめてこないしてお話しすることで、過去という名の小舟のともづなを、記憶の岸辺に結うことができたらよろしいなあと思いまして。

耳をすませば、およね様のあの淡々とした口ぶりとともに、遠い波の音の中に響いてはかき消されるはるかな物語が、この胸にあふれてやまぬ、そんな気がしてきてなりまへん。

ほれ、聞こえます。「あれは私《わて》がな、……」というつものあの前置きとともに。

第一章　波の音

いつ見ても　海のけしきの　あらたにて
ならぶ帆舟の　おもしろきかな

1

あれは私《わて》が、初めて世界というようなもんを意識した瞬間やったんとちがいましたやろか。明治も十年を数え、維新の動乱がなおも西郷さんの挙兵によって落ちつくことなく世情を騒がせていた頃のこと、姫路の木場港から神戸へ向かった船が、ちょうど兵庫の港に碇《いかり》をおろした時のことだす。

目をみはるばかりの大きな大きな船が、右に、左に、浮かんどりました。

少女の頃にご一新の世を迎え、何度か親に連れられ上方見物にも出てきましたけんど、当時はまだこないにも外国の国旗をはためかす船の往来はありませんでしたし、これほど巨大なものも、また、おませんでした。私が二十五歳の、ひとかどの人生の挫折《ざせつ》を味わった大人になるうち、兵庫の港は、外国に通じる廊下になっとったんですなあ。

「これからはいやでも毎日見られるで。神戸の町は、そりゃ賑《にぎ》やかやぞ」

港まで迎えに来ていた長兄の仲右衛門《ちゅうえもん》がそう言って笑いました。神戸は異人館見物と称して周辺の在所から人々が集まる名所になっとりました。古色蒼然《そうぜん》とした姫路城を朝に夕に眺めて暮らす播磨者《はりまもの》には、ここはすでに外国でした。

「それより、まずは楠公《なんこう》さんに、おまいりや」

忠臣大楠公の遺功をたたえて明治元年に帝《みかど》が湊川《みなとがわ》に創建をお命じになった新しい神社は、この年鹿児島で起きた西南の役により、兵庫の港から出征していく大勢の兵士たちが必ず立ち寄り拝んで行く名所になっとりました。

「おまえも、これから神戸で暮らすからには、ようおまいりせんと」

兄の仲右衛門は、私とともに姫路を後にしてきた次兄の竹蔵にもそう言いました。次兄は私より三つ上。ともにええ年をした大人になった弟妹に、仲右衛門は長兄として、神戸をこれからの人生をやり直す地とするようすすめてくれたんでした。

「さて、栄町の宿屋に行く前に、異人館見物と行こか」

ここではすべてが兄まかせです。楠公さんから、門前にひしめいている人力車に乗り、メリケン波止場へ。その道中には、外国の商館が立ち並び、外国人専用のオリエンタルホテルや、十間道路の両側に並ぶさまざまな店など、目を奪われるような光景が満ちあふれておりました。なんというても居留地は、下水が地下に設けられているおかげで清潔で、ガス燈《とう》が並ぶ歩道沿いをゆっくり進む馬車、たむろする洋装の人々など、世界一美しい租界と言われておったそうだす。

「これも、異人館？」

角地で一等目立つ石積みの建物をさして、兄に尋ねました。

「それはオランダの銀行やが、いずれ日本も、同じ規模の銀行を作らななららん。ここ居留地で外国と取引をするには不可欠やからな」

洋銀を取扱う仕事で成功している兄ならではの話でした。その言葉どおり、三年後には横浜正金銀行が堂々たる洋館をここに連ねます。神戸はほとんど外国みたいなとこやと思うてたのに、日本人が外国の商館と並んでそない盛大に商売をやるんやとは。

「当たり前や。外国と対等に商売するには構えも対等でなけんとな」

日本人の気概に満ちたこの建物を、後に兄が手に入れ、この私が所有することになろうとは、よもや思いもせえへん会話でした。

「最後は、写真を撮ろうやないか」

ぐるり一通りを回った後で、兄は、元町二丁目で開業している市田左右太の写真館へと私らをいざないました。写真いうても、当時はまだ湿式のガラスに現像する方法で、一枚撮るにもたいそう高価なものでしたけんど、外国人相手の洋銀両替をなりわいとし、華々しく成功しとる兄には、さしたる出費ともいえんかったようだす。

「いずれはお父様も神戸に招くつもりや。いつまでも田舎の商売では、よういかん」

丹波屋という屋号のとおり、父は、もともと丹波の山奥で漆を採って姫路に売りに来ていた商人でしたが、納入先の漆商、福田惣平に見込まれて姫路に留め置かれ、城下の目抜き通りの二階町に、間口一間《けん》ばかりの店を持ちました。屋号は出身地にちなんだものだす。おもに仏壇の漆塗りをほどこすんですけど、店は繁盛し、父は手堅い成功を手に入れました。けど、跡をとるべく父と同じ仲右衛門の名を授けられた長兄ですのに、ちんまりとした商売にはあきたらず、単身、開港したばかりの神戸にとびだして、才知ひとつで一財産築いておったのです。

残った次兄の竹蔵は、父の意を汲《く》み、主筋にあたる福田家の娘を娶《めと》りました。同時に、娘どうし入れ替わるように、妹の私も福田家に嫁ぐことになりました。相手は次男の惣七、生まれた時から知っとる兄妹みたいな幼なじみで、兄たちにとっては文字通り竹馬の友。私もゑみ義姉《ねえ》はんも、幼い時から兄たちの後を追いかけて一緒に遊んだ仲でした。それが互いに夫婦となって、かたい縁《えにし》を二重に結び、家業を守る役目についたというわけです。

ところが、その縁が、ほころびてしもたんです。

次兄竹蔵の色町通いに苦しんだ義姉はんが、親を通じて意見したことから生じた夫婦の破綻《はたん》は、家どうしの反目へと発展していきます。顔さえ見れば兄のことで舅《しゅうと》姑《しゅうとめ》から面罵《めんば》される私は、毎日が針の筵《むしろ》。なんぼ夫が庇《かぼ》うてくれても辛《つろ》うて辛うて。ついにはいたたまれんようになって、実家の丹波屋に逃げ帰ったんは、秋風の吹く頃でした。

私ら夫婦に何ら問題があったわけやおませんし、夫の惣七がまもなく私を迎えに来ました。けど、いったん実家の親の膝《ひざ》にすがって泣いてしまえば、もう婚家での辛抱はできまへん。親たちも、一人娘の私を帰すつもりはのうなっとりました。

結局、狭い世界で小さな成功を守りかためようと汲々《きゅうきゅう》とした父の失敗でした。二組の夫婦もろとも福田家と西田家の縁が終わってみると、家が近すぎたんやら同業やったことやら、かえって姫路を住みづらくしました。早くから狭い地縁のしがらみを断ち切って来た長兄をたよるほかはありませなんだ。

「なんや暗い顔、してからに」

せっかく神戸の賑わいを見ても、やはり弾まぬ顔をしとりましたんでしょう、兄が何度も気遣ってくれましたけど、無理に明るい顔は作れんもんだす。次兄たちのもめごとが起きるまで、私らの結婚生活には何のほころびもなかったもんを、と思えば心が沈んで。

子供こそおりませんでしたものの、惣七はんは私には優しい夫でしたし、私も、妻として嫁として、せいいっぱいに務め、かわいがられてきたつもりだす。なんというても、ものごころついた時から惣七はんの嫁さんになるんや言うて、あの人しか眼中にない狭い世界で育った日々を、なかったことにはできまへん。こないして離縁という憂《う》き目を見たんが、いまだ自分にどんな非があったんか、どうにも割り切れへんのもしかたないことでした。

「今日撮った写真は、ある男に見せようと思う。田舎商人とは違《ちご》て、この神戸で、大きな商売を張る男や。あいつなら、おまえもきっと幸せになれる」

それは妹の気分を晴らそうという兄の思いやりやったんでしょうけど、私はかえって悲しゅうなりました。

「兄さん、うちは器量がええわけやない、あんなもん、他人様《ひとさま》に見せんといて」

ほんまは写真がいやなんとは違《ちご》て、もう次の縁談という、たよりないこの身が悲しいのだす。他の夫を考えられんほど惣七はんに操《みさお》を立てるわけやおませんが、少女の頃からずっと私を守ってくれた男としてのあの人は、もうこの体の一部になってしもとるんだす。

「そんなら、あとで、港へ荷を引き取りに行きがてら、伊作に相を観《み》てもらうか？」

それは、占いに長《た》けた一人の船乗りで、兄の仲右衛門自身、買うか買わぬか迷った相場で、はかりしれない幸運を告げられたことがあったとか。

「おまえが今度はうまく縁づくか、あいつの札で確かめたらええ」

伊作という男の占いは、西洋の不気味な絵の描いてある札を使うやり方で、今から思うとタロットの変形かとも思われます。昔、漂流してアメリカの捕鯨船に拾われた過去があり、船の中で船員たちから教わったのやとか。船底の板一枚下は荒海地獄、という船乗りたちは、そうした占いや迷信にすがって長い航海に耐えとったんでしょう。

伊作の占いの結果は驚くべきものでした。

「さて。これがあんたのつれあいやそうな」

妹の縁談を占ってもらいたい、というんが兄の仲右衛門からの依頼でした。伊作は、私が引いた一枚を、ゆっくり裏に返してみせました。

絵札は、天秤《てんびん》。

「ふむ。商売気もある、運もある。なかなか手堅い男のようやな」

はなから信じとらへんわけやおませんけど、こんな占いにたよらななならんほど、婚姻で人生がすべて決まる女の立場のはかなさが身にしみました。

「ほんで、これが、この縁によってあんたが手にするものやと」

めくってみると、それは船の絵札でした。伊作は、おお、と小さな感嘆の声を洩《も》らしました。忘れもしまへん、風に白い帆をはらませた西洋の船が、緑の小島を背に悠々と走っていく図柄だす。

「女子《おなご》のあんたに、また、えらいもんが出たな」

いったい何が出たというんか、信じるつもりもなく、彼の顔を覗《のぞ》き込みました。

「海峡を行く大きな船。ここ神戸の港の船と出とる。それが、あんたの運命の船やと」

そして彼は、決して豊かでないはずの語彙《ごい》の中から言葉を探し探しして、こう言いました。

「あんたはこれらの船を、いずれ、その手の中に握る勝利者となる」

言うとる意味がのみこめんで、じっと彼を見ました。

先進の港、神戸の出船入り船。そのほとんどがこの結婚の運命を通過して、そして私は女の身でそれら巨大な船の支配者となる。伊作はそう占《うらの》うたんでした。

兄を見ました。ちょうど兄も、怪訝《けげん》な顔で私を見たとこでした。

おそらく兄は、沈みこんどる妹のために、この占いで景気づけをしてくれるようたのんでおいたんですやろ。それが、いくら無学で言葉を知らない船乗りの言うこととはいえ、まさかここまで大きな法螺《ほら》になるとは、きっと予想外のことやったに違いおまへん。

「ははあ。そうか、よねの釣り好きが高じて、船を集めるか」

占いがあまりに真剣なので、その場の空気をほぐそうとして兄が笑いました。

姫路で育った子供時代、鮒釣《ふなつ》りに行く兄や惣七はんらの後を追って、家の近くを流れる船場川まで、よう行きました。釣りは棹《さお》のない直釣りで、私も器用に糸を操り、兄たちに劣らぬ立派な大きさの鮒を釣り上げたもんだす。これには兄も惣七はんも一目置いてくれとったもんだすけど。

伊作は笑わず、もう一度さしずしました。

「もう一枚、引いてみ」

今度は私も笑いまへん。無言で、よう選びに選んで一枚を引きました。今度の札は、図柄いっぱいに伸ばした枝にぎっしり緑の葉を茂らせた木の絵でした。

「ううむ、そう出たか」

いったい何が出た、言うんでっしゃろ。笑わぬ人を食い入るようにみつめて答えを待ちました。

「そうやな。あんたの周りには木が集まる。木は、……男や」

どきん、とせんはずはおません。芸妓《げいぎ》はんならともかく、こんな普通の家の女が、いったいどないして男はんを集める、いうんだす？

「いや、あんたはその木を茂らせて森にもする、枯らして砂漠にもする。あんた自身が家の土や。あんた次第で木は茂りに茂って天を抜き、望みはかなうが、……」

あとの言葉については、伊作は考え込んでおりました。

かなう望み、と聞いて惣七はんのことを思い浮かべんかったというんは嘘《うそ》になります。来世ではきっともう一度夫婦になろう。そう言って涙ぐみ、私をみつめたあの人と、ふたたびどこかで会えるというなら、それが今の望みがかなうということでした。

あかんあかん、すぐに私はうち消しました。あの人は、結局、親にそむいてまでは私を守ることなどできんかった男や、ふたたび会うなんぞ、その木が雷で割れて倒れたところでかなわんことだす。

私はあらためて海を、そこを横切る巨大な外国船の煙を見やりました。私の望み——それはまだこの先あらたにこの胸にわき出てくるんだっしゃろか。そしてそれが樹木のように育って、天へと伸びていくんだっしゃろか。港を漕《こ》ぎだす船の舳《へ》先《さき》に広がる海の道。これから生きる時間が無限の波頭の果てまで続く、そんな気がして、目がくらみます。

「そうかそうか。ほなまあ、今度はよねもうまくいくということやろ」

皆が笑って聞き流したんが幸いでした。いや、誰も正気では信じまへんやろ。もしもそれが男である次兄のための景気づけの占いであったとしても、過大な話と笑うだけだす。

けんど、ふしぎなことだすなあ。その占いは、ずっと後になって、当たったことが証明されるんだす。

私がこんな占いのことなど忘れるくらい時がすぎた後のことでした。外国の進んだ文明に驚いてばかりやった日本が、一丸となって国力を磨きたくわえ、世界に乗り出した大正モダンの世。占いのとおり、神戸港を出る船のほとんどが、ほんまに私の息のかかった船になるんやさけえに。

2

最初の結婚に失敗したよねが人生をやりなおすことになった明治十年の神戸は、港から世界の文物が運び込まれる最先端の町だった。そこには、生まれ育った姫路の城下町のような、歴史の重さが人に投げかける影や縛りはいっさいない。

とりわけ、弁天浜と呼ばれた栄町は、俳人の正岡子規《まさおかしき》が「その美、その壮、名状すべからず」と表現したほどの賑《にぎ》わいで、神戸の経済の中心地として、店々がずらり軒を並べる中心地だった。朝は早くから夜は遅くまで人や荷車が往来し、いきいきとした空気がみなぎっていた。

洋糖の輸入商鈴木商店は、その栄町の四丁目にあった。

洋館、日本家屋、とりまぜて表のはなやかさを競う目抜き通りで、表の間口に対して奥行きばかり長い、黒瓦《くろがわら》の日本家屋がそれである。間口三間《げん》の店先に掲げた「(カネタツ)」印ののれんは、かつて店主岩治郎が奉公していた大阪住吉の砂糖商「辰《たつ》巳《み》屋」から神戸支店をそっくり譲られ、それまでの商号をそのまま用いたものである。

商いは、居留地に本拠を置く外国商館から輸入品の砂糖を買い入れ、国内に卸すというもので、商館との取引は洋銀建ての決済だったため、両替商も兼ねていた。岩治郎とは、祝言《しゅうげん》の日に初めて会った。そもそも兄の仲右衛門が、神戸で商いをする者どうし、少なからぬつきあいがあり、その堅実さを見込んで妹の婿《むこ》にと思い定めたのであった。

三十七歳になるというのに岩治郎は嫁も娶《めと》らずに来た。若い頃は貧しすぎたし住居も定まらず、辰巳屋に奉公してからは一筋に勤めて独り立ちするのに必死だった。今ようやくにして、その手で築いたこれだけの店を、ともにささえる伴侶《はんりょ》が必要になった。ひとまわりも年の離れた紋服姿のその男を、よねは、半ばおそれをもって一瞥《いちべつ》した。

しかし岩治郎の方では先に写真でよねを見ており、自分の隣に座った花嫁姿を盗み見た時、写真のとおりや、と思った。むろん彼の関心は、そこに写った女より、文明の証《あかし》である写真という技術の精緻《せいち》さに感嘆したのであった。

「ええか、よね。岩治郎はんによう仕えて、店をますます繁昌《はんじょう》させることや」

婚礼の後、仲右衛門はあらためてそう言った。よねは今日より、この店の「おかみさん」となるのであった。

緊張している妹から目をはずし、仲右衛門は妹婿の岩治郎の顔をうかがい見た。

無骨で、怜悧《れいり》なまでの商才がとりえの男であったが、これだけの店を築きながら係《けい》累《るい》もなく、その身ひとつという身軽さは、前夫の家族が原因で結婚を破綻させられた妹には、かえってよかろうと思われる。

長年に及ぶ商人としての遍歴により、百姓なみに日に焼けた顔。商売人のくせに無口で、肝のすわった風情《ふぜい》も漂うその顔を、さすがに花嫁のよねはそれ以上見ることができずにいた。だが兄は、岩治郎の面構《つらがま》えに得心しつつ、それでも、この男が妹に神戸の船を支配させる、とは言い過ぎではないか、などと思った。真面目《まじめ》一徹、商売一筋、とても釣り船を浮かばせて遊ぶ趣味人の顔には見えなかったからである。

そして仲右衛門は苦笑する。自分がまだあんな占いを頭にとどめていることに気づいたからだ。

もちろん、よねはそんな大それた夢など見てはいなかった。心にあるのは、ただ、早く惣七を忘れ、この男の妻として尽くさねばという義務感だけだ。

「よろしゅう、たのむ」

後にも先にも、岩治郎がよねに向かって頭を下げたのは、初夜に臨むその時ただ一度きりだった。

婚礼に呼ばれた客はみんな帰ってしまっていたのに、岩治郎は、なかなか寝間には入ろうとせず、自分のこれまでの来し方を長々と話した。皆から飲まされた祝いの酒が、小さな部屋の空気にまき散らされるような饒舌《じょうぜつ》だった。

もともと川越藩の足軽の家であった鈴木家は、暮らしていくにもたいへんな苦労を積まねばならなかった。まして次男にすぎない岩治郎は、幼い頃に養子に出された魚屋を手始めに、奉公先を転々としながら江戸から長崎にまで流れ、苦労の歳月を重ねたようだ。

それでも、勤勉で努力家であった彼は、流浪《るろう》のすえに大阪にたどりつき、洋糖卸商辰巳屋の奉公人の身分から、主人の篤《あつ》い信任を得て神戸の店を任され、まるごと譲られるまでになったのだ。

聞きながらよねは、ひとまわりも年の違うこの男に感じていたおそれが、やわらいでいくのを感じていた。男が過ごした苦労の日々、努力の歳月。今日から自分はいちばん近くにいる者として、その努力と精進を心からねぎらってやるべきなのだと考えた。

とはいえ、話が果てても、なおも行動を決しかねて時間をもてあましている岩治郎に、よねもまたどう接していいかわからずにいる。花嫁を前にして彼が見せた少年のようなとまどいは、人生のあらゆる辛酸をなめてきた男にそぐわず、一瞬だけのその表情に、つい寄り添ってやりたくはなるのであるが、やはり女としての恥じらいと、再婚であることの遠慮と、まだ慣れぬ男に対する違和感とが、よねの体をただ固くさせていた。

こんな時に、前夫のことを思い出すのは不謹慎だ。だが、惣七なら、褒められることの少ないよねの容貌《ようぼう》の中でそれだけはきれいだと自慢できる手を褒め、髪をほめ、気だてをほめて、やさしい言葉で距離を縮めて新妻の不安を取り除いただろう。そしてあの頑丈な胸に抱き取られれば、自分がとろける蜜《みつ》にでもなっていくような甘い時間があるのみだった。お前はわしのために生まれてきた女なんや、というささやきに、よねは本当に彼のためなら蝶《ちょう》にも花にもなれそうなまぼろしに溺《おぼ》れたものだ。あのめくるめく時間の記憶が、今、我知らず体の芯《しん》を熱くしていくことに気づいて、よねはうろたえる。

そして、そのうろたえをかき消すために、こんな突飛な質問を投げかけるのだ。

「あのう、……旦那《だんな》様は、いつか、舟を持つおつもりは、おありやろか？」

「あ？」

当然ながら、岩治郎の顔は怪訝に曇る。

「いえ、……あの、釣りは、お好きかなと」

慌《あわ》てて言い繕ってみたものの、考えてみればこの男が、あの占いどおり、自分に釣りを楽しませる舟を用意してくれるなどと、思うこと自体が突飛であった。

「悪いが、釣りなんぞやっとるひまはない。何を置いても、まず商売じゃ」

その言葉どおり、夫というのは、真面目に働き、手堅く稼ぎ、そして家族を安泰に守ってくれる男が一番だった。決してやさしいだけの惣七とは違って。

「愚かなことをお尋ねしました。こんな阿呆《あほ》ですけど、どうぞ末永《なご》う、よろしゅうに」

あらためて、よねはふかぶかと頭を下げた。

その隙《すき》を狙《ねら》ったかのように、岩治郎は無言でよねを押し倒した。何と乱暴な、と思ったが、彼がなすべき甘い空気や前戯の時は、惣七の逞《たくま》しい体の記憶が代わりに行っていた。惣七によって刻印された二十五歳のよねの体は、すぐに潤《うる》んで男の直情を受け入れる。

自分の欲望だけにひた走る岩治郎のあえぎの下で、よねの耳元に響いていたのは、痛くないか大丈夫かと、壊れ物をいたわるような、丁寧で優しかった惣七のささやきだった。よねは、新しい夫の体の下で、離れてしまった惣七と繋《つな》がっていた。

そのしなやかな反応に、岩治郎はたちまち我を忘れた。苦労続きの人生の底からはい上がってきた彼にとって、友は忍耐だけであり、快楽は刹那《せつな》の夢の断片でしかなかった。だが今日からは、求めればいつもそれはここにある。自分の腕の中の柔らかなものの存在を、彼は何度も目覚めて確かめた。よねは彼がようやく根をおろして得た、やすらぎそのものであった。むろん、まさか自分が妻にしたこの女が、のちに鈴木の名前を歴史に残すことになるとは、かけらも思うことはなかったが。

「このたびもろうた嫁さんです」

岩治郎は、よい日を選んで、私《わて》を近隣の店や取引先へ挨拶《あいさつ》回りに連れて行きました。鈴木家側には、大阪から主家辰巳屋の松原恒七はん、その辰巳屋時代の朋友で、娘婿として大阪辰巳屋を譲られ、同じ⌐辰（カネタツ）ののれんを張る藤田助七はんが付き添い、西田家側には兄の仲右衛門と竹蔵が付き添ってくれました。

なんぼ神戸が新開の町とはいえ、商売に仁義は省けまへん。つきあいの深い店を回りつつ、私はいかに神戸という町が大規模な町か、いかに雑多な職種の人々が暮らしているか、肌で感じて学んでいった気がします。

回漕《かいそう》問屋に宿屋、飛脚、港で積み荷を上げ下ろしする人足たちの元締めなど、同業者や取引先に限らず、岩治郎の商売をささえ助ける、それまで知らんかったさまざまな職種を回っていきながら、これほど多くの人がこの社会にあって分業し、動かしている事実に目を見張りました。貿易とは、一人で成り立つものやなく、これらさまざまな職種が良好に関係し合って立ちゆくもんやと知りました。

今後は、これらの店々と、ただの商売上だけやない、人間どうし長う丸《なご》うつきおうてゆくようにするんが嫁の仕事だす。挨拶回りは、私にそれを教える場でもあったんでした。

鈴木の店は、隣近所の店同様、間口は狭く、奥がウナギの寝床のように長い構造で、皆が立ち働くミセとオクとをのれんで仕切っただけの、昔ながらの商家の構造でした。姫路の二階町の商家で育ったおかげで、たいして勝手は違いまへんが、店が面する通りの広さ、開放感はまったく別です。二階町と言うとおり、姫路では富裕な商家だけが虫籠《むしこ》窓に飾られた二階を持っとりましたが、いずれも武家に遠慮しての、低い、不便なものやったんです。

けれども神戸は誰に遠慮もない町で、倉庫や使用人の寝泊まり用に、ゆったり二階が設けられており、早々とうだつを上げる商家もありました。岩治郎が川越から流れて来ているように、どの店も、近江《おうみ》や長崎、大阪と、全国のいたるところから志ひとつを持って神戸にやってきた者たちが開いた店だす。それだけに、古い伝統や老舗《しにせ》を守る意固地さはなく、才覚一つ、度胸一つで一旗揚げようという気概だけに満ちあふれとりました。

この鈴木商店の「おかみさん」となった私の仕事は、まず店の「母」になることでした。店には、岩治郎の手となり足となって働く三人ほどの手代の他に、ボンさんと呼ばれる、まだ十二、三歳の幼い住み込みの店員が五人もおりましたんで。

貧しい農家に生まれ、嗣《つ》ぐべき田んぼのあらへん次男、三男たちは、小学校を終えぬうちから商家に奉公に出され、住み込んで働くんが普通でした。まだ暗いうちから起こされて、店の掃除で半日、あとは商品の積み卸しや整理、使い走りと、夜また暗《くろ》うなるまで働くんだす。休みは、正月と盆の藪入《やぶい》り二回だけ。貧しい親たちが、先々何年分もの給金を前借りしてしまった者もいて、その借金分が帳消しになるまで、本人は無給で働くのだす。彼らにとって、労働とは、何の楽しみもないつらいものでした。

「内向きのこまかいことは、イシに訊《き》いておぼえてくれ」

夫の使用人を自分のものとして引き受けた最初は、母親ほども年を重ねた女中のイシでした。名前のとおり、無表情で体の大きい中年女がぼそっと頭を下げました。なるほど岩治郎は、この年になるまで女に見向きもせんかったように、近くで働かせる女の容姿にもこだわらんかったようでした。

他には、下働きの小娘が一人。私が来るまで、鈴木の店は、たった二人の女で九人の男の炊事、洗濯、身の回りの世話をすべて受け持っとりました。

「米は毎日一升、朝と夕方に炊《た》いて、残りは握って置いておきますねん」

おそらく丹波の出と思われる、父と同じ訛《なま》りの言葉でイシが言いました。それも岩治郎が決めたんでっしゃろけど、おかずはわずかな漬け物と汁、それを手の空いた者から順に指示されてオクに入ってきてはかきこんでいきます。

「若い衆ばっかりやのに、一升では足りまへんやろ」

米だけはふんだんにあった播磨育ち、ついそない口をはさみましたら、イシはぎろりと睨《にら》んで、

「お気に入らんのやったら直接旦那はんに言うとくれやす」

突き放すように言うんでした。

岩治郎が素直に認めてくれるとは思わず、結局、黙り込むほかはおまへん。

ミセと呼ばれる仕事の場と、のれん一枚で隔てられるオクの私的な空間と。人々が立ち働き、暮らす両方の場を、私はゆっくり見て回りました。

小売り業ではないだけに、店が扱う砂糖のおびただしさはただごとやおません。外

国の商館と取引される砂糖が、大きな筵《むしろ》の袋に入ってミセ先に積み上げられ、しじゅう出し入れされては動いていくんだす。それだけにミセには埃《ほこり》も舞い、殺伐としとりました。

「けんど、掃除はボンさんらの朝の仕事ですよって」

これ以上仕事をふやされとうないイシが、言わん先から声で拒んでおりました。三度の飯を炊くんが仕事のイシには、まるで自分が彼らを食べさせてやっているような錯覚をしとったんかもしれまへん。

「そやかて、国松とかいうあのボンさん、えろう足がしんどそうやないの。あの子に高いとこ拭《ふ》き掃除させせんのは、なんぼなんでもかわいそや」

これまたついそんな口出ししましたら、イシは居丈高に胸をそらし、

「ほんならおかみさんが代わってやったらどないだすいな。誰も人の分まで仕事してやるほどにひまな者《もん》はおりまへんよって」

体格のええイシに見下されると、言いようのない威圧感ちゅうのがありました。いったいこの家の主婦はどっちや、落ち込んだこともしばしばだす。

「ごはんは、決まった時間に皆で揃《そろ》って食べたらあきまへんやろか」

こわごわと、岩治郎に訊いてみたことがあります。各自がばらばらに食べるより、

揃って食べてくれた方が、仕事のけじめもつきますし、オクの段取りもよろし。それに、幼いボンさんたちも、まるで大家族で食事をするような連帯感を持てまっしゃろ。けど、これはいきなり却下されます。岩治郎はこわい顔で言うたもんだす。

「あほか。飯の時間やからと決まって皆で仕事を置いたら、商機を逃すやないか。商売いうんはみんなが同じことをするのやない。人それぞれに終わる時間は違うのや」

そばでは、それ見たことかと言いたげに、勝ち誇った顔をしたイシが、これ見よがしにお膳《ぜん》を引いていきます。

確かにその通りでした。

「あのう、そんなら、……」

次に切り出したのはごはんの中身でした。

「ご飯とお汁だけでは、口寂しかろうて。贅沢《ぜいたく》はいけまへんけど、海のもん、山のもん、添えてやってもよろしいやろか」

これにも、何を言い出すんやと、ぎろり、目を剝《む》いた岩治郎でしたけど、海のものといってもちりめんじゃこ、山のものといってもせいぜいが青菜のひたしかだいこんおろしやと知って、これは難なく認められました。ほっとしてオクを見渡しましたら、おもしろなさそうにイシが顔をそらします。オクのやり方、台所のやり方は、女の数だけあるというてもおかしゅうおません。長年この家のオクと台所を預かってきたイシと、新参者の私がぶつかるんはしょうのないことでした。

万事において厳格な岩治郎でしたけど、主人も使用人も同じもんを食べる、いうんはなかなかできんことです。これは以後、ミセがどんだけ大きゅうなっても、鈴木の方針として貫いていくことになります。

とはいえ、育ち盛りのボンさんたちの中には、栄養不足で脚気《かっけ》を患《わずら》う者もおります。けど、彼らが健康な体でいてくれてこそ、よう働いてもくれるんだす。

ただし、岩治郎は先に釘《くぎ》を刺しておくんを忘れまへんでした。

「毎日食べる米の分量は決まっとるのや。よけいなおかずで、皆がようけ飯を食うたら足らんようになるぞ」

その忠告の意味を実感としてつかめんかったために、ある時、私は失敗します。

商用で京都を回ってきた手代の一人が、仕事がうまく運んだらしく、みやげに千枚漬《こ》けを買うてきてくれたんだす。なんや嬉《うれ》しゅうて、さっそくその日のおかずに出しましたら、これがまあおいしゅうて、皆の食欲をそそり、たちまち二杯、三杯とお代わりがすすみ、おひつが空になってしまいました。これには、岩治郎にえろう叱《しか》られました。

「おまえはメシ代で店を潰《つぶ》すつもりか」

人は安く使うもの、食わせず働かせるもの、と考えとるんが岩治郎で、そんな主人の考えを忠実に遂行しとったんがイシやったわけだす。

「ほれほれ、いわんこっちゃおまへんな」

憎まれ口を叩《たた》きながらも、それでも何があってもオクに支障をきたさんように回すんがイシの仕事で、次の日からの米の配分をうまく都合つけてこの日の不足を埋め合わせてくれたんには救われました。

私は岩治郎から、そしてイシから、ぎょうさん教えられた気がします。いえ、日に日にのことだす、その影響は我知らず骨の髄までしみていくことになるんだすな。後に私が、言葉遣いから食生活、礼儀や身だしなみなど、生活全般で皆に小うるさい教育をすることになるんは、この時の体験で、自分が皆をちゃんと躾《しつ》けてさえおけば、岩治郎まで聞こえることなく、強烈な叱責《しっせき》からも守られる、ということに気づいていったからでした。岩治郎の前では皆に厳しゅう当たり、おらんとこではやさしゅうする。それが私の二つの顔だす。

いいえ、そこまでわかっていくには、何年もかかってしまうんだすけどな。

また、イシには嫌われましたけど、掃除は、女たちが唯一《ゆいいつ》ミセで行う労働としました。拭き掃除など、男たちではどうしても雑になるからだす。拭き掃除用の雑巾《ぞうきん》を大量に用意するんは、私が死ぬまで続ける仕事となります。

それに、ささやかな草花を店の随所に飾ることも、継続的な仕事の一つでした。

「そんなもん、眺めとる暇は商売人にはおませんやろに」

これまたイシとはぶつかりましたが、町でなければ自然のみごとな美しさも目にふれるやろに、忙しゅう働く者にはゆっくり景色を見回すゆとりとてないのだす。せめて身近に季節のかけらがあったなら、それを目にした一瞬でもなごむんとちゃいますやろか。

考えてみれば、最初に嫁いだ「漆惣」では、夫の惣七が次男であったことや、ただでさえ何代目かを数える老舗だけに、当主である舅《しゅうと》の存在が大きゅうて、舅の声を天の声とあおぐ気風がありました。扱う品が漆でしたし、しじゅう埃をたてんよう、咳《せき》ひとつするんも気を配るような辛気くささで暮らしたことは忘れまへん。そやからこそ惣七の、隙さえあれば舅の目を盗んで私に触れる悪戯《いたずら》っぽさが救いやったんかもしれまへんけど。

それにひきかえ、ここでは当主は夫であり、ミセもオクも、その裏側一切を仕切るのは妻たる自分の仕事だす。なんぼイシが忠実でも、岩治郎のやりかた一色では家の幅は広がりまへん。私のなすべきことは、商売だけに邁進《まいしん》する夫には手の回らん、オクをよりようしていくことなんや、と気づいていけば、これほどやり甲斐《がい》のあることは他におまへんでした。直接肩に負わされる責任は、なにより私をふるいたたせたんやと思います。少しでも役にたちたい、よりようしたい、そんな願いが、店の者たちにきちんと伝わっていくのも快感やったように思います。こうしてだんだん私は強うなっていきました。

嫁いだ翌年には、跡取りの徳治郎が生まれます。岩治郎の喜びようときたらおませんでした。まだ乳を飲んでいる赤ん坊に、この店の身上《しんしょう》は全部お前のもんや、と満面の笑みで高い高いをくりかえすんです。怖がって泣き出す徳治郎を取り返し、抱いてあやす私にも、ふだんはあないに財布の紐《ひも》が堅いくせに、珍しく新しい帯を買《こ》うてくれたり。

おかしいことに、あのこわもてのイシまでが、まるで幼な子が人形さんをあやすような優しい顔で、私に代わって子守りしてくれるんには驚きました。私と二人でおる時は、無駄口ひとつきくでなし、笑《わろ》うた顔など見せたこともおまへんのに、徳治郎の前では砂糖より甘いんだす。赤ん坊いうんは無力で自分ではなんもでけへんくせに、大の大人がなんぼがんばってもでけんことを、こないにたやすくやってしまうんだすな。

実家の父や、兄たちからも喜びを隠さぬ祝いの品々が届き、私はこの時いちばん幸せな女房やったんとちがいますやろか。ふと、前の婚家の舅《しゅうと》姑《しゅうとめ》を思い出しとりました。さまざまに罵《ののし》られてつらい目をさせられた人たちに、どないや、私はこないに幸せですと、つい胸を張ってみたくなるんです。いやはや、狭い了見ですけど。

ねんねこで子供を背負って通りを歩くと、私の世界はまた広がりました。あの頃、子供は社会の宝で、皆が小さな子供を見たら誰彼なしに寄ってきては相手になり、さまざま会話がつながって、新たな関係も生まれました。断乳のこと夜泣きのこと病気のこと、私にとって育児についてのお師匠《つしょ》はんは世間様でした。

そんなときです。賑《にぎ》わう栄町の人ごみの中に、惣七はんに似た人を見つけたんは。六尺もある長身は、なんぼ外人さんの多い神戸やゆうたとてそうそうおるもんやありまへん。慌《あわ》てて後を追いましたけど、荷車や人の行き交う向こうに見失《みうしの》うてしまいました。

子供ができてからというもの、私はすっかり母親になってしもて、女であった頃の思い出などはすっかり忘れて暮らしとったんだすな。そやからその時よぎったまぼろしが、もう前みたいに、あの人の声や吐息や指の熱を伴わぬもんになっとったんが、寂しいような、おかしいような。

惣七はんも、もう後添えをもろうて、子供も授かったことやろか。——幼い息子の衣類を縫う仕事は、手だけ動かし、頭を遠いところへ連れ去ります。あの分厚い胸板が他の女を抱くんやと考えたら、以前は焦《じ》れたような思いになりましたんに、今はどこか穏やかに受け止められました。そして、姫路と神戸に離れながら、同時に流れる時間で生きているそれぞれのことを考えました。もう会うこともかなわんやろけど、あの人にも、私と同じだけ幸せになってほしい。手が黙々と進める針目に、そんなことを願《ねご》うたもんです。

三年後に次男が生まれました。夫が、米治郎、と名付けた時にはちょっと感動しました。

「今度はお前の名前を一文字取ろう。この子はお前の子でもあるんやからな」

腹は借り物、と言われ、女は家を継ぐべき子供を産むためのもんにすぎひんと考えられとった時代です。それを、岩治郎が、子供は夫婦二人のものであるとし、妻である私にもそのかけがえのない宝を分け与えてくれたことに驚いたんです。

何かにつけ男の子はやんちゃでならず、それも二人もおると、ただそれだけに手を取られがちになりますけんど、ありがたいことに、目の離せん年頃になった徳治郎はイシがよう面倒みてくれました。

「さあ、徳ぼんはイシと行きまひょ。お母はんはお忙しいのやさけえ」

私が米治郎に手を取られとるのを口実に、イシは存分に徳治郎を独占することができるわけでした。

若いころに所帯を持ったことはあるものの、一粒種の子を亡《な》くし、以後の生涯をこの家の奉公人として過ごしてきた彼女には、泣いたり笑《わろ》たり、感情をそのまま表にあらわす小さな子供のぬくもりは、かたく閉ざされとった気持ちをゆるめる力があったんかもしれまへん。

けど、なんぼイシにかわいがってもろても、やっぱり母親がいちばんええんは子供のならい。時折、私の袂《たもと》をしっかり摑《つか》んで、一緒におりたそうにするんですけど、

「ぼん。あきまへんえ。お母はんの邪魔したら」

強い口調でそうたしなめられると、おとなしい性格のこの子はあきらめたようにイシに連れられて行くんでした。

さらにまた三年後に、三男の岩蔵を授かり、子育てはいっそう忙しゅうなりましたけど、これで鈴木家の未来は盤石のものになりました。みごとに男児ばかりに恵まれた私は、鈴木家のために、大きな役目を果たしたんでした。

夫はますます商売にはげみ、明治二十年には、外国貿易決済の為替業者で作る神戸取引所の理事にも選ばれます。これが後に神戸貿易組合から神戸商業銀行と改まっていくんだすが、貧しゅうてろくな教育も受けられん若い日を過ごしたこの人が、ちゃんとその地位にふさわしい書類が書けたり人前で挨拶《あいさつ》でけたんも、やはり本人の並々ならん努力のたまものやったんでしょうな。おかげさんで神戸の皆様方の信任も篤《あつ》く、店は勢いを増して、店員の数もふえました。私もまた、子供のため店のためにこまごまと働き、過不足のない日々を過ごしたように思います。

三人もの子育てはえろおましたけど、イシだけでなく、ボンさんたちまでが自分より小さい者《もん》の存在を珍しがって、よう相手になってくれたんがありがとおました。徳治郎も米治郎も、店を遊び場にして大きゅうなりましたし、店のボンさんたちが遊び仲間であり兄貴分であり、社会そのものと言えました。かつて男所帯の冷たさを否《いな》めなかったこの店も、私という「母」、子供らという「弟」たちが出現したことで、オクの領域が拡大し、一つの家庭のようになっとりました。

女ゆうんは、自分以外の誰かのために一生懸命になれる時が一番幸せなんかもしれまへんなあ。大きな社会で働く夫をささえ、夫の拠点であるミセを守り、夫の使用人たちが働く意欲をみなぎらせる快適な場にする。オクにあっては、子供らを病に罹《かか》らせることなく大きゅうして。自分のことなんか、かもうとる暇もなかった気がします。

それでも、今思い返せば、あれがまさしく私がもっとも充実しとった時代に違いなく、胸がじんときます。あっというまに過ぎてしまう人生の一時期やからかもしれまへん。

3

よね自身、甘く振り返るそれらの日々には、その後鈴木の森で大きく育つ苗木のような男たちも登場している。

よねに三男の岩蔵が生まれた翌年の明治十八年、十九歳で入店してきたのは柳田富士松。岩治郎にとっては元のあるじの辰巳屋が老年になって外腹にもうけた忘れ形見で、実に温厚な若者だった。幼い頃に里子に出されたばかりか、実父とはその後すぐに死に別れ、長じるまでにその養家が没落するなど、人並み以上の苦労もしており、嫡男《ちゃくなん》でないとはいえ父がのれん分けしてやった、いわば家臣の店に入るについては相当な覚悟があったと思われる。

だが何より彼には、没落した養家のみじめな暮らしから這《は》い出したい、そしてなんとか神戸でひとかどの男になりたい、そう願う思いの熱さはよほどのものであったはずで、一店員として堅実に働く彼を、岩治郎もまたよく重用した。

彼を受け入れるについて、よねはその日彼が着ていたみすぼらしい着物を、長く蔵に取り置いていた。ことがあればそれを持ち出し、彼が鈴木へ来た日の悲愴《ひそう》なまでの初心を思い出させるためだった。事実、富士松は、店でくじけそうになるたび、よねが黙って広げてみせるこの着物を前に、後にはもどらぬ、ならば前に進むしかないと、歯を食いしばることになるのだった。

この富士松に一年遅れて入店してきたのが金子直吉である。このとき二十一歳。直吉がこの店に入る橋渡しをしたのは富士松だった。

受け持ち地域の土佐では、「花の神戸から来る砂糖問屋の番頭はん」で通っている彼は、ある時、数ある取引先の一軒の旦那《だんな》から、見込みのある奴《やつ》がいるのだが主人にひきあわせてやってくれないか、とたのまれる。それが直吉だった。

気のいい富士松は、それも商取引の縁を深める道と考え、推薦状を岩治郎へと持ち帰った。むろん岩治郎は、その店にひとつ恩を売ることで売り上げにつなげようという算段でこれを雇い入れるわけだが、土佐から神戸へ連れ帰る道すがら、富士松は、自分よりわずかに一つ年上でしかないこの男が、暇さえあれば書に親しみ、口を開けばおもしろく、妙に人をひきつける話術をそなえていることに舌を巻く。

それは小雨模様の神戸港から元町通りに着いた時だった。やまない雨に、彼とともに蝙蝠傘《こうもりがさ》を買おうとしたのであるが、直吉はさんざん傘売りに素材や産地、どうやってここまで運んだかなどを尋ねたあげく、傘売りが求める代金に五銭上乗せをして払ったのである。

——土佐っぽと思うてたんに、なかなか粋なことしなさるな。

鈴木での新しい出発に寄せた祝儀《しゅうぎ》買いかと富士松は思った。だが直吉は傘をためつすがめつ見ながら笑う。

——代価にぎょうさん支払うたんは、何もわしが金持ちや酔狂やからやおませんで。聞けばこの傘、西洋の技術に学んで、ええ材料を使い、なかなかしっかりした作りや。じゅうぶん十銭の値打ちはありますがな。そやのにたった五銭とは、割の合わん。

いわく、自分たち商売人というのは、品物にふさわしい価値を算定できる者たちである。単に生産者と消費者の仲介業ではなく、傘屋の言うまま買うようでは商人の資格はない。そして正しい価値をはかってやることで、生産者たちに彼らの技術が安いか高いか知らせることにもつながるだろう。そう言う論にはたしかに説得力があった。

——そない言われればその通りやな。

与えられる仕事をそつなく真面目《まじめ》にこなすことだけに懸命だった富士松には、直吉が説く商人論は、それまで考えたこともない類《たぐい》のものだった。以後、雨でも晴れでも、どこへ行くにもその蝙蝠傘を持ち歩きつつ、まるでさむらいのような精神論を折あるごとに示してみせる直吉に、富士松の方では一目も二目も置くようになる。

もっとも、後の鈴木の繁栄をささえるこの男たちも、当時はさまざま、苦労をした。

「おまえはこんな計算もでけんのかっ。そのそろばんやったら店がつぶれてしまうわい」

今日も、岩治郎が店員を叱《しか》りとばす声が響く。

それはいつもの、商売を終えて店をしまった後の時間のことだった。順次、晩飯を食べにオクに入ってくる手代やボンさんたちや、ボンさんたちにご飯をよそい、世話をしている女中《ママ》の目に、肩をすくめるボンさんたちや、自分が叱られているかのように青ざめてうなだれ、茶碗《ちゃわん》を置いてしまった富士松が映る。のれん一枚で仕切られたミセのほうで、直吉が岩治郎に手ひどく叱責《しっせき》されているのが筒抜けだった。

「富士どん、お代わりはええのか?」

「いえ、もう腹いっぱいで……」

本当は、富士松にとっては、もっと浮かれ気分で食べているはずの晩飯だった。今日は神戸にも電話がつくというので、店を代表して申し込みに行き、十五番という若い数字を引いてきた。それを、珍しく岩治郎から、

——ようやった。

と褒められたばかりだっただけに、急転直下で機嫌の変わってしまった岩治郎の、人を人とも思わぬ叱責は、富士松でなくとも食欲を失せさせられる。

「エッ、黙っとったらわからんやろ。どないか言うてみい」

「へえ、……次も買《こ》うてもらうには、損して得取れと、今回だけ支払いを、待ったりました」

その瞬間、がつん、と鈍い音がした。

「偉い奴っちゃの、お前は主人に口答えすんのか」

短気で、口より先に手が出るのは岩治郎の悪い癖だ。年取ってから得た我が子には甘いのに、店においては容赦のない主人であった。

慌《あわ》ててよねがのれんをくぐると、夫と直吉、凍りついたように向き合う姿が目に入る。袖《そで》をまくりあげた岩治郎の手にはそろばんがあり、それで叩《たた》かれた拍子にはずれたのか、直吉の眼鏡が耳からだらりと落ちて、瞳《ひとみ》がうつろに宙をみつめていた。

「すまなんだ、と思うのやったら、せめて今から行って金払《はろ》うてもろて来い」

よねの登場に、急ぎその場をとりつくろい、岩治郎は顔も見たくもないといった表情で言い捨てると、先約のある寄合《よりあい》へ行くためか、ふいと店を出ていった。

昨日は昨日で、集金の明細を知らせるはがきを書き損じたのを、情け容赦なく皆の前で叱りとばした。そこまで言わなくてもよいものを、岩治郎は、はがき代を給料から天引くと、皆の前で罵ったのだ。

こんな扱いが続いては、まるで直吉が無能なようだが、岩治郎の癇癪《かんしゃく》は誰彼なしに発せられるのが常だったし、日頃、直吉の一所懸命さには同輩たちも頭が下がるほどであっただけに、そこまで激しく叱られれば、かえって目立ってしまうのだった。

「しゃあないなあ。旦那はんは、短気やさけえに」

手ぬぐいで、割れた額から滲《にじ》み出している血をぬぐってやる。泣きたいほどのみじめさに耐え、粗末な絣《かすり》の肩を小刻みに振わせる小男がそこにいる。

それ以上黙って聞いていられなかったのか、富士松も後ろにやって来ていた。しかし何ができるわけでもない、ただ同僚の痛ましい姿に歯を食いしばっている。

「さあ、早《はよ》うご飯、食べ。——あないに叱るんはな、どうでもええ者にはせんことや。おまえやから、見込みがあるから、心を鬼にして言うんだっせ」

言葉を尽くして慰め、飯をよそう。だが憐《あわれ》みは、大の男に必要であったかどうか。

「大丈夫だす。……これから行って、早う支払《しはろ》うてもらえるよう話してきます」

慌《あわ》ただしく飯をかきこむとけなげにも表へ出ていく後ろ姿に、よねは、ほんなら気を付けてな、と見送るだけだ。

過酷な商売の世界に、女の自分が立ち入ることはできない。たとえ幼くても未熟でも、いったんこの道に足を踏み入れたからには、あくまで、彼が完遂するべき仕事であった。

よねは皆が店をしまってからも、乏しいランプの灯の下で縫い物をして待った。夏の間に、やがて来る冬のための衣類を用意しておかねばならない。子供も含め、二十人ちかい大所帯のこの家では、縫い物は、片付けても片付けても、毎日のようによねを追いかけてくる。

表のくぐり戸を開けて直吉が帰ってきたのは、一刻半《いっとき》もすぎてからのことだった。

「お帰り、ご苦労さんやったな」

声をかけると、よねがまだ起きて待っていることに驚く直吉がいる。

「どないやった。うまいこといったんか?」

「へえ、おかげさんで。明日、ちゃんと支払うてもらえることになりました」

聞けば、商品を売ればつきものの艀代《はしけ》を、全額こちら持ちにすることを交換条件に、早い支払いに応じさせたのだという。

「ちょうど、新潟の尾崎商店に売った砂糖を載せる艀にゆとりがおましたんや。一緒に積み込んでしまえばタダでっさけえ」

知恵の回る直吉ならではの働きだった。苦労話も、うまくいったら万事うれしい。

「そうか。金さえもろてくれれば旦那はんにも大きい顔や」

わがことのようにほっとした後、よねは、

「なあ、直どん」

言い出したものの、後をつなぐのに一瞬のためらいがあったのは、これから自分が言うことが女の分際で出過ぎたことになるかもしれぬ、そんな遠慮があったからだ。

「あんた、砂糖とは違う品物、扱《あつこ》うてみたらどないや」

稼業《かぎょう》の砂糖は、もっぱら岩治郎と富士松とで仕切っているため、直吉の出番がないのはしかたのないことだった。だが、それを逆手に、彼らが手を出さない品物へと転換すれば、それは彼しかできない商売になるのではないか。よねはそんな提案をしたのであった。

「どんな品物です、と訊《き》かれたら、それはあんたのほうがよう知っとりまっしゃろ」

何も商館から買い付けて来る輸入ばかりに固執せず、こちらから日本の品を売り込んでみてもよいのではないか。軽くそんなことをも付け加えた。

眼鏡の下の直吉の瞳《ひとみ》が光ったのは、それがまさに自分の探しあぐねていた答えだったからだった。長い経験があり信用を背景に大きな商売に出る岩治郎には、直吉のやり方が心許《こころもと》なくてたまらないのだ。だから時には怒りを誘うことにもなる。だが、岩治郎も扱ったことのない品物ならばそうはいかないだろう。

「まあ、よう考えてみ。……それより、これ食べ」

商館を歩き回るだけでも疲れたろうに、遅くまでかかった商談では、さぞかし空腹に違いない。よねは取り置いた小さな羊羹《ようかん》の切れ端を懐紙に包んでさしだしてやる。

「おおきに。そやけど、……」

羊羹をもらってうれしいどころでない熱い思いが、直吉を浸していた。自分しか扱えぬ新しい品物に手をつける。そんなあらたな目標が、疲れきったはずの直吉を奮い立たせていたのである。

「遠慮せんでええのに。ほな、早う寝えや」

よねがオクに消えるのを見送った後で、直吉はふたたび羊羹に目を落とす。

羊羹は、表面が乾いて、眼鏡越しにも固そうに見えた。贅沢《ぜいたく》を許さない岩治郎の手前、よねは、頂き物の羊羹を大事に水屋にしまっておくうち、こうして時期を逃してしまったものだろう。

しかし直吉は思い切り羊羹にかぶりついた。やりまっせ、そんな意気が、体の奥からほとばしり、口の中で羊羹の甘味とないまぜになって直吉を恍惚《こうこつ》とさせる。

金子直吉。のちに日本経済界の怪物とも呼ばれ、鈴木をまぼろしの総合商社へと育て上げる、鈴木商店の大番頭の若き日である。

直どん、だすか。

そうやなあ。ふしぎな縁でおましたなあ。

彼が店に入ってきたんは、おとんぼの岩蔵がまだ三歳ばかりの小さい頃でした。何でも片言で喋《しゃべ》る時期で、兄貴の徳治郎が「これなんぼ」だの「これ負けて」だの、ふざけていらんこと喋らせて、皆でおもしろがっとった時期でした。子供好きの直どんは、子供らには一番好かれたんとちがいますやろか。徳治郎も岩蔵も、よう遊んでもろたもんだす。

この時期、店があったおかげ、皆がおったおかげで、私《わて》はほんまに救われとりました。夫の活躍、店の発展、子の成長。ええことばっかりやったように聞こえまっしゃろけど、そうやおまへん。

私は、姫路の舅姑に見せつけてやりたいなどと胸を張った、あの幸福をなくした女でもおます。幸せいうんは人に見せつけ胸を張るもんやないと、神様に懲《こ》らしめられたんかもしれまへんな。七歳になってやんちゃを発揮し始めたばかりの次男米治郎が、たった三晩の高熱で、私の手から奪われてしもたんだす。

衛生事情の不備や医学の未発達など、生まれた子供が全員成人する家庭はまれな時代のことでしたし、子を失った母なんぞ、私だけやおまへん。あの慟哭《どうこく》が、私だけに訪れた悲劇と言えへんのはわかっとります。それでも、どうにも助けてやることのできなかった幼い者の苦痛を思って、私は何度も神仏に祈りました。

子供はほかに二人もおるやないか、いうんが夫の慰めでしたけど、何人おっても、米治郎という子はあの子だけ。泣いたらあかん、と思うものの、あの子が残した小さな椀《わん》や匙《さじ》や、衣類の山を見ては涙がこぼれました。

けど、泣き暮らしてばっかりもおられまへん。何を見ても涙のこぼれる私に、十歳になった徳治郎が、

「お母さま、米治郎がおらんで寂しいん？　ぼくと岩蔵だけでは、米治郎の分にはならんの？」

そんなことを言うてそばに立つんが、いとしゅうて、思わず抱きしめ何度も頭をな

でたことでした。そうや、私は米治郎一人の母親やない。わが子に、そう思い知らされた瞬間でした。

私は、他の二人をいっそう大事に、厳重に育てるようになりました。夫も大切、店も大切。けど、比べろと言われたら、この子らの命の方が重いと答えたに違いおまへん。あんたらは丈夫に、立派に育つのやで。ことあるごとにそうつぶやく母に、はい、とけなげに答えてくれる兄弟でした。

そして私は、こんだけひれ伏しても、それでも願いを聞き届けてはくださらんかった神や仏に、いっそう清く身を慎んで、声を聞いてもらえる者になろうと誓《ちこ》うたんでした。

私も三十路《みそじ》の半ばでした。ほんま、若《わこ》おました。

さて、直どんだす。

直どんがどのくらい忠義な男やったかは、あらためて言う必要もありませんやろ。私が「母」で、直どんが店の「子」。けど、ほんまの子でもない者《もん》に、母たろうとするんはどれだけ難しいか。

けんど、私も若うございましたわ。無理なことでもできる気がしとりました。ほんまの母親がそばにおったら、この子らとて、遅くまでよう働いたんや、もっといたわってもらえますやろ。そやからせめて代わりに、この子らに、お腹いっぱい食べさせ、季節に応じてさっぱりした衣類を着せるんが私の務めと思うとりました。いっときでも仕事のつらさを忘れ、また明日働く気力がわいてくれれば。ただそれだけを願《ねご》うて。

そんな若気のいたりで、やめていく者をひきとめたこともようあります。なんせ岩治郎は、店の子をくそみそに言うて叱るんやさかい、誰やったってやめとうなります。ほんまのとこ、どこの店でも使用人の出入りは激しゅうおます。なかなか続かへん者、こちらからやめさせる者、一年のうちに店を去る者はけっこうおって、それで店員の新陳代謝がはかられとったんだす。神戸に流れ込む人口は年々ふえて、新しく働きたいと言う者はいくらでもおり、採用に困ることはまずおません。それゆえ、みずからやめていく者を、あるじみずから慰留する、ゆうんは、よほどのことだした。けど、そんなこと言うとったんでは、せっかく育とうとしとる者を見捨てることになります。「母」としての私は、主人に隠れても、店の者を最後まで見てやらななりまへん。

あれは、さあ、直どんが店に入って、まだ二年とたたん頃でしたやろか。岩治郎が出掛けるんに、人力車の先にたって露払いみたいにして走る役目を直どんにさせたりしとった時のことだす。

富士どんが、言いにくそうに口を開いたんだす。

「あのう、おかみさん……直どん、いつ帰ってきますんやろ」

土佐の母親の具合がようない、というんで見舞いに帰った直どんが、なかなかもどってこんかったんでした。富士どんにすれば、自分が連れてきた男やし、どないしたんか気になっとったんでっしゃろ。年は下でも、店では自分が先輩にあたり、すでに「手代」の地位にあるのにひきかえ、直どんは年だけ食った丁稚《でっち》にすぎず、いまだ仕事らしい仕事もまかされてまへん。それどころか、ボンさんにも務まる人力車の露払いでは、たしかに気の毒すぎますわな。岩治郎に尋ねたところで、

「帰りとうない者《もん》は帰ってこんでええ。店は、どないでも回る」

あいかわらず、直どんなんかおらんでもかまわん、と言わんばかりの態度です。

うちの人も、なんであないに直どんを嫌《きろ》うたんでっしゃろか。後になって、よう考えてみたもんだす。もしかして、苦労人独特の直感で、直どんの持つ成功の相も破滅の相も、早々と見抜いとったんでしょうか。今となっては知るよしもおまへん。

「ほんに、もう五日になりますなあ」

私も内心、気になって、直どんが往《い》んでからの日にちはちゃんと数えておりました。

「富士どん、すまんけど、お供をしてくれるか」

声をかけると、富士どんはびっくりしとりましたわ。なんせ私が、土佐まで行く、と言い出したんやさかいに。


ある朝、山裾《やますそ》のどん詰まりに建つ粗末な金子家の藁屋《わらや》のかどに、よねが立った。

「直どん、迎えに来ましたで」

直吉は慌《あわ》てふためいた。病気だと口実にした母のタミはすこぶる元気で、一日として欠かしたことのない野良に今日も出掛けようとするところであった。

「どうぞ、むさくるしいとこですけんど、上がってください」

「いや、そないゆっくりもしとられまへんのや。帰りの船は夕方やさけえ」

背後では従者役の富士松が笑って付け加えた。

「昨晩は船の中、今晩も船の中。畳の上では一夜も寝ん強行軍や」

自由な身ならともかく、どんな理由にせよ主婦が自在に家を空けることは難しい時代である。実家の法要で、と兄の仲右衛門に口裏合わせをたのんで出てきた期間は三日かぎり。イシにたのんで残してきた子供らも気になり、とんぼ返りで船に乗るつもりでいる。癇癪《かんしゃくも》持ちの岩治郎は、前にも一度、実家にもどったよねが、帰路、予想外の加古川の出水に阻《はば》まれて帰りが遅れただけで、烈火のごとくに怒り、離縁や、と口走ったほどだったのだ。

「道中、海の景色は楽しゅうおましたえ。土佐は、緑の国ですねんな」

どんな旅でも、景色が異なり人が変わる事実は目に楽しい。ことに南国土佐の山々は鬱蒼《うっそう》たるゆたかさで、よねの見知った播磨や神戸の山とは明らかに違う。物見遊山《ゆさん》の旅ではないのによねははずんだ。出張で西へ東へ歩いて稼ぐ彼らが、過酷な仕事を、せめてもこんな山の緑、海の青に慰められているなら何よりだった。

「さて、直どんに、これを見せとうてな。何かわかるかいなあ」

初めから、母が病気ではないと見抜いたかのように、タミの具合を尋ねもせずによねは袱紗《ふくさ》を開いた。そこに、白い薬包みが二つ、あった。

白い紙を一つほどけば、聞かれるまでもなく、それは店で扱う砂糖とわかる。この時代特有の、精度のよくないざらりとした粒で、白と言うにはくすみがあり、鼻で嗅《か》ぐまでもなく見分けはつくのだ。そしてもう一つ。白く結晶しながら、水を含んで溶けそうなつぶ。

「これは――、土佐の特産の、樟脳《しょうのう》でっか」

つぶやく直吉に、よねは富士松と顔を見合わせ、うなずいた。

ここへの途上、神戸からの船を降りた高知浦戸の港で、積み込まれようとする樽《たる》からこぼれたのをもらってきたのだ。

笑いながら、よねはそれぞれ指でつまんでさらさらと落とした。

「いやいや、たとえばの話だす。この白いもんは、どっちも、うちら日本人にはまだまだ贅沢な品や。けど、西洋では誰でもあたりまえに使うのだすて。なんや、よう似とるなあと思うてな」

直吉はもう一度、よねの意図をさぐりたくて顔を見る。

「文明開化とは言うけんど、日本がほんまに西洋なみの国になるなら、どこの家も、これらの白を贅沢と思わず使えるようにならんとあかん。そうですやろ」

貧しい金子家の軒先だからこそ、いっそうそれは説得力がある。この家では、家族の主食を確保することが優先で、樟脳どころか、砂糖でさえも貴重品なのである。

「ほんなら直どん。これらを安う、誰でも手に入るようにしてやるんは誰ですのん?」

よねは直吉の目を、じっとみつめた。

「うちら商売人しかおませんやろ?　違いますか」

今の鈴木は、砂糖だけを主眼にしているが、商売はやり方次第だ。その気になれば商機はいつでも道を開いて待っている。

「思う存分商売して、この国を強くゆたかにしたいんなら、ここでくすぶっとったらあきまへんがな。商売は、自分ひとりが潤《うるお》うためにするんやない、国が、民が、しあわせになるため苦労を重ねるもんでっしゃろ」

そうだった。問題は、主人からやらせてもらえるかどうかではなく、みずからやらねばならぬのであった。

直吉はうなだれた。

土佐に帰ってきてからの日々は、むなしかった。ふいに帰ってきた直吉を不審がって、タミは何度も店に帰らなくてもよいのかと聞いた。そのたび直吉は返事をそらし、どこか近隣で小商いでも始めるか、などとつぶやいた。商才のある直吉のことだから、わずかな元手で、故郷で小商いでも始めればそれなりに食べていけるかもしれない。しかし、自分のめざした商売は、そんなものだったか？　栄町のあの賑《にぎ》わいを思えば胸が波立った。

「わしは、忘れとりました、……」

こんな貧しい山村に生まれ、家を助けるために紙屑《かみくず》を集めて売り、奉公に出されたのは十になるかならずの年だった。何軒かの店で丁稚となって働いたが、質屋の傍士《ほうじ》久万吉《くまきち》に雇われてからは、店番をしながら質草の書籍を読みあさり、学生も裸足《はだし》で逃げ出す知識を身につけた。その切れ者ぶりは、主家にふりかかった裁判で弁護士代わりに弁論に立った事実でも証明されている。

いくら独学にいそしんだ直吉が賢明であろうと、たかだか二十歳の若造、辣腕《らつわん》弁護士を相手にかなう話でないと、当初、主家でもとりあわなかったが、いざやらせてみると、二度の民事訴訟にみごとに勝訴してみせた。世間は度肝を抜かれ、主家でもこれは凡人ではない、と将来を見込んだというわけだった。

元来、土佐は維新の志士が輩出した国だ。そして自由民権のうねりを生んだ地でもある。男たちは、常より天下国家という大きな視野でものを見る。あるじもしかり。土佐の田舎に埋もれさせておくより、外国相手に門戸を開いた花の神戸で存分に能力を開花させ、国のために働いてこい。そんな願いをこめて、あるじは直吉のために推薦状の筆をふるったのであった。皆から嘱望されるだけの、光る何かが彼にはあったということだ。

ただ食べるため、家族を養うための商売ならばどこでもできる。だが自分は、日本の水際《みずぎわ》であるあの神戸で、外国を相手に国と国との利益を賭《か》けた取引をなし、誰もができない巨利を挙げて成功するという大望を抱いて土佐の山々に背を向けたはずだ。

そのことを、よねが、思い出させてくれたのだ。

「わし、……神戸に、帰ります」

もしも彼がそのまま高知を動かなかったら、あるいはその後の鈴木商店の歴史も変わっていただろう。よねの思いが直吉を変えたのだ。よねがいなければのちの金子はなく、金子がなくばのちの鈴木もありえない。よねはみずからの手で、店の歴史を動かした。

「直吉よ。金子直吉という、一人の男を見捨てなかった、そのことによって。

おまえを拾ってくださったご主人の恩を忘れんと、死ぬ気で働かなあかんぜよ」

息子が旅立つというのに今日も野良へ出掛けねばならない母のタミは、日に焼け、小さくなった顔を深々と下げ、何度もよねにお辞儀をした。

「おかみさん、ほんま申し訳ないことだす。……今後は、直吉が日本一の商人になるまで決して土佐には帰ってこんよう、休みもやらんとっておくなはれ」

すすんで子を手放したい母などいない。直吉を送るタミの姿に、よねの方こそ頭の下がる思いだった。

もう迷わん。この家の軒先に錦《にしき》を飾ってみせるまで、もう、ここへは帰って来ん。

直吉は無言で母に誓っていた。

「よかったのう、直どん。よかったわ」

わがことのように喜んで、富士松が肩を叩《たた》いた。自分の居場所はここにあった。よねの面前に、そして朋友《ほうゆう》の隣に。そこが自分の帰る場所だった。


私《わて》が何かしたんやとすれば、それは女の繕い物によう似とります。着物であれ雑巾《ぞうきん》であれ、一枚の布がよう働けるよう、丈夫に重ね、形を整えて縫い合わせます。使《つこ》うたあげくにくたびれて、布目も薄うなったら、今度は弱いとこに木綿の糸をぎょうさん刺して補強して、また働けるようにして送り出す。ただそれだけだす。

繕う、いう字は糸へんに善と書きますやろ。善《よ》うなるように、善うなるように、心をこめてせっせと糸を縫い込めるしか、女の私にはできんのだす。

甲斐《かい》あって、帰ってきてからの直どんは、目を見張るばかりの働きぶりでした。

人を人とも思わぬ岩治郎は、

「何しに帰ってきたのや」

と、罵詈雑言《ばりぞうごん》はあいかわらずでしたけんど、直どんはもう気にならんようでした。阿呆《あほ》やのボケやの罵《ののし》られるたび、それを挽回《ばんかい》する結果を出せば主人を黙らせることができるんや、とわかっていったんは何よりの収穫だす。砂糖は岩治郎と富士どんにまかせて、樟脳をその手でやり始めた直どんは、めきめき売り上げを伸ばし始めていくのだす。五年、六年はあっというまに過ぎていきました。

皆が直どんを煙突男とあだ名するようになるほど、その働きぶりはまっすぐ上に向かって突き進むばかりで、商売への入れ込みようは熱さを増していきました。主人から言いつけられる前に仕事をみつけてみずから動き、予定にない利益を得て戻ってくるのはもちろん、安い時に仕入れておいて、値段が上がるまで時期を見るのも彼一流のやり方でした。

それとは対照的に、富士どんは着実でしたな。決して大きな賭《か》けはせず、安く仕入れても、置いとったら場を取るから、というような単純な理由で、そこそこの値段になるとあっさり手放し、在庫として寝かすことをせんのが特徴でした。

二人はまるで車の両輪のように、よう働き、刺激しあって、京都や大阪、明石《あかし》、姫路と、関西一円を足で歩いて小売店へ卸しに回って、販路を開拓してきました。また樟脳の仕入れには土佐や九州などへも何日もかけて足を延ばしたもんだす。どんな経験豊富な者も、思いどおりに売り買いが進むわけやなく、時としてあてがはずれて難渋するんですけんど、直どんは、予定した数字が取れるまで歩いて得意先を回ることで数を減らすことはありまへんでした。

みんな、毎日足を棒のようにして帰ってくるのを知っとりましたから、いつでも笑顔で待ってやるんが、これまた私の務めでした。

「これ、イシやん。直どん、富士どんが帰ってきたで。足盥《あしだらい》、出したって」

舗装されていない昔ながらの街道を西へ、東へ歩き回っての帰店です。早いもんで、直どんがこの店に入ってきてから、足かけ八年が過ぎとりました。両方の足は埃《ほこり》まみれで、むくんで指には豆もできとりました。それを、お湯の入った盥で洗わせるんです。着物に脚絆《きゃはん》、草鞋《わらじ》の時代やから、旅装を解いて湯の中に疲れた足を解放する瞬間は、この時のために今日一日の苦労はあった、と思わせるほどやったんとちゃいますやろか。

「今日は明石まで行きましてん。明日は京都だす。こないだお得意先の井口はんでは門前払いでしたさけえ、かたきを取ってこなりまへん」

足湯を使いながら、しぜん、皆の言葉もはずみます。一日十銭の手当で、明石なら、行き帰りに二足の草鞋を切って弁当代もかかります。それでも、直どん、富士どん、そのうちから三銭四銭貯《た》めとったいうんですから、ほんま、頭が下がります。

「そらそら疲れたやろ。ごはん食べたら、先に風呂《ふろ》に入ってよう休み」

もちろん、湯から上がれば、さっぱり洗《あろ》うて日に干しておいた浴衣《ゆかた》が待っとります。

脱ぎ捨てた昼間の着物は、また明日、脛《すね》や肘《ひじ》のほころびをきちんと継ぎを当てたりかがったり、見苦しゅうないよう繕うのだす。

二日に一度立てる風呂も、また家の女の大仕事だす。栄町には銭湯も何軒かありましたんに、岩治郎はこれだけを唯一《ゆいいつ》の贅沢《ぜいたく》として内湯を楽しみにしとりましたんで。焚《た》き物の用意から水汲《みずく》み、火の番、それも全員が使い終わるまでかかります。

入る順番は厳格でした。一番風呂は主人の岩治郎。これはどこの家でも決まったことだす。次に幼い子供らに使わせて、その後は店の者に先に入らせます。終《しま》い風呂はいつも私だす。働き盛りの若い男衆が使うた後は、風呂場はそら見苦しいもんでしたけど、掃除も兼ねて入るわけだす。彼らは店のために働く者たちであり、主人の妻といえど、直接店の利益に貢献せえへん女が皆の最後に回るんは当然でした。

洗う、着せる、食べさせる。私にとっての毎日の仕事は、新しいものを外から引っ張ってくる商売とは違い、同じ毎日がなめらかに流れるようにしてやることだす。大きな変化はおませんけど、若い者と活気あふれる会話を交わせば、ああ自分もちゃんと生きとるのや、そんな実感がもらえるんやさけえ。

4

鈴木家に嫁に来てから、十七年の歳月が流れようとしていた。夫の岩治郎は神戸の商工会議所の議員として世間からも一目置かれ、商売は順風満帆。鈴木商店の神戸における信用も揺るぎないものになっていた。よねは四十代を迎え、傍目にも、何一つ足りないもののない大店《おおだな》のおかみさんである。常に皆の「母」であろうとする心がけは変わらず、皆に代わってその健康に気を配り、守り、祈る毎日だった。

そんなよねは、直吉にとっては、この世で絶対的な存在だった。

それは自分で選んでこの世に生まれ落ちることのできない宿命に似ていた。

富士松に連れられ初めて神戸の鈴木商店ののれんをくぐった時、そこにいて振り返ったおかみさん。それは店と一体のもので、自分で選ぶことなく邂逅《かいこう》した親と同じであった。

そのおかみさんが、自分を見込んで、わざわざ海を渡って土佐まで迎えに来てくださった。直吉は、どのようにしてでも、その恩義に報わねばならなかった。国のため民のための商いをなせ、と大きな志をさとされたものの、今の直吉にはとりあえず、主人の「家」のために、というのが最大限の目的だった。

そのため彼の勤務は、誰も起き出さない早朝から、皆が仕事を終えてミセがもぬけの殻になった深夜にまでおよんだ。

出先ではたえず、何がそこでは必要とされているかに気を配り、どんな商品が安く、あるいは高くなったか、情報を集めるために耳をそばだてる。主人に命じられてするのではなく、すすんで商機をみつけて来てこそ自由な才覚の商人といえることを学んでいく。

外国商館でも、集金だけで帰ることはせず、果敢に、何か取引させてくれと食い下がる。国内では需要のない品でも、外国人が欲しがる品はいろいろあった。あまりに彼がしぶといので、それならミントでももってこい、と追い返された時には、ミントとは何じゃ、と品物を突き止めることから始まって、薄荷《はっか》とわかれば、そんなものが欲しいのかといぶかしみながら、かけずり回って集めてくる。商館では、本当に持って来たかと呆《あき》れながらも、想像以上の高値をつけてくれたこともある。

手間を惜しまぬ直吉のやりかたは、着実に商売に結果を出し始めた。

こうなってくると、さすがに岩治郎も彼をないがしろにはできなくなる。

こうして鈴木の店員たちが着実に育っていく中、思いもかけない事件が鈴木を揺るがす。

明治二十七年、主人の岩治郎が、突然、亡《な》くなったのである。

鈴木岩治郎、享年五十四。激動の幕末から明治を、苦労にめげずはい上がり、神戸にそれと知られるまでの店を築いた生涯でした。

今まで寝込むこともなく、頑丈な人やっただけに、突然倒れて、一日たたへんうちにこの世を去るなど、思いもよらんことでした。何でも自分で決めて、何でも自分でやってのける人でしたが、死ぬ時もまた自分一人で行ってしもうたんでした。

私《わて》は最初の結婚の破綻《はたん》に続き、今また夫に死に別れ、四十二歳で未亡人となりました。

長男の徳治郎は十七歳、下の息子の岩蔵はわずか十一歳にすぎまへん。跡をとるにはまだ無理だす。息子らには、東京に出て、広い学問を身につけてもらおうというんが岩治郎の夢でしたんに。

この国で言う成人とは、選挙権を与えられる年齢――すなわち、十五円以上の税金を納めた二十五歳以上の帝国男子、ということになるのだす。数えればおわかりのように、徳治郎にはまだ八年ほどもあることになります。そして八年は、決してすぐそことというわけやないのだす。

といって、息子が成人するまで私が店をつなぐにも、移り変わりの激しい神戸の国際市場における砂糖や樟脳《しょうのう》の卸商は、女に切り回せるほどやわな商売ではおません。それに、鈴木はどこの町にもある小商いの店ではなく、人を二十名ほども使う輸出入業者になっとったのだす。

「残念なことやのう。せっかくここまでの身代になったが、こうなりゃ、きれいに整理するほか、あるまいて」

葬儀に集まった親類たちは、誰言うともなくそう諦《あきら》めとりました。

「お前も気の毒なことやった。この上は子らの母として、しっかり育てあげることが岩治郎はんへの供養《くよう》になるやろ」

長兄の仲右衛門もまた、同じ意見でした。たのみをなくした妹を、子供ごと引き取って、成人するまで面倒みるのが兄の自分にできることと考えてくれたようだす。兄にも家族のあることで、義姉《ねえ》はんにはえらい迷惑かけることになりますけど、一家の長男ゆうんはそういうもんでした。

女には一人で生きる道はおません。父か夫かあるいは息子、とにかく男にたよって生きるしか、世間では認められてはいませんのだす。夫を失うと同時に所属すべき家長をなくした女は、実家に戻ってそこの家長の下に組み入れられるしか、道はありまへん。

今となっては、私の頭にあるんは、残された二人の息子を何としてでも立派に成人させることだけでした。幸い、店をたためば、夫が望んだような高学歴をつけさせてやるだけの金はできます。夫が残した九万円の資産も、つつましく暮らせば後家にはじゅうぶんすぎる額でした。

私の人生も、これで一区切りついたんやなあと、悲しい諦めのため息をもらしました。

あとは親戚《しんせき》みんなに、なんとか息子らを見守ってもらうことだす。

それ以外に特別な考えなどあろうはずもおまへん。そう、葬儀もとどこおりなくすませ、三十五日の法要をすませたあの日、イシが、おかみさん、表にお悔やみの人がおいでです、と呼ぶまでは。

なにぶん急な死でしたさけえ、その訃報《ふほう》を出先で知った人、今知った人、弔問の客は時を選ばんと来てくれなさる。そやから、きっとそんなお一人やろうと思いました。

ところが、表に出ても、そこにはどなたもおらんのだす。不審に思い、通りへ一歩、踏み出しました。夕闇《ゆうやみ》の落ちた栄町ではどの店も表を閉め、灯りも落として、人の姿も見当たりまへん。反対側を振り返りました。そして、路地の塀が隣家の暗がりに合わさるあたりに、私は人影を見たんだす。

その人影は、私が見ている目の前で、すっぽり消えていなくなりました。けど、心臓が止まるか思いました。塀より高いその上背。それは、もしかしたら、惣七はん、あの人やなかったんですやろか。

まさか、とは思いました。別れて二十年ちかい間、神戸と姫路に離れ、噂《うわさ》を耳にすることすらないお人だす。そんな人が、なんでこんなところに現れたりしますやろ。けど、考えられへんことでもありまへんでした。岩治郎の急死は、きっと商用に出向いた彼の耳にも届くほど、町の話題になっとったはずだす。私が一人になってどないしとるか、元気でおるか、様子を見に来てくれたんやとしても、それはちっとも不思議なこととは思えまへん。呆《あき》れた人でっしゃろ。彼はそういう男なんだす。見栄《みえ》も、意地も、気取りもなく、小さい時から、ずっと私を見守ってくれた人。何をする、というつもりはなくとも、私をほうってはおけんかったんかもしれまへん。そして、人《ひと》気《け》のない店先で待つうち、やっぱり会《お》うたりできん、と気がついたんとちゃいますやろか。

惣七はん。そう口に出してつぶやいた名の、なんと懐《なつ》かしいことやったか。

後家になった今、どこか神戸の片隅で、誰の目にも触れんとつつましく生きる。そんな静かな暮らしが待っとるのに決まっとります。子供の成長だけを指折り数え、時折、姫路に帰って、過ぎた歳月をいとおしんだり。年がゆけば、童心に帰り、お堀端で惣七はんとお茶でも飲みながら鮒釣《ふなつ》りをする子らを眺める日もくるかもしれぬ。

……ああ、あほなことを考えたもんだす。

夫という、私を庇護《ひご》した者を失ったとたん、心細うて、たちまちあの人のことを思いだしてしまうとは。とうに無縁の人ですんになあ。二人が別れた原因の舅《しゅうと》も死に、なんぼ二人がしがらみのない身になったというたかて、もう引き返すことなんかできん道やいうんはわかってますのに。

けど妄想は断ち切られます。私の前に、二軒隣の回漕問屋《かいそう》、後藤屋はんのご主人のしわくちゃの顔が現れたからだす。

「おう、どないしたんや、およねはん。ご詠歌、皆はんと一緒に上げさせてもらおか思うんやが、まだ早いか」

いえいえどうぞ、と笑顔を作りながら、ため息が出ました。やはり勝手な妄想やったんでひょな。

後藤屋はんを案内して入ると、ミセの奥にはボンさんたちが表からおろしてきたのれんが掲げてありました。「に辰《たつ》の字を白く染め抜いた柿渋の地。風雨に耐え、ところどころ白くけばだち色のはげた布目が、まるで岩治郎の人生のようで、胸にせまりました。

「ご苦労はん、……」

つぶやくと、前の夫にまで心配かけとる私を、苦虫かみつぶして見下ろす岩治郎の顔が見えるようでした。

皆に心配かける生き方はしたらあかん。生きていくんに辛《つら》くせつないことがあっても、それはみんな、のれんの内側におさめて人には見せんもの。のれんは、そない言うて私を戒めておりました。

親戚一同がつどう座敷にもどった時、私は自分の胸にも「よね」というのれんを掛けて、もう別状《べっちょ》ない、と背筋を伸ばしておりました。

お待たせしましたな、と皆を見回し、挨拶《あいさつ》しようと思た、その時だす。

一同、廃業の話を予測してうなだれる中で、ただ一人、背筋を伸ばし、自分だけをまっすぐみつめる者《もん》がおるんに、気がついたんだす。

直どんでした。まるで、暗い甲羅の中から首を出して希望の光にすがりつこうとしている亀みたいに、滑稽《こっけい》なくせに、そうと自覚しとらん真剣な目で。

これから私が何を言うんか、一言たりとも聞き洩《も》らすまいとする瞳《ひとみ》が、分厚い眼鏡のレンズごしに、今にも涙の堰《せき》を切らせてしまいそうにうるんどるのが見てとれました。

あんたのその涙は何や？——離れた上座から、直どんに問いました。

あれだけ岩治郎にはないがしろにされてきた直どんです。まさかその涙は、故人をしのんでなつかしむ感傷の涙ではありますまい。

次の瞬間、悟りました。

彼が悲しむんは岩治郎の死やのうて、彼らが生きて暮らしたこの店が閉じられる、そのことにあるんや、と。

続いて富士どんの顔が目に入りました。何も言わん富士どんですけど、もとはといえば父親が基盤を譲った店。のれんの┐辰印は、父親が命を吹き込んだ店の証《あかし》だす。それが他人の手でのれんをおろされるというんはしのびまへんやろ。それに、蔵に私がしもうた粗末な着物のこともおます。あの日、この店より他に生きる場所はなし、と決めて鈴木の店に駆け込んで来た富士どんの心の誠は、今、私こそが思い知るべきなんでした。

頭の中を、早朝からぞうきんがけする小ボンさんや、荷物を運び込む手代の姿、夜の灯りに遅くまで帳簿をつける番頭の横顔が浮かんで過ぎていきました。彼らにとっては、この店こそが人生の舞台でした。他に、彼らが求めるものなど何もおません。

直どんの目は私を責めておりました。商売人がやらねばならない、ほんまの意味の文明開化。今は高価で庶民に手が届かない砂糖や樟脳を、安く、広く届ける仕事を、すすんでせよと言ったのはおかみさんではなかったか。その商売を、ここで閉じてもよいのか、のれんをおろしたままでよいのか、と。

かつて土佐まで出向いて直どんを説いた私自身の言葉が身を打ちました。

店を、閉めることはできひん。

自分でも驚くほどの固い決意がありました。

小さな位牌《いはい》になってしまった夫を窺《うかが》い見ました。

あきまへんか？——そっと訊《き》いたんですけど、むろん答えは聞こえまへん。

顔を上げて店内を見ました。岩治郎がすべてをささげたこの店でした。閉じるよりは、ほそぼそとでも続ける方を、きっとあの人も喜ぶに違いおません。別状《べっちょ》ない。生き残った者みんなで、守りぬいてみせまひょ。あんたの築いたこの店を。

思えばこれこそが私に与えられた最大の「繕い物」でした。主人を失い、大きな穴があいてしもた一枚布を、なんとか棄てんと今までどおり働いてくれる布にする。女が手にする縫い針は、そのためにこそ使うのだす。これが、二度と惣七はんに心配かけん、私の正しい生き方なんや、と心は決まりました。

私はふたたび一同に向き直りました。

「みなみなさまには、今まで通り、この鈴木商店をお助けいただきますようお願いします」

渾身《こんしん》の挨拶でしたんに、皆は、顔を見合わせとります。

いま、およねはんは何て言うた？　店を続ける、言うたんか？——互いに確認せんと、すぐには受け入れられん挨拶やったからです。

イシに合図し、私は、オクに下がらせとった息子二人を連れてこさせました。まだ小学生の岩蔵はもちろん、高等学校に入ったばかりの徳治郎も制服姿の未熟さで、皆がうちそろうこんな場に出るだけでも緊張した面もちを隠せまへん。皆もまた、二人を見ては、こんな子らを置いて逝《い》った岩治郎をなおさらはかなく思ったことでっしゃろ。

「この子ら跡取りはまだ小そうおます。成人するまで、どうかよろしうおたの申します」

二人を両脇《りょうわき》に座らせると、私はもう一度、丁寧に頭を下げました。

「な？　あんたら、お父はんがいらっしゃらんでも、今までどおり賢う精進して、きっと立派なこの店の主《あるじ》になりますな？」

驚きで、座敷は静まり返っとりました。

店の主にする？　それまで店を続ける、てか？——皆の視線が一点、自分たちに集まるのを知り、さすがに徳治郎は何も言えまへん。幼い分だけおそれを知らん岩蔵が、私の顔を見ながら、はきはき言いました。

「はいっ。ぼくは、えらいしょうばいにんに、なりますっ」

上出来でした。つねづね、家の中の修身として言い聞かせてきたことです。単に利をむさぼるのみのあきんどになるなかれ。人のため世のため、潤沢に品を回す商人となれ、と。

「よう言いました。偉いなあ、岩蔵は」

めったに褒めへん私がそう言うたんですから、岩蔵は満面の笑みです。

「徳治郎はんは、どないだす？　あんたも、しっかりこの店を継ぎますな？」

親の言うことは何より尊しという気風が生きとった時代の子供だす。まして父親を亡くしたばかりのこんな時期、一人になった母をささえてやらねばという、男の子らしい孝心も働いておりましたことやろ。やさしく従順な徳治郎がこんな場でさからうはずもなく、明瞭《めいりょう》な声で、はい、と答えました。

「皆様方、ご覧のとおりだす。非力ですが、私ら母子《おやこ》、たすけあって店を守ってまいります。若い跡取りが立派な店主になれますよう、せいいっぱいのご指導をよろしゅうに」

親戚じゅうがまとめた閉店の提案には従わず、今までどおり、商売は継続する。そんな宣言を、今、高らかに告げたのだす。

見渡せば、今にもこぼれそうやった直どんの涙は、今は歓喜を彩《いろど》る光になっとります。

おかみさん、よう言うて下さいました。かくなるうえは、坊ちゃん方が大きゅうなられる日まで、この身をささげてお店をもりたててみせます。――そんな声が届くようでした。

けど、なんも直どんのためやおません、これは私のため、そして息子のためなんだす。

思えばこの選択が、自分や皆のためというのを飛び越えて、この国のためになったとはそら恐ろしいことでした。

ところが一人、冷静に私を見とる者がおりました。

「お前、そりゃこれだけの身代になった店は惜しかろうが、どうやってやっていくのや」

兄の仲右衛門が低い声で尋ねました。家督を継ぐべき徳治郎が成人して実際の家長となるにはまだ数年が必要だす。兄の懸念《けねん》は当然でした。

「けど兄様。女の私が主人でも、幸い借金があるわけやなし、二十年来の得意先もあれば、夫が手塩にかけて育てた店員もおります。これで商売が続けられへんわけはおません」

今、私に与えられた新しい使命は、死んだ夫が残したあの色あせたのれんを、息子が新しく染め直すその日まで、破れんように、大事に守ってやることだす。私は、自分でも驚くほどに冷静でした。

「兄上さま。おたの申します。息子らが大きゅうなるまで、後見人となってささえてくださりませんやろか」

女の私は逆立ちしても家長にはなれまへんけど、男子であれば、未成年でもちゃんとした後見人のもとで、家を守ることはできるんだす。

何もかも、徳治郎が成人するその日までの辛抱。それまでの努力。跡取りの徳治郎が、みごと二代目として岩治郎の名を嗣《つ》ぐ日までの忍耐だす。もう一度、小さな位牌になった岩治郎に、そっと頭を下げました。徳治郎、岩蔵は私が預かりました。あんたはそっちで、幼くして死んだかわいそうな米治郎のことをたのんますえ、と。

顔を見合わせる親戚《しんせき》たち。けど、誰も、確とした反対を唱えることはできまへんでした。

直吉は平伏した。使用人にすぎない自分が、店の今後に口ははさめない。なのに、おかみさんは、まるで自分の心を読んだように、店を続けると宣言してくださったのだ。

粛々と決定していくこの後のことを、直吉は震える思いで聞いていた。

あと一方の後見人には、岩治郎が大阪の辰巳屋に勤めていた時代からの同輩で、同じ辰印をのれんに掲げる大阪辰巳屋の藤田が引き受けることになった。岩治郎とは兄弟同然のこの男は、よねにも遠慮のない言葉で言った。

「およねさん、あんた、どえらい選択をしたんやで。商売は、思うとるほどには甘いもんやあらへんのやからな」

しかしそう言われればなおさら、後にはひけないよねである。

「わかっとります。そやからこそ、藤田はんにお助け、お願いしとるんだす」

わかっているからこそ、よねは震えていたのである。岩治郎抜きで、どうやって店を今までどおりに維持できるか。女主人と知って、騙《だま》しにかかる輩《やから》も現れるだろう。何か大事が起きたとしても、女の身では、出るところに出て法の裁きを受ける権利すら認められてはいないのだ。

店員たちはそれでもしっかり働いてくれるだろうか。兄たち後見人が身を挺《てい》して守ってくれるとしても、迷惑をかけることなくやっていけるだろうか。あれも、これも、それも、あれも、自分がこれからなさねばならないことが無数に思い浮かび、店を続けることの容易でない現実を思い知る。よねは、毛穴の一つ一つが総毛立つ思いだった。

そこまでの決意とは伝わらぬまでも、最後にはうやむやに引き下がるほかない親戚たちの腹には、減らさず、増やさず、せめて現状を維持したままで跡取り息子にこの店を渡してやれれば万々歳。そんな結論が胸に落ちた。まさかこの後十年たらずで、この寡婦《かふ》の店が、世界に名を挙げる巨大な店になるとは、予測すらもできないのだから。

その夜、店の帳場で、よねは店員を集めてこう言った。

「そういうことで、のれんはあのまま、店は今までどおりに続けることになりました」

主人が亡《な》くなったことで、自分たちの身の振り方はどうなるか、不安に包まれていた奉公人たちに、安堵《あんど》が広がる。

「あんたらには前よりいっそう励んでもらわなあきません。女主人になったとたんに鈴木はあかん、と言われるか、主人がおらんでも鈴木は店員だけでも立派に回っていきよる、と言われるか。それはあんたらにかかってます」

やさしいはずのおかみさんの、厳しい言葉に、皆に緊張が走る。だが次の瞬間には、またいつもの声で励まされている。

「別状《べっちょ》ない。店が繁盛するんもすたれるんも、働く者《もん》の意気しだい。商いの誠を尽くせばええのだす」

そして、よねは皆に、よろしゅうたのむ、と頭を下げた。

見といとくなはれ。……亡夫岩治郎だけではなく、胸の中の惣七にもつぶやいていた。

奉公人一同、両手をついて頭《こうべ》を垂れた。それまで、主人岩治郎の癇癪《かんしゃく》持《も》ちに慣らされて、主人といえば厳しいだけの存在だったが、これからはいつも慈母のように庇《かば》い、慰めてくれたよねが主人なのだ。その主人に頭を下げられて、皆が発奮しないはずはない。

店は自分たちがよねとともに守っていく。皆の胸に芽生えた団結と使命感は、鈴木商店に新しい時代を呼び込むことになった。

そして女主人を中心とするこの新体制こそが、鈴木の、そして日本の経済界の、あらたな歴史の幕を開かせるのだった。

5

満中陰が明けた後、鈴木商店はまるでなにごともなかったように表戸を開けました。いつもどおりに立ち働く小ボンさんらの姿を見て、町の人々は呆《あき》れたようだした。店を閉めへん、実家には帰らへん。私《わて》の選択は、口伝えに人から人に伝わって、よねは女丈夫や、烈女やと、噂《うわさ》が広まることになるんだす。

あるいはそれは、武士の商法がことごとく失敗に終わり、男はんでも難しいこの神戸での商売を、女の身でやってみせろとの期待の裏返しやったんですやろか。

けど、世間様が思うほど、私は気安い気持ちではおれまへんでした。

そらそうですやろ。今まで、全部夫が仕切ったこの店だす。岩治郎が店で、店が岩治郎や、と言うても過言やおません。並べられた帳面、積み上げられた在庫、そして店先で日射《ひざ》しを浴びて翻《ひるがえ》るのれんにいたるまで、彼の息吹《いぶき》がしみこみ、彼の意志で動き続けとるようなもんやったんです。店だけ変わらずここにありながら、その魂である夫はここにおらん。そんな異常な状態で、どないして夫の不在を埋めたらよろしいのやろ。あらためて、岩治郎の大きさを思い知りました。

岩治郎が亡くなった直後は、ほんま、死に物ぐるいでした。世間の目につかん奥の帳場で、来る日も来る日も支払い伝票をにらみながらのそろばん算用。なんとか減らさんように、損せんように、そして皆には相応の給金を出せるように。

まあ、根が几帳面《きちょうめん》なもんで、帳簿だけは洩《も》らさずきっちり付けたもんだす。

あの頃の私は、大きな穴の空いてしもたのれんを、一心不乱に繕おうとしとるようなもんでした。破れたんはしゃあないことで、いさぎよう切り取り、別の布をつないで補います。破れんまでも、布目の薄うなったところには、糸で、こまかい丁字型の縫い目を埋めて、それ以上ほころびんよう強くするんだす。

こんなありさまでしたから、奇をてらうような商売ができようはずもおまへん。まさか女の私が注文取りに出るわけにもいきまへんし、主な仕事はすべて、富士どんと直どんの両番頭に任せました。富士どんは今までどおり、岩治郎と二人で担当しとった砂糖部門を手堅く守り、直どんはそれ以外のあらたな商品の取引を探る、という体制だす。

出過ぎんように、けど、いつでも後ろに控えて目を光らせとることはちゃんと伝わるように。女が主人になるというんは、男はんが主人になるより頭が要《い》るんだす。

あちこちで、お悔やみ代わりに、ささやかでも取引をしてくれたんは、故人の徳というもんですやろな。外国の影響で合理化がすすんでいるとはいえ、まだまだ日本人どうしの商売は、情を大きく介在させたものでした。

けど、鈴木がほんまにたちゆくか、それは岩治郎の死が引き起こす同情が忘れ去られていった後にこそ試されます。店にとっての正念場はこれからでした。いえ、近代国家をめざす日本の国も、正念場でした。明治二十七年、アジアの盟主の地位を賭《か》けて、清国《しんこく》との間に日清戦争の火蓋《ひぶた》が切って落とされたんでした。

大陸へ送り込む兵隊さんを乗せる船の出入りで、神戸港はにわかに色めき立ちます。町も、人も、物の流れも、戦争という巨大な潮流の中へまっしぐらに突き進んどりました。むろん、戦果は、いちはやく近代武装した日本の圧倒的勝利。いまだ古色蒼《そう》然《ぜん》とした軍隊しか持たへん清国は、はなから日本の敵ではおませんでした。黄海海戦で、清国の切り札である北洋艦隊を真正面から撃沈してうち破った知らせは、国民を狂喜させたもんだす。

この戦勝により、日本は清国に対し、圧倒的に有利な内容で講和条約に調印します。ずっと清国の属国でしかなかった朝鮮を独立させてあげたんは、清国に代わってアジアのリーダーたらんとする自覚と使命の現れですけど、何と言っても大きいんは、莫大《ばくだい》な賠償金でした。これを濫費《らんぴ》することなく、この金をもとでに近代工業を興《おこ》すんですから、なんや商売に似とりますな。八幡《やはた》にできる製鉄所がそれですけど、のちに鈴木商店をも刺激する重工業は、この時、日本という国の上に種を播《ま》かれたということだす。

加えて、この条約で、日本は遼東《りょうとう》半島と台湾を領土として譲り受けることになります。

はい、この台湾が、これまたうちの店とは切っても切れん深いご縁の地となるのだすけどな。

それはさておき、国土の狭い日本にとって、領土が増える、広がる、というできごとは、今までの歴史上にも、かつて体験したことのないめでたいことでした。戦争に勝った日本は、まさに、東の海から昇る朝日のごとき勢いで、欧米の国々を追いかけ驀進《ばくしん》しておりました。

そんな世相を敏感に反映し、神戸の町も、そしてわが店の者たちも、みんなが意気込んで仕事に精出しておりました。とりわけ、直どんのがむしゃらなこと。

金子さんの早飯、早食い、立ち食いいうたら店の中で並ぶ者もおらんほどで、食べる時間を惜しんで仕事に励む彼を、皆は驚異と尊敬の念をもって眺めたもんでした。

食事でさえもそれですさかい、恰好《かっこう》などかもうとるはずもおません。

「直どん、あんた、その恰好いっぺんどないかしたらどうやのん」

すりきれかけた木綿の肘《ひじ》カバー。朝、裏向けに着とるんを注意しそこねて逃がしてしまうと、夕方、帰ってくるまでそのまんまだすわ。そんないでたちでジャーデンマジソンやバタフィールドなどの一流商館に出たり入ったりする眼鏡の男が、まさかこの店の大番頭やなどと、誰も想像がつきまへんやろ。

「そやかて恰好をかもうとる暇なんぞありませんのや」

私の忠告なんぞどこ吹く風だす。

「直どん、たのむからこれに着替えていき」

この当時、店の者のいでたちはみな絣《かすり》の着物に角帯、前垂れという昔ながらのスタイルで、直どんもその例に洩れまへんでしたが、筆頭番頭がそれではと、元町の丸金印の洋服屋シバタにたのんで、動きやすい詰め襟をサージで拵《こしら》えたんだす。

「おおきに。いただいときます」

驚くほど素直な態度で、頭をぺこりと下げる直どんでしたが、口は減りまへん。

「人間も全身に毛が生えとったら便利でっしゃろな。着物も着んでええし」

「何言うてますの。あんたみたいに風呂《ふろ》へもろくすっぽ入らへん人は、毛ぇがはえたとて今度は虫がわいてかなわんわ」

私とて口は減らへんのだす。

これには店の連中もふき出しとりましたけど。

「そんなことより、おかみさん、なんや富士どんからお願いがあるそうで」

形勢不利になったら攻撃こそが何にもまさる防御、と心得とる直どんの頭の回転の速さは、この時そばで笑うとる朋友《ほうゆう》へと話題を振って私の攻撃をかわします。

急に話を振られた富士どんですけど、それは一人の男を雇ってほしいという用件でした。

「直どんとは同郷の土佐の出身で、樟脳《しょうのう》の山持ちの息子が神戸に出てまいりましてな」

今後、直どんにとって大いに役立つ兵隊やと見込んで連れて来た男やそうだす。

「そこに連れて来とります。会《お》うてくださいますか」

けんど、連れられてきた男を一目見た時、声も出んかったあの状況を、どない説明したらよろしいやろ。

土佐の代議士からの紹介状を持つその男、田川万作と言いました。今、名前を言うだけでほろ苦い思いが胸を走ります。思わぬかたちで私とかかわることになる、忘られん男の登場だす。

自分の言葉でその男のことをそれ以上表現できなかったように、田川はよねの穏やかな生活を乱す存在として現れた。

まずそのいでたちが衝撃だった。直吉のために作った服でさえくだけた詰め襟だったのに、彼は上から下まで、隙《すき》のない洋装で身を包んでいた。高級な仕立てとわかる上着やチョッキの三ツ揃《ぞろ》いはもちろん、分厚いフェルトの山高帽は、いまだ旧弊な和服ぞろいの鈴木の店にあっては、思わず目を剝《む》く斬新《ざんしん》さだった。

だが何より、よねは、帽子を取ってにこりと笑ったその顔に胸を射抜かれたのだ。笑うと左の頰にえくぼができて少年のようになる田川は、別れた最初の夫惣七に、うり二つだったのである。

歳《とし》は富士松より十ほど下だから、まだ二十歳になるかならぬかの若さであろうに、早くから親元を離れ社会で揉《も》まれたことで、見た目はもっと成熟した男に見えた。子供の頃から知っている惣七だけに、よねはさまざまな年齢の彼を思い浮かべることができたが、このときの田川には、ちょうど自分が十七歳で嫁いだ時の惣七の顔を重ね合わせて誤差がない気がした。

裕福な家に生まれ、高等学校まで入りながらこれを中退、大阪に出て、樟脳を初めさまざまな商取引に手を染め派手に浮き沈みしているところを富士松と出逢《であ》った。彼はすぐに直吉に引き合わせ、直吉もまた、同じ土佐のよしみ、そしてこれから手を広げたい樟脳の先達ということで語りあうことは多く、すっかり意気投合したのであった。

そんな彼の来歴も、よねは上の空で聞いた。

よねはすでに四十三歳。女としてのよろこびを知った二十代、母としての幸せを知った三十代、そして今四十代になって、商売という仕事の充足も得ようとしている。女性に生まれて、およそその人生のたいていの局面を生きてきたこの身に、今さら、十代の日の胸の埋《うず》み火が熾《おこ》されようとは。

「初めてお目にかかります、田川万作と申します。……お目にかかれて、田川万作、光栄であります」

真から嬉《うれ》しそうな口調は、言われた者を悪い気にはさせないだろう。その人なつこさは商売のうえでも彼の大きな魅力になるはずだ。岩治郎でさえ、このさわやかな態度を嫌ったりはすまい。

なのに、よねは顔をそむけて声を荒げてしまった。自分でも思いがけない反応だった。

「なんですのん。日本人のくせして、西洋人のまねですかいな」

一瞬にして静まりかえる店の中。富士松も直吉も、庇う余地とてない。

当の田川もいったんは言葉をなくしていたが、やがてその魅力的な笑顔で答えた。

「すんまへん。おかみさんの面接やいうのに調子に乗りすぎました。外人相手の仕事ばかりしてきたもんで、この恰好の方が親しみを持たれて好都合やったもんですから」

きちんとした返答にはけちのつけようもない。だが、その完璧《かんぺき》さこそが、ますます惣七を想起させた。実家に逃げ帰ったよねを迎えに来た惣七を両親が責め立てた時も、彼は怯《ひる》みもせず、礼儀正しくその叱責《しっせき》を受け止めたものだ。

その声を、襖《ふすま》の後ろで聞いていた。あのとき、奥の座敷から飛び出して、惣七についていかなかった自分を何度も悔いた。こうして神戸で幸せでいることすら後ろめたかった。

だが、すべては過去だ。自分はあれから足かけ二十年も、違う場所で、違う人生を生きたではないか。

この男に罪はない。懺悔《ざんげ》のように、よねは小さくつぶやいた。

「うちで働くんやったら、その恰好、なんとかしとくなはれ」

背を向けて行くよねの背後で、とりあえず採用は成ったことだけ確認して、直吉と富士松はほっと目線を交わしあった。

さあ、ほんまにあの人と、似てたんか、どないやったんか。

別れて二十年近くになる人だす。二人をほんまに並べて見んと、似とるかどうかはわかりませんやろ。けど、なんぼかの共通点が、簡単にあの人と結びついてしもたんでした。

そんな私《わて》の反応を、皆は、私が田川はんを嫌《きろ》うとる、そう思ったでしょうな。なんせ、彼が近くに来るたび、むっとして立ち上がり、その場を離れたりしてましたさけえに。

そやかて、四十女が、みっともない。今さら他人の空似に心乱されたりするなんぞ。こんな私を、いちばん敏感に感じ取ったんは直どんやったでしょう。なんせ、直どんは店をもり立てるのに一生懸命で、私に褒められよう認められようと、たえず私だけを見とりましたから。

直どんが田川はんを従えて樟脳へ突き進んで行ったんも、おそらくはそのせいやなかったでっしゃろか。直どんとしては、嫌われてしもた田川はんをなんとか私に認めさせたい、挽回《ばんかい》させたい、と願《ねご》とったんに違いないんだす。

値段の上げ下げが小さい砂糖とは違い、樟脳は上がる時には大幅に上がるだけに、商売としてはおもしろいのだす。大きゅう儲《もう》ければ達成感もそら大きいでっしゃろ。もちろん、その反対に、落ちる時には底なしに落ちます。堅実な岩治郎は、そんな博《ばく》打《ち》性を嫌って、砂糖にしか手を出さんかったんですけどな。

樟脳、ゆうても、現代の感覚では地味な品物にしか思えまへんやろな。けど、たとえば自動車がぎょうさん製造される時、鉄はもちろんですけど、意外にもタイヤ用のゴムの方がようけ必要やったりしますように、その時代にしか、価値と必要性が理解できひん品物がおます。この時代、衣類本体と樟脳の関係がそれやったわけだす。

衣類は、立派に財産と呼べる大切なもんで、簡単に捨てたり買い換えたりできるものではおませんでした。そのため、持ってる衣類を大事に使《つこ》うて、保管に細心の注意を砕いたもんです。木綿に麻に絹と、素材は天然繊維ばっかりやったからなおさら知恵が必要でした。樟脳は、そんな時代に、なくてはならん品やったんです。

それに、この頃、先進の欧米の国々では、発明されて間もないセルロイドの原料として、樟脳をなんぼでも必要としとりました。

セルロイド。これもまた、後にプラスチックに取って代わられるまで、眼鏡の縁やらおもちゃなど、複雑な形をしたものを創《つく》り出すんに最適な工業技術品やったんだす。

「これまたぎょうさん入荷したのやな」

ミセに運び込まれる大量のブリキ缶を見て、あの頃、ようそない言うとりました。

樟脳の国内産地は四国、九州でしたから、まず集められるんは、高知、長崎、鹿児島、延岡《のべおか》、大分といった港になります。そしてそれらの港から、神戸には毎日、かわるがわる入港してくる船が、どっさり荷を降ろしていくんでした。船便のつど国際波止場に荷揚げされるんは、三十から四十といった樽《たる》でしたやろか。

神戸では、それらを集めて外国に大量に売るのだす。その量たるや、国内で消費する分の比やおまへん。アメリカやヨーロッパでは樟脳は品薄で、質がいいのに安い日本製は、このころの代表的な輸出品でした。なんせ、外国からはさまざまな舶来品が入ってくるのに、日本からはめぼしい輸出品がおまへんし、おまけに、日本側には関税をかける権利はおませんでしたさかい、貿易赤字が大きいんだす。樟脳はそれを埋めるための、期待の輸出品やったわけだす。

そのため、樟脳には独特の用語がおましてな。製造する人を製脳人、樟脳業界全体を脳界、というように、脳、と言えば樟脳のことを表しとりましたんや。

「そやから樟脳はとにかく売って売って売りまくるのみ。——けど、問題は、輸入品の方や」

機械やさまざまな道具など、西洋の進んだ品は、日本の発展のため、なんぼでも欲しいところだす。けど、それら舶来品は、こっちの足下見てべらぼうな関税をかけて値段をつりあげられとるのだす。

「そのくせ、あっちが売りたいインドの木綿ときたら関税なんかほとんどなしで、あんな安さで入ってきたら国産木綿はひとたまりもない。一刻も早《はよ》う、自分の国に買い入れる品に自分で関税を掛けられるようにならんと、いつまでたっても欧米にたちうちできん」

実際、西洋人は、インドでも中国でも、先進の文明を笠《かさ》に着て、条約上の不公平のもとに優位を保ってきたわけだす。

「売ってくるにも頭《こうべ》を垂れ、買《こ》うてやるにも腰を折る、というあんばいで、まるで欧米人は殿様で、こっちは家来みたいな扱いだす。けど、いつか彼らも思い知ることでっしゃろ。わしら日本人は、今まで彼らが相手にしてきた国とは違う、ということが」

愚痴や批判ばっかりでのうて、なんや明るい展望を抱かせてくれるんが田川はんでした。すっかり店に馴染《なじ》んで、直どんや富士どんのような上の者にも意見するかと思えば、ボンさんたちにわかりやすく話してやったり。若さですな、外国商人に立ち向かう強気の姿にはなにやら熱いもんを覚えます。

貿易という、国の水際《みずぎわ》で商いをする者は、背景にある不平等さへの憤《いきどお》りから、ことあるごとに天下を論じ、たえず世界という国際市場でこの国を見とったようだす。

「わしら神戸の商売人は、最前線で最初に外国人と接する日本人や。国を代表して、西洋人らに、日本人だけは馬鹿《ばか》にできひん、ちゅうことを、思い知らせたらならならん」

まるで血気盛んな志士のようで、聞いとるんも心地ええもんでした。天下国家を憂《うれ》う質《たち》は土佐っぽやからか、それとも彼の純粋さやったんか。

「店に利益をもたらすことはもちろん何より大事に思うとりますけど……。けど、神戸の商売人は、みな、外国人との取引で勝つことを使命とせなあかんと思いますのや」

たまたま足を止めて聞いとっただけですんに、私がその内容をとがめるとでも思うたんか、頭をかきながら言いわけしました。初対面で私に嫌われたとの噂《うわさ》が立った田川はんだす、またよけい嫌われたんやないかと焦《あせ》っとるのが、なんやいとしゅうて。

私もあの大人げない仕打ちのことを、ずっと気にはしとりました。直どんが新しく連れてくる店員は他にも、教師上がり、外国商館上がりとぎょうさんおったのんに、やたら彼のやることが目に付いたんはそのせいだすかな。

その日も、直どんとのこんな会話が耳にとびこんできました。

「田川君、聞いたか。いま、一斤《きん》三十円台に届きそうな勢いや」

「はい、売りですな」

「今、店にはなんぼほど在庫はあるんや」

「そうですな、ざっと五百ほどは」

「もっと仕入れられんか。全国の仲買人に持ちかけて、千でも、二千でも」

「またえらい数ですな。……できんことはないと思います。いつもの倍の発注かければ」

「ほな、売りや。四十円で、一気に売ろう」

うれしそうに、直どんが私にまで話を振り向けてきました。

「おかみさん、どうやら大きな商機が回ってきたようだす。さあ、勝負に出まっせ」

樟脳が、今までにない値上がりを始めとるというんだした。

なんでも、台湾が日本の領有下に置かれることになったおかげで、その政情は不安定で、港は封鎖されて商取引どころではなくなっとるということでした。とすれば、台湾特産の樟脳も、しばらくは出回りまへんやろ。そんな情報を、直どんは親しい英字新聞の記者からいち早く聞いて知っとったようです。

「台湾から樟脳が出ん、となれば、皆は日本の樟脳が欲しいやろ。きっと高値になるで」

そのことは伏せて外国商館をすべて回り、直どんはいつも以上の量を売りつけてきとりました。一斤あたり二十円のもうけを見込んで、数で勝負、売れば売るほどもうけの額が大きゅうなる、という算段だす。

「それで、品物の方はどれだけ入った？」

「今のところ二百ほどですが、何とかもっと集めてみせます」

直どんの勢いに押されるように、田川はんは数え終わった樟脳の数量を示します。

「これから大分と鹿児島に行って、もっと量をそろえてきます。何の、じきにそろいます」

その報告に、思わず直どんの眉《まゆ》が曇ります。

「肝心の勝負どころに、まだこれから買い付けかいな。しゃあないなあ。……ほな、先にあるだけは搬入しとこ」

「はい、必ず数そろえてお届けしますよって」

言い切る田川はんに、直どんも目を細めました。

「よっしゃ。きみは引き続き、和歌山や高知も回って、できるだけ、買えるだけ、仕入れてきてくれ。わしは売って売って売りまくろう」

違法の仲買人には外国の商人と取引する力はおまへんさけえ、いつもは彼らのほうから鈴木へ売り込みに来るんだすけど、今回ばかりは逆ですな。

「この際や、辛気くさい仲買人はとばして、じかに製脳人のとこに買い付けに行ってもよかろうて」

ふだんは製造者よりもこっちの立場のほうがなんぼも強いんが樟脳の世界だす。製脳人は仲買人を通じて神戸へ出荷するのに五分から一割の口銭を差し引かれたり、借金の高利を引かれたりと、とにかく弱い立場におました。その仕組みの中でとりわけ気の毒なんは、樟脳が水分を含んどるため目減りすることだす。貯蔵あるいは輸送中に減耗した分は、水引代ゆうて、差し引かれ、最終値段も仲買人の言い値なんだす。

「まあ今回だけは水引代はまけたるか。そこまでしても、とにかく品物を集めんと」

こういう時、直どんは誰にも真似《まね》ができんほど大胆な勝負師でした。発注の欄に大量の数字を書き入れながら、ほんの形式のように、私に向かって言うんです。

「品薄になれば樟脳の値上がりは必至。今のうちに買い手をみつけ、大量に売りさばいとくんです、かまいませんか」

それは許可を求める口調でありながら、私の返事など待たへんうちに決めてしまった報告でした。確かに、帳簿ぐらいは見られる私も、実際の売買は、手に余ります。

「そやけど、売る樟脳はあるんかいな」

いつもは店先に山のように積まれている樟脳の袋の姿が見えへんのですから、誰やったって不思議に思いまっしゃろ。けど、直どんは明るく言うんですわ。

「別状《べっちょ》おまへん。じき入荷します。もっとも、入荷してもここには積まんと右から左、ですけんどな。こんなとこに積んどっても銭にはなりまへんがな」

そう言って豪快に笑う直どんですけど、私は言わんとおれまへんでした。

「それは、先物買い、っちゅうことやな?」

岩治郎が生きとったなら、絶対にさせんことだした。

「そうですけど、……」

獲《と》らぬ狸《たぬき》の皮算用、もうけ話に気が大きなっとった直どんは、一瞬、私に止められるかと怯《ひる》んで笑うんをやめたものの、

「今そないせんと、時機を逃します。今回は、疾《はや》きこと風のごとし、で行かんと、利益は逃げてしまいます」

勢いのある声で言い切ったもんだす。私はさらに訊《き》きました。

「これだけの数、ほんまに手元に入ってくるんやな?」

すると、笑みにいっそうの余裕を浮かべて答える直どんだす。

「ご心配でっしゃろけど、まかせてください。わしらはこれ専門で生きとるんだす」

そうなると、実際に売り買いするわけでもない私がそれ以上の口出しはできまへん。

品物が手元にないのに売りにかかる。いわゆるハタ売りはこの店も直どんも初めてのことです。ふだん難なく売り買いしている樟脳やから、信頼できる取引先からなんぼでも簡単に調達できる、と算段しての決行を、直どんにまかせるほかはおまへんでした。

「見といとくなはれ。一丁、この樟脳でひともうけさせてもらいますよって」

ミセ先から、風が勢いづいて吹き込んできました。頭上で、のれんが翻《ひるがえ》ります。なんでやろ、胸騒ぎを覚えんとおられまへんでした。

初めての対外戦争での勝利の余韻に、国中が酔いしれとった明治二十八年のことでした。

6

「金子さん、樟脳が、一斤あたり三十三円まで上がってきました」

「そうか。そんならまだ上がるな？　ええぞ。で、入荷の方は？」

「それが、あれほどの数です、まだ確実には集められていません」

「なんやと?……で、手元には、実際のとこ、現品はなんぼぐらいあるんや」

「はい、……三百斤ほど」

「アホぬかせ。わしは、もう三千斤も売ってきとるのやぞ」

「はい、わかっとります、……」

読みはよかった。ヨーロッパではセルロイドの需要がますます高くなり、原料となる樟脳は少々高くてもいくらでも買い手がついた。この機会を逃す手はない。

だが、直吉の誤算は、世界の大きさをまだ本当には知らないことだった。

日本と並ぶ樟脳の生産国といえば清国、とりわけ台湾が主産地だったが、清国の市場はすべてにおいてヨーロッパの外国商人たちに牛耳られてしまっている。清国政府も専売制を敷くなど手を打ってあらがうものの、たえず交渉紛争の原因となり、ついには強大な武力を背景に樟脳条約を締結させられて屈し、自国の産業でありながら、樟脳取引は実質上、外国人たちの思うがままにされていた。

そして今、彼らの操作によって、樟脳の値段は直吉の予測を大きく振り切って天井知らずに上がっていくのである。

品物が実際に手元にあるならともかく、これから入ってくるという見込みのもとに、直吉は売る約束だけを取り付けてしまった。その数、三千斤とは、尋常ではない。直吉は、上がり続ける樟脳に、ようやく不安を抱き始める。

彼にすれば、いつもどおり一斤あたり二十円台で仕入れ、四十円台で売れば、それだけで倍のもうけがある算段だった。ところが、またたくうちに値段は五十円から六十円にまでつり上がってしまったのだ。

当然、直吉もその値段で仕入れなければならなくなる。六十円で仕入れても、約束では四十円で売ることにしてしまっているため、売れば売るほど鈴木は大損をすることになる。

いったい何が起きたのか。驚いた直吉はアメリカの新聞社を訪ねて行く。記者は小柄な直吉を見下ろし、ため息をつきながら通訳の手代にこうつぶやいた。

「(彼は知らなかったのか。ロンドンで、大がかりな買い占めが進められているってことを)」

日清戦争終結のどさくさで、しばらく台湾の港は封鎖されたも同然になるだろう。そうなれば日本以上の樟脳の供給源である台湾からの輸入はかなわなくなる。そう予測したイギリスの相場師ノースは、世界中の樟脳を買い占めにかかっていたのであった。

目先の値上がりだけを見ていた直吉は、十万斤を一気に買い進めるけたはずれの資金力を背景に、世界を股《また》にかけて活動する勝負師の前には、敵ですらなかった。

「同情イタシマス。デモ、金子サンノセイデナイ。相手ガ悪カッタダケデス」

記者の片言の日本語がどのくらいの慰めになったものか。日本より三百年早く世界を相手にした商売に乗り出し、インドを拠点にアジアじゅうを服従させてきた国々の実力というものを、直吉はいやというほど思い知らされたのだった。

そんななりゆきを、よねは何も知らずにいた。だが、昼間、温厚な直吉が田川相手に激しく言いつのるのを目撃した。そして今また、オクから見ると、帳場に残った直吉が、ずっと腕組みしたまま動かない。なにやら深刻なことがあるのだろうとは察していた。

店の者たちもとうにひきあげた深夜になった。時折そろばんをはじいてはため息をついている直吉の後ろ姿に、とうとうよねは声をかけた。

「直どん、ちょっとくらいやったらオクからお金、出したるで」

よねにしてみれば、これはきっと、帳面と現金とが合わないのだろうと判断してのことである。誰もいないと思っていた直吉はとびあがった。

どうしたのだ、と聞くのでもない、大丈夫か、と案じるのでもない。いきなり、多少の赤字なら補塡《ほてん》しようかという申し出は、直吉にとっては藪《やぶ》から棒だが、店の者の一挙手一投足で、よねには彼らに何が起こり何を考えているかを察することぐらいできる。

だが直吉は、その大恩あるよねを、鈴木を、窮地に陥《おとしい》れてしまったのだ。どこかで、それみろ、と岩治郎の叱《しか》り声が聞こえる気がする。

「あんたらしゅうもない、そんな顔してからに。いったいなんぼやのん? しょせん金ですむことやないか」

幸い、よねには店の金とは別の、自由になる金がある。夫が残してくれた遺産であった。子供たちの将来を思い、なんとか自分たちの生活費だけは工面してきていた。それさえ確保されれば、当面必要のない金は、店ののれんに吹きつける風に抗するための「当て布」として、弱った部分のつぎはぎに回せばよい。

直吉は、とうとうここまで、と見極めた。

「すんませんっ。……直吉、進退きわまりました」

よねに向かってやおら両手を突き、頭を畳にこすりつけて詫《わ》びる。

先代ならば、どんな激しい言葉で罵《ののし》っただろう。そろばんをぶつけるか、足蹴《あしげ》にされるか。おそらくただではすむまい。そうされたとしても当然の報いであった。自分の未熟さが、これほどの失策をしでかしてしまったのだ。

昼間、まだ品物は入らんのかと、九州から手ぶらで帰った田川を叱りとばした。お前が集めてみせると言うたからこれだけ予約を取ったのや。そんなことも言って責めた。だが彼のせいではなかった。最初に樟脳で儲《もう》けようと言い出した自分にすべての原因がある。

だが、もう自分の力ではどうにもならないのである。

話を聞き終えた時は、言葉もおませんでした。何か言うたらなあきません。畳に伏して、指示を待っている直どんに。

「そうか……。しかたないなあ」

人の上に立つ者として、動揺は見せられまへん。けど、何を言うたらええんだす？

実際、六万円もの損失は、私《わて》のへそくりでどうにかなるような額やおません。

「ここでうじうじ言うとってもしかたない。……行こ」

どこへ、と言うのも訊くのも、この際、間抜けでした。直どんは呆然《ほうぜん》と私を見ました。

直どん一人を責められまへん。もしも私に樟脳のことがわかっとったら、あの時点でやめさせることはできたんですから。と言うて、別状《べっちょ》ない、と気休めは言えまへんでした。

紋付を羽織る間は無言でした。むろん、どうしようというあてがあるわけやおません。今聞かされた数字が、鈴木の屋台骨を揺るがす金額であることだけは飲みこめとります。

いいや、銭金《ぜにかね》の問題やおまへん。商売人が、売ると約束したもんを売れんとは、どんな事情があっても許されんことだす。金ですむなら、損した分をどないぞして埋めたらええだけですが、手に入らん品物を魔法で生み出すことはできんのだす。夫が築いた商店を、あらためて閉じるか続けられるかの瀬戸際《せとぎわ》でした。のれんの布を裁ち落とすんか、縫いつなぐんか。鋏《はさみ》か針、私はこれから手にするもんをいずれか選ばななりまへん。

イシに子供らの食事の世話を託して行く先は、親代りの兄のほかにありましたやろか。兄は今、神戸での成功を土台に、関西経済界の中心地である大阪の北浜で、土地や株の投機で財をなしとりました。その兄が、店をたためと言うたんを、主従でそむいて店を続けた結果がこれでした。

神戸から乗った鉄道の二等車の中では、兄の軍門に降《くだ》る思いで、二人とも言葉はありまへんでした。やはりあの時、兄の助言に従って店を閉めるべきやったんでひょか。弱気が胸を吹いて過ぎます。

夫の顔が浮かんでは消えました。しじゅう不機嫌そうな表情をした、気むずかしい亭主でした。彼は私に、直どんに、いったいどうしてほしいと望んどりますやろ。

「どないしたんや。二人揃《そろ》うて珍しい」

急に訪ねてきた私ら主従の、常とは異なる様子を察したものの、詳細を聞かされて、兄もただ仰天するしまつでした。

「なんちゅうことや。……それで、今、樟脳はいくらや」

「六十五円にはなっとりますかもしれません」

消沈しきった直どんの声が、いっそう事態のどうしようもなさを印象づけます。彼が取り付けた約束どおりに樟脳を各社に売り渡すとすれば、その損失の額は、七万円ほどになりますやろか。けど、それはあくまでも、たとえ六十五円でも、品物があっての話だす。

「それで、品物は、入ってくるんかい、直吉よ」

兄が尋ねましたが、直どんはむなしく首を振るのみだす。どこへ買い付けに行ったんか、いまだ田川はんの姿は店には現れることはなかったからだす。

「どうしたもんか……」

現品があったとしたら店をつぶすだけの損。なかったとしたら売る約束を果たせん嘘《うそ》つき商人。どっちに転んでも鈴木の明日はありまへん。こうなったら、もはや倒産しか頭に浮かんでくる言葉はのうなっとりました。お手上げ、と表明して、店をつぶし、逃げ出すしかおまへんやろ。世間のそしりは免れまへんし、二度と神戸で商売はできんようになりますけんど、他に方法がありまっしゃろか。

「兄さん、藤田はんも呼んでもらえまっか」

こんな不名誉なかたちで店をつぶすとしたら、岩治郎も浮かばれますまい。そんならせめて、親戚《しんせき》同然の藤田はんにも了解してもろて、岩治郎への言い訳をせななりまへん。

「どないしたんや、今をときめく鈴木のかなめが雁首《がんくび》そろえて」

藤田はんにしてみたら、後見しとる徳治郎の進学の相談かいなと、軽い調子で来てくれたったんだす。それがこんな話で、次の言葉も出んしまってでした。

「直吉。お前は夕方まで、どっか外へ出とれ。お前の処遇も決めとくさかい」

兄が渋い顔で、座を外すように命じました。

「へえ。……どないぞ、よろしゅうに」

消え入るような声でいとまを告げると、直どんは出ていきました。

後で聞いたところによると、少しでも樟脳を買い集められればと、なおも無駄な抵抗を試みたようだす。自分の身の行くすえなんぞ頭になかったんでしょう。店さえ安泰ならば、店さえどうにかなるものならば。その一心で、安治川《あじがわ》橋の傍にある藤沢商店に入り、何食わぬ顔で、樟脳はあるか、と訊いたんやそうだす。

「樟脳？　ありまっせ」

そない言われて、胸が躍ったことでっしゃろ。けど、主人の言葉には続きがおました。

「と言いたいとこやけど、たった今売り切れてしもたとこや」

「なんぼでしたん？」

せっつくように尋ねてみれば、主人は上機嫌で、七十五円だす、と答えたとか。こないしとる間《まあ》にも、樟脳はなお高騰《こうとう》を続けとったんでした。

諦《あきら》めきれんと、もう一軒、覗《のぞ》いた肥後橋の福永商店でも同じこと。唖然《あぜん》としたんは、なんと、八十円で完売された事実でした。そらもうまるで悪夢を見とるようでしたやろ。

一方、私らは、眉間《みけん》に皺《しわ》を寄せ、ため息ばかり繰り返しとりました。出る相談は、いかに世間様に迷惑かけずに幕引きするか、そのことだけだす。このまま鈴木が潰《つぶ》れたら、兄はもちろん、藤田はんも面目が立ちまへん。信用を第一に重んじる真の商人二人、無駄なことはいっさい口にせず、重々しい相談が進みました。

「どないや。まだ店を続けるんか。このへんが潮時ちゃうか」

兄が言えば、藤田はんも、追いつめるように私に言います。

「続けるとして、こないなことした直吉はどない始末しますねんな、およねはん」

二人は、私に店を整理させて契約先への賠償を行い、残った金で、市井《しせい》を離れた布引あたりで静かに暮らしてはどうやと言うんだす。それもええやろかと、一瞬、あきらめの鋏が、ちょっきりと、すり切れそうなこの布を切り離して難題を解決してくれる錯覚がよぎりました。

けど、私に決心させたんは、兄のこの一言でした。

「お前は今までようやった。岩治郎はんが一代で興した店や、これ以上のことは望んでへんやろ。女のお前が店をたたんでも、誰も責めたりはせえへん、恥にもならん」

兄のやさしさはようわかります。けど兄は、女は人のうちにも数えてもらえへんのやさかい、一度決めたことから逃げ出しても恥にはならん。誠や信義を踏み倒しても恥にはならん。そない言うとるんも同然なんだす。

そうでっしゃろか。

違う、無意識に首を強く振っておりました。

たしかに、女は無知かもしれへん、何をする能力もないかもしれへん。親や夫や兄に後見してもらわなやっていけへんことも事実だす。けどそれやからこそ、——生まれながらに男はんより一段低い女やからこそ、いっそう努めて、男はんにも劣らんだけの誠意を尽くさなならんのやおまへんか。女であっても、人と生まれたからには仁義は守らなあかんし、礼節は保たなあかんのだす。そうちゃいますやろか。のれんの前には、男も女もおまへん。およそ商売人たる者《もん》、どんな苦渋があろうとそれはのれんの内側に秘し、ひとたびのれんをくぐって表に出れば、おてんと様の下に一点のくもりなき誠意を示してみせななりまへん。それが商売人の信用ゆうもんだす。心意気とゆうもんだす。

なんやわからん熱い思いが、言葉にならんと胸の中で渦巻いとりました。やっとのことでそれを抑え、私は目の前の畳の上に両手をつきました。

「兄さん、すんません。私は、店を、続けたいんだす」

言えたんはそれだけでした。

鈴木の店のために、私が選ぶんは、鋏やのうて針の方だす。今まで使わんかった、もっと丈夫な糸を通して、意地でも、破れそうなこののれんをつなぎとめるのだす。皆のすすめにさからってまで守ったのれんや、手だてがあるならどんなことしてでも守ってみせなあきませんやろ。

額を畳にこすりつけてたのみこめば、頭の上で、二人のため息が聞こえました。先に口を開いたのは、こういう時言い出したら引かへん私の気性を、一番わかってくれとる兄でした。

「しゃあないのう」

藤田はんが、驚いたように兄に訊《き》きます。

「仲右衛門はん、ええんかいな。八万円のまる損やで?」

兄は腕組みしたまま、黙って目を閉じておりました。

ち、と小さな舌打ちが聞こえ、藤田はんが渋面で言いました。

「ほんま、岩治郎はんも、ようまあこんだけ気性の似た嫁さんをもろうたもんや」

ため息まじりのその一言が身にしみました。岩治郎の残した一枚布を守るうち、いつか私自身ものれんの布に裏打ちされて、縫い目そのものになっとったんでしょうか。

襖《ふすま》の外に、直どんが戻ってきたとわかったんはその時でした。時間のことなど気がつきまへんでしたけど、外ではすっかり日が落ちとりました。

「直吉か。入れ」

しょげかえって影も薄うなった直どんに、兄の煙管《きせる》から出た煙が吐きかけられます。

「嘆いとってもどうにもならん。神戸で商売を続けるからには、義理だけは果たすこっちゃ……。樟脳についてはお前は専門や。できるだけ損は少なくするようにな」

あるだけの樟脳を届け、足りない分は金で納得してもらう。それが、私らが出した結論でした。そのため、兄も藤田はんも金策にかけずり回ってくれるのだす。取引先が納得して鈴木への矛先を収め、なおかつ信用をも損ねんだけの金を、だす。

九万円、いや、十万円？　それが今まで通りの信頼を買い戻す金額だす。

そんな金、私らに返すことができるんかどうか、それさえまるまる兄にゆだねて任せるしかないこの私だす。

けど直どんはひれふしながら、助かった、と心で叫んだことですやろ。いえ、おおげさやおません。のれんを裁ち切り、店を畳むという結論が出とったなら、それは彼の商人生命が終わったことを意味するんやさけえに。

「おおきに、おおきに。この直吉、命を燃やして働いて、必ずお金はお返し申し上げまっさけえに」

危ないとこでした。へたをしたら、私は若い者の命を失うとこでした。大阪の町のどこにも樟脳がないと知った時、さすがの直どんももはやこれまでと、死に場所を考えたと言うんだす。

もっとも、品物の姿を拝まんことには納得せん、金だけですまんお方もおってでっしゃろ。そのためにも、たとえわずかでも、手元の現品をお届けするべきでしたが、店にあるんをかき集めても、売ると約束した全体量の五分の一にもなりまへん。

とはいえ、もう日本じゅう探してもどこにも樟脳はあらへんのだす。姿の見えへん相場師ノースの巨大な影を思えば脂汗《あぶらあせ》がにじむ思いがしました。けど、何はともあれ店が残るんだす。それなら、のれんの裏側でぎりぎりまで切り詰めて、どんなことをしてでも生き残り、やりなおすんが直どんでした。

「田川はんを、呼んでくれるか」

よねがイシに田川を呼びにやらせたのは、虫の知らせというものだろう。彼はその日、夜陰にまぎれて帰ってきていた。直吉は留守だし、時間も遅いし、顔を見れば責め立ててしまいそうで、すべての話は明日にしよう、といったんは決めたのだが、やはり今夜のうちに一言、声をかけてやるべきと思い直した。直吉にたいへんな迷惑をかけてしまったと、誰より自分を責めているのに違いないのだから。

店には昼間、オットライマース社からの、弁護士を通じた督促状が届き、鈴木は即刻、約束した品物を引き渡すように、と厳しい調子で書かれていた。今や店じゅうがことの真相を知り、上を下への騒ぎになっていた。田川への追及は免れないだろう。部屋に田川はいなかった。直吉がしたように、ひとかけらでもいい、樟脳の現品を手に入れようと、思い当たるすべての場所をかけずり回っていたのである。

他の手代に、もどり次第に顔を出すよう伝えさせてオクに入る。子供らを寝かせ、片づけをするうち、ミセでは最後の番頭も下がっていった。朝の早いボンさんたちが、お休みなさいませと挨拶《あいさつ》をして、屋根裏部屋へと下がっていけばミセはしまいだ。後にはもう急ぐ用事とてない。よねは時間つぶしに縫い物を引き寄せた。

身代がこれで最後かというこんな時、帳面ではなく雑巾《ぞうきん》を縫う。我ながらなんと無力なことよ、と笑みが洩れたが、帳面を見たところで、もはやそこに記された金額でどうこうできる事態ではないのである。

あんたに全部まかしたさかいな。――直吉にそう告げ、ミセの結界であるのれんを手で払った瞬間のことを思い出した。自分の店であるのに、すべてをこの小男にゆだね、自分はオクへと退くのだ。戦国の世なら、全軍の将がすべてを戦う兵にまかせ、幔幕《まんまく》の奥へ控えるようなもの。だが、今、自分が居るべき場所はオク、家の中の、ここにしかなかった。

世間に何を言われようと、また結果がどうなろうとも、のれんを裁ち切る鋏《はさみ》はいつでも用意できている。

そんなことを思いながら進ませる小さな運針の目は、ふしぎとよねの心を落ち着けた。

ミセにもオクにも、ちくたくと時を刻む柱時計の音のほかには何の存在もない。時計の音と、みずから動かす針の進みとが、奇妙な調和を保って繰り返されていくばかりだ。

ぼんやり揺れるランプの炎。糸で押さえつけ縫い鎮《しず》められていく布目の余白は、この先どう埋まっていくかもしれぬこの店の未来を思わせる。

「お呼びですか」

いきなり声がしたから、はずみで、よねは針で指を突いた。

「いつっ」

指先にぷっくりと盛り上がるまっかな血。我に返るまでは一瞬のことだったろう。慌《あわ》てて指を自分の唇に当てる。

「……なんや、遅かったやないの」

自分のそそっかしさをとりつくろって、そして指から視線を移した時、よねはようやく彼の異変に気がついた。

青ざめ、ふるえ、よねと目を合わせることもできずに視線を宙にさまよわせているのは、いつも惣七に似ていると感じる、あの男ではなかった。

もっと様子を見ようとした。そして、気がついたのだ。彼のふところから覗いている奇妙な形をした先端。黄色い木綿でくるまれた、細い筒状のものの存在に。

「あんた、……何の真似《まね》だす」

言うが早いか、よねは男の胸元に腕を伸ばした。田川は素早く身を翻《ひるがえ》したから、よねは肩すかしをくって畳に這《は》う。だが引き下がれない。すぐに起きあがって、田川ともつれながらそれを争った。そしてついに畳に傾く男の肩をおさえれば、その物体はしっかりとした重みを持って彼の懐《ふところ》を滑り落ちた。それは、白木の柄《え》もまだ真新しい匕首《あいくち》だった。

驚いてつかみ上げるよねに、彼もまた驚いて取り返そうと全身でよねの腕に取りすがる。勢い余って、田川はよねを畳の上に仰向けに倒した。叫ぶ間もなく裾《すそ》が乱れた。顔の真上に、田川の必死な顔があった。

「返しとくなはれ。……おたの申します。返しとくなはれ」

田川は泣いていた。

肩で息をしながら、それでも先に落ちつきをとりもどしたのはよねの方だった。あほなことを、と瞳《ひとみ》はなおも彼を責めながら、まだ畳に平伏している彼を見下ろすことができた。

よねに叱《しか》られて以来、きちんと和服を着ている田川だ。だがあれは、洋装が似合わないから言ったのではなかったものを。

いつか、伝えたいと思っていた。けれどもその機会のないままこの事態だ。

「あんたが死んで、何とかなると思うたら大間違いや」

そろそろ頭が冷えたかというほどの時がたって、かけた言葉がそれでは、あまりに非情であったろうか。

しかし言わねばならない。あるじの自分も逃げはしない。店を続けるために、何でもやると決めたのだ。おそらく直吉も同じだろう。ならばあんたもそうしなはれ。そう言ってやりたかった。

「あんたには、死ぬ以外にもできることがありまっしゃろ」

声は冷たく抑揚がなかった。

「生きてできること、全部やり尽くしたうえで死になはれ」

これでは田川をますます追い込むことになる。だがどうにも優しく自分を崩すことはできない。

「私ら、石にかじりついても金は工面します。わずかやけど現物を付けて詫《わ》びれば鈴木がまるきり嘘《うそ》つきやなかったいう証明にもなりますやろ。後はあんたら次第だっせ。この危機を乗り越えた時、これを返してあげまひょ」

闘う男に、慰めは不要だろう。後は時間が彼の悔恨を癒《いや》し、立ち上がらせる。それで立ち上がらなければただの牛だ。言うだけ言って、よねは田川を下がらせた。

襖が閉まると、大きなため息が出るのがわかった。

惣七はん。――なぜだろう、こんな時に思い出す遠い人。だがあれは、似ていても同じ男でない。今、あらためてよねは、どこにもいない惣七のことが恋しかった。

匕首を差し出すと、直どんは驚いとりました。けど直属の部下として田川はんを使《つこ》うたんが直どんなら、その処遇も彼が決めるべきですやろ。

「えらいご迷惑、おかけしました……」

それだけ言うと、匕首は胸に納めた直どんだす。

堅い戒めと決意の表れか、直どん、頭をきれいに刈り上げてしもとりました。以後、彼の定番となる坊主頭は、この時からのものだす。それは、この大失敗が店じゅうに知れ、皆にも大迷惑を掛けることが明らかになったにもかかわらず、一言も彼を責めないばかりか、

――直どん、これ、使《つこ》てくれ。わずかやが、なんぼか役には立つやろ。

と、手堅く利益を上げている砂糖部の金を回してくれた富士どんはじめ、今日まで一緒に働いてきた店員たちの無言のささえに対する、意思表示だす。今は迷惑かける

したんやろ。

が、いずれ取り戻し、皆の好意の分までお返しする。そんな、強烈な誓いのしるしで

さあ、いよいよ正念場でした。

策略なんかおませんやろ。あるとしたら、あらいざらい手の内を見せることだけだす。売約先のリスト順に商館を訪ね、誠心誠意、窮状を訴えるしか道はおません。

実際、直どんはそのために言葉を尽くします。自分の失敗のために品物は手に入らず、八方から責め立てられて、もはや鈴木は倒産するしかないであろう。ついては、ふだんひとかたならず引き立ててもらっている貴社だけには迷惑をかけたくはなく、できる限りの義務を果たしたいが、これがいかんせん、何とも思うにまかせない、と。

「シモンさん。どないですやろ、わずかですけんど、せいいっぱいそろえた品物をお届けします、足らん分、三千五百ドルで、なんとか収めてもらえませんやろか」

相手は情に訴えれば心を動かす関西商人とは違い、浪花節《なにわぶし》など通用せん外国人だす。長年の外国商館との取引で、彼らがどれほど功利的であるかは百も承知の直どんでした。

当然、相手は居丈高に腕組みします。直どんは黙って相手の目をみつめながら、ふところから何かを取り出します。

あの匕首だす。

それを、すらりと抜いてみせたんだす。

「このたのみ、聞き届けてもらえんとあっては、主家に申し訳が立ちませんねん。金子直吉、この場で腹を切って主人にお詫びさせてもらいまっさ」

驚きで、通訳は間に合いまへん。けど、言葉は不要でした。田川はんが命を絶った め買い込んだあの匕首は、ぎらり、妖《あや》しい輝きを放って彼らの目を射たのだす。

シモンはん、ふるえあがったことでっしゃろな。

なにしろ、外国人が日本人のハラキリを見た最初の地は、ここ神戸だす。明治の初め、西国街道を行く備前藩の砲兵の隊列を横切ろうとしたフランス水兵といさかいになり、傷を負わせてしまった事件がそれで、諸外国の使節の前で隊長が切腹しておさまったのだす。欧米人にしてみれば、アジアの未開の国の風習、と侮《あなど》った切腹が、死を前にして少しも騒がず乱れず、完成された作法として浸透していた事実に驚嘆し、本国に衝撃的に伝えられたと聞いとります。そして今なお、日本を訪れる際に強烈な予備知識として語り継がれているんやそうでした。

「待ッテ、待ッテクダサイ、金子サン」

「わしの望み、聞きとどけてくださるんかいな」

うーむ、と唸《うな》るシモンはんのこめかみを冷や汗が流れ落ちました。

この勝負、直どんの勝ちでした。契約を楯《たて》に強引に迫ったところで、樟脳がないことは彼らも重々知っていたのだす。モスリンの商売で儲《もう》けていたこともあり、相手はあっさり引き下がりました。もっとも、

「ウーン。デモ、カネコサン、オ金、スコシ、足リナイデス」

片言の日本語でみずから喋《しゃべ》り、違約金をちゃっかり四千ドルに吊《つ》り上げることだけはぬかりなかったそうだすけんど。いやはや、英国商人の抜け目なさだすな。

おかげで鈴木商店は、四千ドルの違約金で、商売の筋を通し面目を保つことができたんだす。

直どんが繰り広げた鈴木の〝交渉〟は、その日のうちに噂《うわさ》となって居留地を駆けめぐりました。鈴木商店は樟脳を揃《そろ》えられなかったが、それをきちんと金で償った。それでも厳しく契約の遵守《じゅんしゅ》を強要すれば、彼は腹を切る気で、我々はさながら『ヴェニスの商人』のユダヤ人になってしまうだろう。……そんな噂が追い風になり、次々と直どんの交渉ははかどっていったのだす。

「なあ、直どん」

とっておきの羊羹《ようかん》を差し出しながら、やっと直どんと笑いあうことができたんは、

ひと月も過ぎた後でした。

「実物がないのに、絵空ごとの商売はあかん、そういうことやったんと違うやろか」

商品を持たずに取引する、いわゆるハタ売りは二度とせん。目先の利ざやだけを狙《ねら》う小賢《こざか》しい商いにもう懲《こ》りた。しんどいけんど、ちくちくと小さな針の縫い目を重ねていって、いつか大きな縫い物になったらええやないの。私は、そういうことを言うたつもりでした。

けど、直どんの頭に刻まれたんは、さらに大きなことでした。商売は「実業」でなければならん、手元に物のない「虚業」ではいかん。そしてそれはこの後の直どんの商売に、一貫して守られることになります。

以後、どんなにうまい情報が転がりこんできても、

「チート待て」

が口癖となり、即座にはとびつかず、よう考えることを自分に戒めるようになった直どんは、しじゅう店の者に言うたことだす。

「大きな商売をするには、何より、相場の情報は知っとかなあかん、ちゅうこっちゃ」

それは、貿易商たる者、常に世界を相手にものごとを考えろということ。日本だけ

の視野にとどまっていては、神戸の商売は大きくならぬということ。そして、姿の見えないイギリス人を通じ、初めて世界の商取引の中心地ロンドンを意識したことも、今回の成果でしたんやろ。女の私には、思いつきもせんことでしたけど。

私にできることはといえば、兄さんの信用による金策や直どんの誠意のこもった交渉へのがんばりにひたすら感謝し、オクの家計をいっそう慎み、一日も早《はよ》うお金を返せるように努めるほかにはあらしまへん。そこが男と女子《おなご》の違い、いいえ、のれんを守るだけの女と、店を広げるために攻めていく筆頭番頭との、大きな違いでしたんやろな。

直どんは、こんな窮地にも自分を見捨てず切らず、最後まで信じて任せた私や兄さんらに対し、恩義をいっそう深めたようだすけど、考えてみれば、私らとて直どんの働きで守られたんだす。私らはすでに、同じ運命の船に乗り込んだ道連れでした。

「この羊羹、おいしおます」

このうえなく甘い羊羹を頬ばりながら、直どんが誓いを立てたことは、ずっと後になって彼から直接聞かされました。いわく、二度と主家を危機にはさらさせない。いや、それどころか、今回心配をかけた分だけ、儲けに儲けて、主家を富ませてみせる。いそれがどれだけ固い誓いであったかは、この後、明らかにされていくのだす。

第二章　海　風

みわたせば　なかなか遠く　曳舟《ひきふね》の
けふり一すぢ　かすむ海はら

1

夫を失って以来初めてぶつかった大きな危機は、なんとか乗り越えて行けました。大きな大きな継ぎ布をはいで、なんとかのれんの面目を保った、そんなとこでっしゃろか。

けど、同じ商売を続ける以上、きっとこれからやったって、何度も似たような大波をかぶるに違いおません。

どないしたら安泰な航路を進むことができるんか。どないしたら息子たちが成長する未来へ無事にたどり着けるんか。店という船の舵取《かじと》りをする直どんは、男子一生を賭《か》けた仕事やと、その後もずっと考えとったようだす。

ところが、その答えをくれる一隻《せき》の船が、神戸に悠々と入港してきたんでした。西南の役、日清戦争、そして台湾領有と、西に向けて兵隊さんが動く時は、いつも神戸が基点になっとりました。そのため、陛下みずから大日本帝国海軍の艦隊を率いて神戸港にお出ましになり、大観艦式を行われることがたびたびとありました。明治二十九年、菊の御紋章を船首につけたお召し艦「松島」の雄姿がお目見えしたんは、その最初やなかったでっしゃろか。

その艦に陛下がお乗りあそばし、日清戦争での大勝のご報告と戦没者の御霊《みたま》を鎮《しず》めに、別格官幣社の湊川《みなとがわ》神社に詣《もう》でられるというんです。市民は一目見ようと、朝もまだ暗いうちから港めざして押し寄せることになります。

鈴木の店とて例外やおません。前の通りを興奮して港へ向かう人々の姿を見れば、ボンさんらの気もそぞろ。番頭とて、外の用事と称して、港へ行った者もおりますやろ。来年には中学校へ入ろうという年になっとる岩蔵でさえ、学校から帰るや、学校の友達らと連れだって軍艦を見に行くんやと騒いで騒いで。

あかん、と叱《しか》りつければ大声で泣き出す聞き分けのなさはおとんぼの甘さなんか、これはなんとかせなならんやろかと、真剣に私《わて》を悩ませもします。夫が亡《な》くなって以来、あんたらはたゆまず精進して早《はよ》うこの店の冠たる者にならなあきませんのやでと、折につけ、私なりの帝王学で子供らをきつう戒めてきとりましたが、やっぱり女親では締まらんようだす。

——ええやおまへんか。男の子だす、陛下のお船は見たいはずだす。

直どんや富士どんはそない言うてまた甘やかすんだす。ほんま、何かにつけ、商売には厳しいこの両大番頭も、息子のことにはゆるゆるなんは困りもんだすな。けど、実際、店も仕事になりまへん、なんせ神戸は祭り気分だす。ボンさん、息子ともども、港見物に行かせてやることにしました。そしたら、先頭きって飛び出して行くんは高校生の徳治郎やおまへんか。幼いだけに欲望にも正直な弟と違い、この子は表面、従順なんだすけど、その内側には人並みの思いを抑えておるんかもしれまへんな。

結局、子供らばっかりでは心もとないさかい、誰か手代について行かせようとミセに出たら、田川はんがおりました。銭を渡して、何か駄菓子でも買《こ》うてやるよう、たのみましたが、この用事、子守りみたいで、なんぼ私じきじきの言いつけでも、田川はんには気に添わんかったようだす。へえ、と元気なく返事するんにも、私の目もよう見返さんありさまだす。

しかたおません、匕首《あいくち》なんぞをしのばせとったんを見つかったうえ、事件は自分の力以外でおさまりがついていったんだす。男として、商人として、思うところは山のようにあったはずだす。

悩めばよろしいのだす、考えればよろしいのだす。それで人は成長するもんだす。

私は、よかったなあと、たやすう慰めは言いまへんでした。

けど、港には、この人のために新しい転機の風が吹いてきました。

軍艦「松島」の神戸入港を率いて来たんは、直どんと同郷の土佐の幼なじみ、島村大尉《たいい》やったからだす。

ということは、田川はんにも土佐の先輩。廃藩置県がなされて二十五年になりますけど、土佐藩やら姫路藩やらいうんがどこにも存在せんようになった今も、まだまだ世間は昔の絆《きずな》で動いとりました。同郷いうんは、血の次に濃いもんやったのだす。

貧しさゆえにろくに学問もでけなんだ直どんですけど、神戸で名だたる商店の大番頭にまでのしあがったと知って、島村はんは大切に遇してくださったんやとか。直どんは、さっそく田川はんを引き合わせ、自分の部下として紹介したようだす。

二人が気になったんは、この艦がこの後どこに行くんかということでした。

「この艦は、呉《くれ》で皇軍の艦隊に合流し、台湾へ征《い》く」

大尉が軽やかに答えなさった時、とたんに、南の風が吹いたことでっしゃろな。ついこの間まで異国であった南の島。清国《しんこく》との戦争の勝利により、日本に割譲されたその島を、艦隊はまさにこれから、受け取りに行くところなんやとおっしゃったんやから。

どうしたら虚業にはしらず、実のある商売だけをこなせるのか。あの樟脳《しょうのう》のハタ売り事件以来、直吉がずっと考えていた、その答えとは、実は簡単なことだった。

今回の失敗は、品物をよそから仕入れて流すだけだったから生じた。もしも自分が樟脳を生産し、常時手元に一定量を確保しているならば、いくら天候に左右される林業作物とはいえ、ある程度の数は読めるから、量も確保できるし値段も自由に設定できる。

だが悲しいかな、日本の国内生産では高が知れていた。直吉は、高知や和歌山の山持ちに働きかけ、さかんに楠《くすのき》の植林を申し出たが、それらが育つには数十年の年月が必要だった。資源国、農業国としての日本は先が見えている。日本が真に西洋諸国と肩を並べるには工業を興《おこ》し、文明の力で大量生産した品を、貿易という外国との商売によって売りさばくことで並び立つしかないだろう。

そこへ、台湾という可能性が登場したのだ。

「失礼ながら、大尉、英字新聞には、台湾なんぞ獲《と》ったところで、しょせんは未開の蛮地、なんもええことあらへんと、書いとるようですが?」

海軍軍人に対して尋ねるにはいささか失礼だったが、直吉はせきこむようにして訊《き》いた。

「ふふん、それは李鴻章《りこうしょう》がわが国に台湾を諦《あきら》めさせようとして言うたことだ」

戦後処理のために執り行われた下関《しものせき》での講和会議では、清国側の全権大臣、李鴻章は、こう言った。

——台湾でいいのか? 治められるものなら治めてみたまえ、手こずるぞ。

そして根拠に並べ立てたのが、台湾の悪条件の数々だった。

中原中国からみれば、台湾は〝化外《けがい》の地〟と言われる未開の地にすぎない。大陸から渡った中国人や島を拠点に中継貿易を行う西欧人が住みついてはいたが、それより先に、全島にわたって山地には「生蕃《せいばん》」と呼ばれる漢化されない原住の少数民族が複雑に部族を形成し、言語や習慣も統一されないまま暮らしていた。おぞましいことに、マラリアや風土病がはびこって、その毒気を防ぐために常用する阿片《アヘン》は人々を中毒させて、本国もその統治には手を焼いてきた。

そんな島の一つや二つ、日本にくれてやっても本国に影響はない。負け惜しみと呼ぶにはあまりにも愛着のない表現だったのである。

台湾では逆に、そんな清国のふがいなさに見切りをつけ、「台湾民主国」として独立してしまおう、という動きすらある。

彼らは台湾を譲り渡す条約の調印式にも、清国人が一歩でも台湾の地面を踏んだら命はない、と脅し、これに怯《おび》えた清国代表李経方《りけいほう》は、なんと地上ではなく、基隆《キールン》沖に停泊した「横浜丸」の船上にて執り行うことを願い出てくるていたらくだった。

「心配いらん。清国にはできなんだが、わが帝国に治められない領土はない」

まるで国家を代弁するかのように島村は言った。台湾の現状は百も承知、それに対応する手もじゅうぶん考え尽くしている、と、彼の態度は自信に溢《あふ》れていた。日本が帝国主義国家の仲間入りをして東洋の盟主たるには、どんな苦難に満ちていようと、領土拡大の象徴である台湾の統治をなしとげねばならぬ。そんな覚悟は、調印に臨んだ初代台湾総督樺山資紀《かばやますけのり》以下、皇軍に列する将兵の末端にまで浸透していた。

「聞いたところによれば、大尉殿、かの地では、樟脳が豊富に穫《と》れるとか。それに、基隆を基点にして、東洋の沿岸各地に貿易航路も拡大できるようですな」

一商人ながらおそろしく情報通である直吉に、島村は驚いた。だがさすがに、直吉の次のたのみにだけは応《こた》えられなかった。彼は、平然とこう言ったからである。

「大尉殿、わしをこの軍艦に乗せてくださりませんやろか」

「金子、おまえは、なんちゅうことを考えとる……」

台湾は、いずれ日本の統治下で、立派な町になる。人も大勢移り住む。そうなれば、衣食住、いろんな品が必要になるだろう。その時活躍できるのは、自分たち商人以外にない。

行くなら今。勇気さえあるなら今。直吉が言っていることが、島村には痛いほどに伝わった。

だが、それとこれとは話は別だ。

「陛下の軍艦に商人を乗せるなど、先例にない」

苦虫を嚙《か》み潰《つぶ》したような顔で、島村は却下した。

当然である。戦争をするための船を、商いに用いることはできない。

「あきれたやつだ。……だが商人ながら帝国のお役に立とうという心意気は立派なことだ。民間人の渡航には多少時間がかかるだろうが、新しい動きがあり次第、知らせてやろう」

「ありがたき幸せ」

田川にとっては、これら二人の故郷の先輩たちのやりとりを、そばで見ているだけでじゅうぶんだった。体の内から、何か力がみなぎってくる。自分がやりたいこと、やらねばならないことが見えてきた。

日章旗を勢いよくはためかせる海の風。鈴木商店が世界の海へ乗り出す機運の下地は、すでにこの時、できあがっていたと言ってよい。

それからさあ半年もたった頃やったでしょうか。呆《あき》れ返るようなことが起きました。直どん、田川どんと、二人で雁首《がんくび》そろえて挨拶《あいさつ》に来た時んことだす。

二人して樟脳でえらい目に合《お》うたうえ、軍艦に乗せてもろて台湾へ行くなんぞと言う、そんな阿呆《あほ》なことを思いとどまったかと思うてたんに、今度は、うちの店員を大工の棟梁《とうりょう》の一行にまぎれこませて台湾へ送り込む、言うんだす。

皇軍はすでに台北《タイペイ》に入城して人心の安定を回復なさり、いよいよ台湾の本格的な統治へと乗り出されたんやそうだす。手始めに、清国時代に築かれた要塞《ようさい》のような城門を取り払い、自由に人々が行き来できる新しい町づくりが始まったのやとか。そのため、神戸から百人単位の大工が徴用されるというんを島村大尉から聞きこんできたんだす。

「そないな無謀なこと……。そんなとこへ、行く者もおりませんやろ」

「いいえ、わしが、行かせてもらいます」

平然と答えたんは田川はんでした。絶句して、その顔を穴が開くほど見ましたけんど、本気でした。

あほなこと考える親分にはあほなことする子分がつくもんです。大まじめな顔で言うことには、山持ちやった父親が材木を切り出してあちこちに家を建てたんを見てきとる、大工としての小回りはきかんけど、棟梁面《づら》して人を仕切るんは得意や、と。用意のええことに、直どんは同じ栄町の回漕《かいそう》問屋の後藤屋はんを通して、それらしゅう紹介状まで作ってきとりました。

「台湾へ、誰でも行けるようになってからでは遅いんだす。皆がまだ台湾のことなんか考えもせんうちから、現地に渡ってじかに調べて来んと」

彼らを動かす動機には、それよりもっと強いもんがおました。

樟脳だす。

清国統治下では外国商人らのほしいままにされとった脳界だすけど、我が国の領有となってからは、「官有林野及樟脳製造業取締規制」とかいう法律ができて、外国人の製造を認めず、許可した者だけがかかわることができるという、強力な保護政策が打ち出されたのだす。さらに「樟脳税則」も整い、まさしく樟脳の製造は国家を挙げての主産業、というふうに位置づけられたんでっさかい、かつて外国商人に煮え湯を飲まされた二人にしてみたら、まさに神戸の敵を台湾で討つ、またとない好機到来やったわけだす。

そうと知って彼らを止める、どないな理由がありましたやろ。気のすむようにさせるしかおません。

「ほな、行ってきなはれ。そんで、行くからにはしっかり収穫を持って帰ってきなはれ」

へえっ、と平伏する田川はんは、あの日匕首を懐《ふところ》に隠して青ざめとった、同じ男には見えまへんでした。何かをやろうと燃える、熱を持った男の顔をしとったからだす。あらためて、ああ惣七はんとは別人の、これからがある若い男なんやった、と気がつきました。それはたぶん、今まで意識しとった以上に、彼のことを認めた時やなかったでっしゃろか。私《わて》も、この時以来、台湾に、海の外に、関心を持つようになりました。

2

店の内ではこの年、富士どんが嫁さんを迎えました。寡婦《かふ》がしゃしゃり出るんはようないんですけど、実家が親しゅうしとった太物屋の娘、おむらどんをお世話したんだす。

母親のことを幼い時分に知っとりましたが、出しゃばったとこのないようでけた娘で、なにより、私と同じ姫路の町育ちというんが、何とのう気心が知れる思いでした。嫁さんもろた以上は店で皆と住むわけにはいきまへんが、遠くに行くんも寂しいさかい、隣の家に住んでもろうて、何かとたよりにさせてもらいました。おむらどんもよう動いてくれましてな。いずれ、店の者らの妻の束ねになってくれるものとたのもしかったもんだす。

こうなると、次は直どんだす。

商売商売でなりふりかまわぬ直どんですけど、もう三十歳も過ぎとるのだす。いつまでも狭い店の二階に寓居《ぐうきょ》して不規則な粗食で慌《あわ》ただしく駆け回るばかりではあきまへん。身なりや健康にも気を配って、鈴木の大番頭としての体裁をつけてくれる内助の妻を得んことには。

そうだすなあ、私としては、やっぱり、姫路の実家の近所から、これという娘をもろてもらお、と考えたんだす。探してみれば実家が親戚《しんせき》同然につきおうとる瀬戸物屋に年格好のふさわしい娘がおり、さっそくと話を持っていってもらいました。姫路にこだわったんは、せめて自分の故郷の地縁で筆頭番頭とかたい絆《きずな》を結びたいと思うたんだす。

「あんた、どない思う?」

隣家のおむらどんを呼んで聞いてみました。直どんに同じ姫路から嫁さんが来れば、あんたも心強いやろ、と。もちろん、おむらどんも、言葉少なにうなずいたもんです。

古い、とお思いでっしゃろけど、私ら女の務めは、まず一番に、家を守っていくことなんだす。家には、丈夫な柱が何本もあった方がよろし。人の場合、どんなことにも揺らがん柱は、切っても切れへん絆で根の生えた人垣ですやろな。私は直どんを、鈴木の家の、そういう柱になってもらいたかったんだす。

ところが、例によって直どんはのれんに腕押し、なかなか話も聞きまへん。

「わしの嫁は、店だけでじゅうぶんだす。人間の嫁なんぞもろうても、かもうてやってる暇がおまへんのや」

ぬらりくらりとかわすんを、歯がゆう思うておりましたけんど、縁談ちゅうもんは弾みだす。周りの者がどんと背中を押してやったら案外軽くいくことがおます。けど、私が持ち込んだ縁談に直どんが乗ってこん本当《ほんま》の理由を知った時、さすがの私も、まさか、と言葉も出まへなんだ。

「こんな出すぎたことをお耳に入れて、ほんまにすまんことだすけんど」

耳打ちしたんはおむらどんでした。焦《あせ》り始めとった私を見るに見かね、後に引けんようにならないうちにと、珍しくおせっかいをしてくれたんでした。

「実は、……直どん、好きなお方がおるんやないかと」

これこそ、絶句しました。

直吉の恋。

まさか、と言ったきり、よねも後の言葉が続かなかった。商売では口八丁でも、あの容貌《ようぼう》、あのなりでは、女の方で笑いながら逃げ出すだろう。だが、むらは真顔だ。

「誰やのん、その、相手というんは」

「うちの口からはよう言いまへん。けど、いっぺん、じっと見てなさったらわかります」

慎重なむらは、私的なことで自分がよねに告げ口したと思われたくなかったのだ。

「いったい誰や……」

探しあぐねるよねにずばり相手を見きったのはイシであった。相手は、岩治郎の死後に雇い入れてまだ一年にもならない女中のお千だという。

「お千?……てか。けど、あれは、……」

年は直吉よりわずかに若いが、一度結婚に失敗して出戻った身であるはずだ。よねは自分と同じ境遇をあわれに思い、また、大阪の藤田の紹介だったこともあって雇ったのだから間違いない。

「たしかに、お千がおったら、なんや皆に張りが出ているようには思うてたけど……」

決して美人というのでないが、人好きのする顔をしており、愛想のよさ、気の付く質《たち》はよねにも及第点で、ともするとイシより重用しそうになることもあった。

だがお千をほめると、にわかにイシは表情を翳《かげ》らせ、珍しく悪口を言った。

「男はんを手なずけるんは上手かもしれまへん。ボンさんらはすっかり手の内やし。けどうちは、最初から何や油断ならん気がしてなりまへんのや」

無口なイシがそこまで悪く言うのを捨て置けないように思い、よねはこの際、彼女に思うことすべてを語らせてみることにした。イシは、抑えていたことをついに洩《も》らしてしまった自分の軽率さに萎縮《いしゅく》しながらも、やはりこの際だからと喋《しゃべ》り始めた。

初めてお千がこの家に来た日、イシに勝手を教わりながら、おかみさんはどんな人、亡《な》くなったご主人はどんな人と、執拗《しつよう》に訊《き》かれ、とても不快に思ったこと。先輩である自分をはなから見下し、家の仕事もまるで物見遊山《ゆさん》のような態度でいることなど。

「奉公先の家の中のこと、あないに知りたがる女子《おなご》は要注意だす。知った話を、きっとどこかでべらべら喋りよるんに違いおません」

断言する語調の強さは、年甲斐《がい》もなくお千に嫉妬《しっと》しているのかともとれるほどだが、確かに、イシは岩治郎の教育もあって、口の堅さと誠実さだけは代わる者がないほどだった。他人の家で奉公する身であれば大前提となる暗黙の常識を、そのように侵しているなら、確かに問題あるとみなさずばなるまい。

それ以降、注意してお千を見ていると、なるほど、よねのみならず、二人の息子に注ぐ視線が粘りつくような熱を持っていることも否定できない。

そして直吉はといえば、足湯の盥《たらい》を運んで来たのがお千だった時、眼鏡をはずし目も閉じて、うっとりと温度を楽しむ様子が手に取るようにわかった。お疲れさん、ご苦労さん、とねぎらわれ、遅い食事を調えてもらう時も、それがイシである時とは大違いの上機嫌だ。

以来、注意しているよねの目には、お千がご飯をよそえば頬をゆるませ、昼の握りがいるかと問われれば照れて首を振る、そんな素朴な直吉の反応ばかりが目に付いた。もしも本当にお千のことが好きであるなら、直吉の思いを成就してやってもいい。よねは一時はそうも考え、お千の紹介者である藤田に、あらためて彼女の身元を問い合わせた。

だが、返ってきたのは、紹介状どおり、奈良は五條《ごじょう》の生まれで十九で嫁ぎ、子のないままに二十四で離縁してもどっていたとの情報だけだ。さらに親、兄弟について調べてくれるようたのむと、藤田からはいぶかしそうな返事が返ってきた。

「なんぞ、疑うようなことがあるのか？　あの女子は、前の嫁ぎ先の、木綿屋からたのまれてな。実家《さと》のことはよう知らんが、嫁ぎ先は確かな家や」

どうやら嫁ぎ先では大事にされ、子ができないために泣く泣く離縁となったそうだが、舅《しゅうと》が、どうにかお千の身が立つようにと、藤田にたのんできたものらしい。しかし嫁ぎ先はともかく、実の親兄弟がまともに暮らしているなら、何か聞こえてきそうなものである。それが不明、というのは、おそらく語れないような家庭事情があるのだろう。

よねとしては、学のない直吉だから、それなりの家の娘をもらってやりたかったのだが、お千で妥協するとしても、せめて、直吉の足を引っ張る親類縁者がいないことだけは確認したかったのだ。それが不明のままでは、やはりお千は不適という他はない。

といって、わざわざ引き離すまでもない。ひき続き様子を見ていたが、もとより直吉の方でお千に何かを伝えようとか、どうこうしようという動きは一切ないのだ。第一、お千の方では直吉にも店の誰彼にも同じ態度で接しており、特に直吉だけに興味があるわけでないのは一目瞭然《りょうぜん》だった。

「どないしたもんやろ。このまま様子を見とくか」

ふたたび、むらを呼んでみたものの、互いにこれといった名案もない。

男ばかりの無粋な仕事、とりわけ樟脳の一件の後始末に追い回される日々で、たまたま身近な女に気が向いただけのことではないか。いくら唐変木の直吉とて、きびしい商売の軋轢《あつれき》を、そんなささやかなことで慰められていたのだろう。それならなおのこと、早くくつろげる家庭を持たせてやりたいと願うよねなのだが。

「あきませんな。私は人の世話ばっかりしとらな、おられん性分でな」

「わかります。坊ちゃんらも大きゅうなられたし、ご活躍の場も他になけんと」

むらがそう慰めたとおり、長男の徳治郎は、よねの期待を背負って東京の大学へ上がり、弟の岩蔵も、いずれ同じ道をたどることになっている。だが中学生になった岩蔵については、いくら厳しく育てたところで女親には限界があり、どうにもやんちゃが収まらないことから、番頭の一人で元関西学院の教師をしていた者の家に下宿させ、他の書生と同じ扱いで預かってもらう決断を下した。

息子らに甘い直吉や富士松は、よねのこの決断にいい顔はせず、ことあるごとに覗《のぞ》きに行っては、貧しい書生たちにまじって庭の掃除をしている岩蔵を見ては不憫《ふびん》がり、励ましたり、あるいは荒れた手を取っては涙する、というありさまだった。よねはつくづく、こうした忠臣たちに囲まれて育つ跡取りというものの育てにくさを痛感する。

ともあれ、他人様《ひとさま》に託した今は、息子に取られる時間がぽっかりと空き、よねとしては働きどころに不足していた、というのが現実だった。

「直どんのことは、息子らよりも難題や」

そしてイシとお千とが奏《かな》でる不協和音も、気づいてしまえばよねを悩ます一つであった。

そんな時、鈴木の店に事件が起きる。

隣家の旅館から出火したんは、寒い冬の、白昼でした。

「火事やっ、隣から、火ぃが出たぁ」

駆けだしていく人々の声、右往左往する足音。さすがに私も飛び上がりました。

「こっちに移るかもしれん、早いとこ大事なもんから運び出せ」

「こっちや、手え貸してくれ」

「帳面は燃やすな。そこの、大福帳もや」

表ではすでに、皆が素早く避難を始めた様子が聞こえてきました。昼間のことで、店にじゅうぶんな手があったんが幸いでした。

こんな時、自分が何をしたらよいかは知ってます。守らなならん子供たちもおらんのやし、ここは自分一人、怪我《けが》せんと、誰の手もわずらわせんで、大事なもんだけ持ち出せばええんだす。もとより、常日頃から、万一の場合にそなえ、大事な物はすべて唐草の大判風呂敷《ふろしき》に包んでまとめてあります。権利証、通帳、実印に、夫の位牌《いはい》。

風呂敷包みの中のものを確かめ、部屋を出ました。

半鐘が鳴り始めとります。店では類焼をおそれ、若い者たちが手分けして金庫や机を運び出しとりました。

「女は皆、逃げたんか」

先を行くイシにそう聞きました。

「へえ、もう外に」

「わかった。お前、先に外で待っとり。私はもう一回り見てくるさかい」

火元と反対側の隣家からはおむらどんも飛び出しているはずで、みなを率いてくれまっしゃろ。そんなら私はあるじとして、最後に見届けとかなあきまへん。夫が築き、二人の子供がころころと育ち、そして哀れな次男が息を引き取っていったこの場所を。火の手がどこまで迫っているかわからんので気は急《せ》きましたけど、これが最後と思うと、住み慣れた家を失うことがむしょうに惜しまれてならんのでした。

そやから、中二階に上がって、直どんの部屋を覗いて見た時は、呆《あき》れましたわ。ボンさんや番頭はんらの部屋は、すべて荷物が持ち出され、もぬけの殻やというのに、直どんの部屋だけは手つかずのままやったんだす。恐らく、「火事や」の声で飛び出していった、そのまんま。

「ちょっと！　直どんは？　直どん、荷物、そのままですがな」

外に出た時、周りに大声で問いかけましたが、返事はますます呆れるもんでした。

「金子さんは、大屋根に登って、水、かけとられます」

ボンさんの一人が指さす先には、たしかに、店の大屋根にまたがって、中継また中継で運び上げられる桶《おけ》の水を掛けまくる直どんが見えます。

「そら、どんどん水汲《く》め、桶、上げてこい」

水をかけてる場合やろか。ほんまに、なんちゅう男ですやろ。

「金子はん、気ぃつけとくなはれやあ」

路上の野次馬からも声が飛びます。そこに、早《はよ》うから避難したお千の姿もあり、皆にまじって不安げに大屋根を見上げとりましたが、直どん、好きな女にええとこ見せよ、思うて張り切ったわけやおませんやろ。自分の私物はかまわず、率先して店の防火活動に回る、もともとそういう男なんだす。それほど店が、大事な存在なんやさかいに。

私は風呂敷包みに大事なもんを持ち出しましたけど、直どんにとっては、風呂敷にはおさまりきれん、店そのものが貴重品だす。そやから、持ち出す代わりに、そないして体を張って、煤《すす》だらけになって、燃えんように働いとったんだす。

すべてをひきかえにしても守ろうという「店」がある直どんと、風呂敷包みたったひとつでこと足りる私と。いったい、富める者はどっちでっしゃろ。幸せなんはどっちでっしゃろ。鳴りやまぬ半鐘を聞きながら、なんやおかしゅうなりました。

この店は燃えん、と思いましたわ。皆が、決して燃やしたりはせん、そんな気概があふれとったからだす。

おかげで、気持ちに余裕ができたんですやろな、ふと足元に、ふだんなら見落としたかもしれん小さな落とし物があるのに気が付きました。

それはすりきれたお守り袋でした。赤地に金襴《きんらん》で大阪天満宮の梅の模様を織り込んだ女物。おそらく、荷物を持って避難する時、誰かがどさくさに落としたんですやろな。

きっと大事なもんや、後で届けてやらんとあかん。そう思い、その場で中を確かめました。そして神札とともに納められていた古い半紙を開いて、私は我が目を疑いました。

そこには、確かに持ち主の名がありました。おそらくその者が生まれた時に、親がすこやかな成長を願って書いたんでっしゃろ、「命名」と、踊るような文字の下に、「千」と名前がありました。どうやら、あのお千が落としたもんらしいのだす。

けど、私の目が釘付け《くぎづ》けになったんは、日付の横に書かれた父親の名前でした。大阪、辰巳《たつみ》屋番頭、鈴木岩治郎。お千の名前の横には、たしかにそう書いてあったんだす。

火の手は、さいわい、鈴木商店にはおよばなかった。隣家は全焼したが、鈴木商店はわずかに外壁を焦《こ》がしただけで火はおさまった。

だがよねの頭をいっぱいにしているのは、火事とは違うことだった。

「お千を、呼んでくれるか」

皆を休ませた後の静寂の中、よねは、あの守り袋を取り出した。

あれからいろいろと考えてみた。そして、この書き付けが何を意味しているのかもわかったつもりだ。真相を訊《き》くべきなのか、それともこのまま蓋《ふた》をしておくべきか、それも迷った。そして、決めたのだった。

訊かねばならない。自分の知らない真実を、そして彼女の魂胆を、すべてつまびらかにせねばならない。

「お呼びだすか」

襖《ふすま》を開けて、お千が入ってきた。背後の襖をふたたび閉める丁寧な手つき、落ち着いたたたずまい。くずし髷《まげ》に結った髪に乱れはなく、きちんと前を合わせた縞《しま》木綿にも隙《すき》はない。なのに顔には、これから何が、という好奇心が溢《あふ》れているかに見えるのは、思い過ごしか。

「あんたなあ、……」

切り出したものの、心は重い。大阪、辰巳屋番頭、鈴木岩治郎。そして、それに寄り添うような母親の名前。神戸、花田旅館、お松、とあった。確かにあれは夫の筆跡であった。しかも、そこに書かれたお千の出生の日は、さかのぼって数えてみれば、よねを娶《めと》る以前の奉公時代にちゃんと符合する。岩治郎は辰巳屋に拾われる前、神戸の旅館で客引きのような仕事をしていた時代もあったとは聞いていたから、出逢いはそのころなのだろう。それにしても、彼には、こんな娘をもうけた女がいたというのか。

そんなことは、生前、一言も聞いたことがない。苦労続きで、身を固めようにも女とはまったく縁がなく、商売一筋で来た男だと信じていた。実際、よねが驚くほどに、無粋で潔癖な男であった。なのに、なのに……。

騙《だま》された気がした。裏切られた気がした。それでも、問いつめたくても責めたくても、夫はもうこの世にはいないのだ。

「これ、なくしたんとちゃうか」

大きな深呼吸を一つして、よねは、お千の前にお守り袋を差し出した。

お千は一瞬、それがよねの手にあることに驚いたが、すべてを噛《か》みしめるように目を閉じると、やがておずおずとお守り袋を両手に取って、胸に大事に押し抱いた。

しばらく無言のままで対峙《たいじ》した。よねも何も言わなければ、お千も口を開かない。

「あんたの、お母はんはどないしとられるんや?」

できるだけ平静に聞こえるように、よねは言った。

一瞬の間を置き、お千の方でも努めて冷静に答えてきた。

「亡《な》くなりました。うちを産んで、まもなくのことやったと聞いてます」

そうか、岩治郎は、その哀《かな》しみのせいで結婚に消極的であったのかもしれない。ふと、彼はいつまでその女を覚えていたのだろうと考えた。いや、本当は死ぬまで忘れられずにいたのではないか。自分という妻を娶ってからも、胸の奥ではずっと、若い頃に子をなすほどに愛した女のまぼろしが住み続けていたのではないか。

ふいにこみあげてくる感情の熱さに、よねは自分でも面食らった。

もう遠い過去。夫はおらず、その女もいない。なのに何も知らされず、こうしてその忘れ形見と向き合わされている自分がみっともなくて、夫や女が腹立たしくてならなかった。

「お父はんには、会《お》うたことはありますのんか?」

「いいえ、一度も。生まれてすぐに、奈良に里子に出されましたさかい」

貧しかった岩治郎には、子供を引き取る余裕などなかっただろう。いや、里子の話が女の一存でなされたことであったなら、彼はわが子のその後を知らずじまいであったかもしれない。

本当は、お千が過ごしたであろう人生の厳しさを思うべきであった。だが、よねの気持ちは先へと走る。

もしもこの女が、よねとの結婚前に生まれた娘というなら、徳治郎や岩蔵とは異母姉弟。この鈴木家にとって他人ではない。仮に自分に不幸が起こってこの世を去れば、後々、徳治郎を悩ますことにはならないか。分かち合うべき財産があろうとなかろうと、どこの家にもそうした問題が起こるものである。よねが彼女を警戒し、案じているのは、息子たちのわざわいになるか否《いな》か、ただその一点にある。

よねは、懐《ふところ》からあの書き付けを取り出すと、お千と自分の間の畳に置いた。さっき返した守り袋から抜き取っておいたものだ。

そして書き付けの隣に、半紙で包んだ現金を置いた。形や厚みで、お千の目にも、それが決して少なくない金であるのはわかっただろう。

「私の気持ちだす。この書き付けを、もらい受ける代わりに」

お千の瞳《ひとみ》がすばやく動いた。書き付けと金とを、交互に見比べているのがよねにもわかる。

「二親《ふたおや》なしに、あんたもさぞかし苦労したのやろ。私にはどないもしてやれまへんが、気を強う持って、やっていってほしいもんだす」

お千はしばらく動かなかったが、結局、よねの目を見ないまま、その金を受け取った。額に押し戴《いただ》いて、そうして静かに懐《ふところ》へしまう。

納得のうえ、彼女が受け取ったのを見届けてから、よねは書き付けを取り、そして、静かに引き裂いた。

びりびり、虚《むな》しい音がした。もしかしたら、夫の手を真似《まね》て書いたまっ赤な偽物《にせもの》であったかもしれない。そうだとしたら、これは安い買い物とは言えないだろう。しかし、わざわいの種は摘み取らねばならぬ。……息子らのために。

立ち上がるお千。お世話になりました、と頭は下げたものの、書き付けのことについては、最後まで、何も言わないつもりらしい。

その背中に、よねは言った。

「その金で、大阪へ行くか、京に出るか。とにかく、神戸は離れとくなはれ」

だが畳の上で、お千の裸足《はだし》の爪先《つまさき》が止まった。そしてゆっくり振り返って口を開いた。

「申し訳ありまへんけど、それは聞けまへん」

静かだが、芯《しん》の強い声だった。自分を見下ろすそのまっすぐな目を、よねはわずかにたじろぎながら見上げることになる。

「神戸が、えろう身に合いました。このお金で、何か商売でも始めてみます。死んだお父《と》っつぁんが一からこの店、始めた時のように、うちもコツコツやっていきます」

その挑むような声。父の店、と言った。それが思いの外、よねの神経をさかなでした。岩治郎の店というなら、彼が死んだ時にそれは終わった。皆にたたむよう勧められたのを、なんとか保って今日まできたのはこの自分であり、忠義な店の者たちなのだ。よねは思わず強い口調でうち消した。

「それがうちの人を指すんなら、二度とお父っつぁんとは呼ばんようにしとくれやす」

おそろしく静かな、そしておそろしく低い声だった。

「よろしいな?」

念を押したが、お千は口元を歪《ゆが》ませて笑い、そして丁寧に頭を下げた。

なんと不敵な女だろう。彼女の身の立つようにと考えた末のはからいなのに、これでは自分の方が彼女を追い出す悪者のようだ。よねは、引き裂いた半紙の屑《くず》を握りしめた。

直どんが泣きそうな顔で部屋にとびこんできた時、何事かと思いました。火事にも動じず、台湾くんだりまで手代を忍び込ませるというような大胆なことを考える男が、額に汗をびっしり滲《にじ》ませ、何もよう言わんかったんですから。

「なんやいな。泥棒でも入ったんかいな」

とぼけて聞き返しましたけど、泥棒でもこんな慌《あわ》てる男やありますまい。

わかっとりました。その日、早暁《そうぎょう》、お千がこっそり、家を出ていったからや、とは。

案の定で、お千の名前は出さないままに、直どんは言いました。

「店の者が、暇を出されたと聞きました。何ぞ、不都合なことでもしでかしましたんか」

不都合といえばこれほど不都合はおませんやろ。なんせ、主人の家の、お家騒動にもなりかねん材料を持って入りこんできたんだすさかいな。

「そうやがな。いかんか?」

逆に聞き返してやりました。今となってはよけいのこと、直どんとあのお千とを一緒にしてやることはできません。あるじの庶子と組んだ直どんが、将来、息子らの障害にならんとは限らんのだす。そうやなく、直どんにはずっと息子らの味方でおってもらいたいのだす。

「手が減ったんで、あんたらにも不自由かけますな。できるだけ早う、新しゅう雇い入れまっさかい、ちょっとま、辛抱してや」

すでに兄に、だれか信用のおける者を紹介してもらいたいと頼んでありました。お千のことは、さすがに藤田はんにはよう言わず、兄だけに話したんだす。兄もたいそう驚いておりましたけど、すぐさま人を奈良に遣わして調べさせたようだす。お千の言うことはすべて真実やったらしく、それで岩治郎は四十近くになるまで独り身やったかと、かえって納得がいったようでした。

「そやそや、私からも話があったんだす。ちょうどええ具合に、話が来ましてな」

直どんの気分をひきたててやらなあきません。新しい女中が来れば、やがてお千のことなど忘れるやろけど、これをしおに、姫路の娘との縁談を押し切ってしまうんが一番だす。私自身、何かに力を入れてやってんと、後味が悪うておられまへんでした。

おおきに、と直どんはうなだれました。けど、次に顔を上げた時、その顔はこっちが怯《ひる》むほどに厳しいもんでした。

「つねづね気に掛けてもろて、ほんまに感謝しきれまへん。ほんでも、わしにはまだ先にせなあかんことがありますのや」

声は低くふるえて、まるで、半分泣いとるかのようでした。聞き返す方も、それはなんでかとたじろぎます。

「店を、もっと大きい商売のできる店にしたいんだす」

そんなこと今さら言わんでも、ようわかっとりましたんを。その沈痛な声はなんでです？

「どれだけ大きゅうなったらええんだすいな。あんた、なんぼ儲《もう》けたら身をかためます？」

こっちは、その厳しい顔を、ほぐすつもりで言ったというのに、直どんは、表情を崩さず言うんだす。

「十万円。わしが、十万円の儲けを上げてみせたら、だす」

すぐに笑えなんだんは、あまりに直どんが真剣やったからだす。十万円いうたら、店一軒、開くことのできるお金だす。それが貯《た》まるんを待っとったら、直どんは婚期を逃してしまいまっしゃろ。

「いいえ、約束します。五年のうちに、やってみせます。五年で達成できなんだら……」

誰も期限を切れなんぞ言うてまへん。第一、そんな賭《か》けごとみたいな約束せえとは、一言も言うてまへん。そやのに、直どんは意地になって言うんだす。

「その時は、おかみさんのお世話にすがり、身をかためてからやりなおします」

ようやく私は笑いました。要は五年待ってくれと言いたいんやとわかったからだす。五年も待たんでも、女のことなら忘れますで。そう言いたいんを、笑いに代えました。

でも、そのごまかし笑いに釘を刺したんは、「その代わり」という直どんの低い声だす。

「その代わり、もしも五年以内でやりとげたら、その時は、……」

さすがに続きは言えんようでした。十万円もの金を貯めたんなら、鈴木商店とは袂《たもと》を分かって独立する、とでも言いたいんでひょか。察して、私の方から言うてみました。

「わかりました。その時は、私はもう何もあんたにうるそう言いまへんわ」

五年以内で十万円など作れまい、などとタカをくったわけやおません。約束いうんは、勢いのもんだす。それに、今はこうしてむきになっとる直どんも、時間をおけばまたもとどおり、私を親とも仰いで従ってくれる、そんな思いこみもありました。

「承りました。この約束、どないぞ忘れんといておくんなはれ」

眼鏡の下から、そう念を押されるんは何とも居心地のようないもんでしたが、私も、いっぺん口にしたことは撤回するような者やおません。

「あんたもな」

そう切り返して、この約束は成立しました。

直どんが下がって行った後、緊張がゆるんで、ついつぶやいてしまいました。

「どないや、たかが女中一人やめさせただけであの勢いや」

すると、茶碗《ちゃわん》を引きに来たイシが、のっそりと畳を動きながら、言いました。

「お千は、店の手代とええ仲になったさけえにやめさせられた、そんな噂《うわさ》がたっとります。金子はん、それで頭に血が上ったんでっしゃろ」

何のこっちゃ、と思わず聞き返しました。

「先にやめた孫助はん、いてまっしゃろ。あの男とお千ができとった、ゆうて開いた口がふさがりまへん。人はようも勝手に関係のない者どうしを結びつけるもんだすな。孫助ちゅうんは不正直な男で、使いに出るたび店の金をくすねるんだす。そういう男に商売はまかせられまへんよって、私が一存でやめさせたんでした。

「火のないとこに煙は立たんもんだす。お千は色気のある女子《おなご》でしたさけえ」

何のことはない、店の者たちの勝手な色恋に怒った私が、粛正のため両方を馘《くび》にして追い出した、ということになっとるわけだす。それで直どん、あないに慌てたわけでしたんか……。

心中を察すれば気の毒でしたけど、イシの言うとおり、あのままお千を置いといたなら、店の乱れのもとになったんは間違いなさそうだす。きっかけは何にせよ直どんもやる気になっとることやし、これでよかったんや、と、私は、自分を正当化することにしました。

ところが、驚かされたんはこの後だす。

「つきましては、お願いがありまして」

そう言って、イシが手をついて頭を下げたからでした。

「ご主人に悪口を言うて同じ女中の足を引っ張ったからには、うちもここには残れまへん。どうぞ、お暇をちょうだいしとうて」

一度に二人の女中にやめられては私も困ります。そうでのうても、イシは夫が生前から使《つこ》とった女中だす。私がやめさせるわけにはいきまへんやろ。そやし、お千をやめさせたんは、イシのせいやおまへん。

「いいえ、そういうわけにはいきまへん」

言い出したら頑固な女でした。お千をやめさせたこととお前は関係ないと、なんぼ繰り返しても聞きまへん。

「もうこの年だす。情けないことに、もう奥向きのご用はきつうて……」

そういえば、徳治郎が東京へ発《た》つという時、高等学校の学生服に身を包んだ姿をほれぼれと眺めたあとで、

——ぼん。なんと立派なことでっしゃろか。

と、うっすら、涙を浮かべたイシでした。赤ん坊の時から手塩にかけた徳治郎の巣立ちは、ある意味、彼女を空疎《くうそ》な気持ちにしてしもたんかもしれまへん。東京に着いた徳治郎からイシ宛《あ》てに、体を大事にせよとの手紙が届いた時、こないなやさしい文を、ぼっちゃんが、と、もったいながって何度も繰り返し読まされたことを思い出します。

今後は丹波の実家に帰り、甥《おい》の世話になって暮らすと決めた心は固《かと》うおました。結局、私はここにも犠牲者を一人、作ってしもたんでした。

気がつけばたった一人。その私自身、今度のことでは満身創痍《そうい》の思いでした。

ここまでして、直どんと、せんでもええ争いをして、私に何の得があったんか。

そして極めつきは、あの約束だす。——十万円の。

「これ、見てくださいますか」

ある日、店をしまった後で、オクのよねのもとに直吉が持って来た物がある。

「何ですのん」

軽く聞き返したよねは、それが鈴木商店名義の通帳であることにすぐ気づく。

直吉はゆっくりとそれを開いてみせた。いぶかしげにそこに目を落としたよねは息を飲んだ。

十万円の預金がそこには記入されていたのである。

「直どん、あんた、これ……」

明治三十年。あの約束をしてから、まだ一年しか、たってはいない。

その数字は、兄の仲右衛門や亡夫の親友藤田が肩代りした金を全額返してなお余りある。

この時期、彼はついてもいた。同じく樟脳《しょうのう》のハタ売りをして苦境に立った同業者に泣きつかれ、外国商館との間の仲裁をして、双方から合わせて六千円の礼をもらう、という特別収入もあるにはあった。後にはこのドイツ商人ポップに新会社を作って経営させ、通訳の男も貿易の重要部門に雇い入れるなど、人の出逢《であ》いを大切にした直吉だ。だが何と言っても大きかったのは、そうした人間関係がもたらす情報から、欧州で不作だった薄荷《はっか》を大量に確保し、常の値段の三割増しで売って利益を上げるという成果を挙げたことである。

また、脳界では、前代未聞の高騰《こうとう》に、作れば売れる、と踏んだ製造者たちがいっせいに生産に乗りだし、にわかに品物が出回るようになっていた。その活況たるや、神社仏閣の楠《くすのき》の風致木まで引き倒し、法外な値段の原材料として売買されるありさまだったが、品さえ潤沢に出回るならば、有能な商売人にとってもう怖いものはなかった。直吉は、強欲な製造者がともすれば粗製濫造《らんぞう》に走ろうとするのをほどほどに買い叩《たた》きつつ、着実に成果を挙げていった。

義理人情がまだ通用する神戸。そして、外国相手の貿易ならではのうま味が味わえるのもまた神戸であった。直吉は、こんな神戸で、縦横無尽に働いた。今では鈴木岩治郎商店は、神戸で一番の大仲買人になっていた。いや、鈴木の成長が、神戸を日本一の樟脳集散地にしていったのである。

よねはあらためて直吉を見た。彼は失敗を乗り越え、失恋を乗り越え、どこか変わっただろうか。いや、よねの目には、あいかわらず身なりに頓着《とんちゃく》しない、働くことしか喜びとしない、禁欲的な男としか映らない。

さてこの金をどうするのか。店の売上金ではあるが、売って来たのは直吉だった。

「あの時ご迷惑をかけた分もお返しできます」

樟脳で完膚なきまでに打ちのめされた時の資金援助は、仲右衛門や藤田からだけではなく、砂糖部門の担当である富士松にもいくらかを回してもらった。だが今、その富士松にも、金は全額返済してある。

――直どん、つくづく、お前はすごい男やな。

鈴木の両番頭と言われながら、けたはずれの商才を持つ直吉に、富士松が嫉妬《しっと》を覚えなかった、と言えば嘘《うそ》になる。それでもはなから彼が二番手に甘んじて平気だったのは、彼を土佐から連れて来たのは自分だ、という自負による。自分が彼を後見し、自分が彼の才能を開花させた。そして今後も、彼を補佐し、たすけていく。その覚悟がなければ、いくら砂糖と樟脳、部門を別に独立しているとはいえ、何らかの競う気持ちが生まれたに違いないのだ。

現に、あの時富士松が協力的でなかったなら、直吉などとうに消えていた。皆に支えられたからこそ生き残ったのだ。助けるために差し伸べられた手の重みは、こんな金では釣り合わない。

「そんで、お話はこれからなんだすけど」

切り出す話は、あの約束のことであろう。十万円を作ったなら。――その難しい条件を、彼はこうして超えてみせたのだから。彼が店にかけた迷惑を相殺《そうさい》し、独立したいと言うなら引き留めることはできまい。よねは、ため息をついた。

「ご苦労さんやったな」

それしか言えない。待ちかねていたかのように、直吉が顔を上げる。

「あらためて、おたのみがあります」

両手を突いて、深々と頭を下げての、直吉の折り入ってのたのみ。彼が何を言っても、もはや聞いてやる以外にはないだろう。

だが、彼が口にしたその内容に、よねの眉間《みけん》はたちまち曇る。直吉は最敬礼をしながらこう言ったのだ。

「前にここにおりましたお千という女。あれを、嫁にほしいんだす」

なんということだ。彼はまだお千を忘れていなかったのか。いやそれどころか、お千のために、こんな奇蹟《きせき》のような利潤を得てきたというのか。

声も出まへんでした。聞けばお千は、ここを出て行ってから、目と鼻の先の海岸通で、宿屋をやっているそうな。全国から訪れる商人のための木賃宿やそうですけんど、簡素ながらもたいそう繁昌《はんじょう》しとるのやとか。元手は私が渡した一万円ほどの金でっしゃろけど、商才がなければそこまでにはでけんことだす。直どんと夫婦《めおと》になれば、案外、似合いやったんかもしれまへん。

簡単なことだす、私が正式にお千をもらいに行けばこの結婚は成ります。結婚は本人たちが勝手に取り決めるもんやあらへんのやし、主人たる私がまとめてくるのが道理だす。けど、それだけはできまへん、できるわけがありまへん。それができるんやったら、何もあの時お千をやめさせたりはしませんかったやろ。

「直どん。……その話、諦《あきら》めとくなはれ」

苦慮の末に選んで言った言葉に、直どんは弾《はじ》かれるように反論しました。

「なんでだす」

そんな激しい直どんの目を今まで見たことがおましたやろか。あらためて、直どんの思いの熱さを見た気がしました。そやけど、私が怯《ひる》んだんは一瞬でした。これは絶対譲れまへん。

「なんででも、だす」

視線と視線がぶつかりました。なおもなぜだと問いかける、食い込むようにするどい直どんの視線。それを、私は、動かぬ岩のごとくに強情に、ただはねかえすのみでした。

それでもお千を嫁にと言うなら、しかたおません、店をやめてからのことにしなはれ。——そんなことが言えますやろか。ほんまにやめられてはかないまへん。店員の代わりはなんぼでもおるというんが岩治郎の考えでしたけど、私にとっては、ここまで苦労をともにしてきた直どんはたった一人。代わる者などおらへんのだす。直どんという補佐役と、息子の成長、それは二つで一つのもんでした。直どんあってこそ、息子の未来があるんだす。

「やめたイシにも申し訳がたたんようになります」

それしか言えまへん、ほかにどない言えたでしょうか。

男がいとしい女を思う気持ちと、どうあっても子を守ろうとする母とでは、同じ人間の愛に強さの違いがあったんだっしゃろか。

ぶつかる思いの強さは、わずかに私に軍配が上がったようだす。なぜなら直どんにとっては、主人に従うことが、お千への思いを貫く以上に重かったからだす。

そう、直どんには、なんぼ惚《ほ》れた女でも、店と引き替えにすることなんぞ、できまへん。いや、お千であろうと何であろうと、店に代わるものなどおまへんでっしゃろ。直どんにとって、店は、彼がこの世に存在するための、地面のようなものやったんですから。

うなだれ、目を閉じ、あるいは唇を噛《か》みしめながら、それでも時間の力を借りて、直どんは静かな声で、わかりました、とだけつぶやきました。申し訳のうて、思わず心の中で、直どん、すまん、と手を合わせんとおられまへんでした。

つらいことでした。これだけ店のために働いて忠義のほどを示してくれる、その直どんには、気立てのええ嫁はんもろうて、幸せになってもらいたいと願わん私やないのだす。

そやのに、私は、自分の家と子供を守るため、直どんが妻に迎えたいという女への思いを見殺しにしたんだす。

胸の中に残る後味の悪さいうたらありまへんでした。立派に働き、思わぬ早さで約束を達成してきた直どんに、私は褒美《ほうび》をやってもええぐらいやのに、初めてのおねだりを拒否したんだす。こんな暴君はおませんやろ。

「直どん。……その代わりにな、……」

お千をあきらめる代わりに、私は何を差し出せるんでっしゃろか。――答えは一つ。

「存分にやりなはれ」

そう、直どんの幸せゆうたら、それしかないはずだす。

「鈴木の店は、あんたで動く船でっせ」

そして、さっきの通帳を、そのまま押し返しました。私はもういっぺん、言いました。直どんの顔が緊張でかたくなるんがわかりました。

「あんたが作った金や、何なと、好きに使いなはれ」

そない言うたところで、金なんぞ、商売で使うほかには知らん男とわかっとりましたんに。

もう守るだけの商売やのうてもええんだす。店は、もうとっくに新しい海へ、新しい時代へ、乗り出してしもたんだすから。

思えばこれが、私と直どんの約束——生涯をつらぬく主従の契《ちぎ》りでした。鈴木の店を、血筋を侵さんかぎりは、すべてを直どんにゆだね、私はいっさいの出しゃばりからは退《ひ》きまひょ。これが私のけじめだす。

「もったいないことだす」

その場に平伏する直どんには、もう私へのわだかまりはなかったでしょう。初めて憎からず思うた女のことは一緒になれんで辛《つら》かったでしょうが、それ以上に、持てる情熱のすべてを注ぎ込めるもんを手にしたんだす。

自分の店でありながら、みずから遠慮して一歩しりぞく。世間様が褒めてくださるその姿勢は、この時、私なりに償いとして決めたことやった気がします。

3

直吉が待ちわびた風がもどってきた。大工の棟梁《とうりょう》に身をやつして台湾に潜入させていた田川万作が、半年ぶりに店に帰ってきたのだ。

「台北《タイペイ》の町の立派なことと言うたら、大阪や東京にも劣りまへん。外国人の商館も多く、お茶や樟脳や材木の貿易が盛んだす」

目を輝かせて報告する彼の言葉は熱かった。

威厳あふれる総督府の建物を筆頭に、病院、銀行、学校など。台北ではもっか、烏来《ウーライ》や太平山から切り出された木材によるすさまじい建設ラッシュが進行しているという。そのさまを、彼はいきいきと語った。

「ですが、台湾の治安はまだまだ物騒で、町でないところで農業や林業をやっとる中国人の民家は土塁の内に固まって暮らしとります。なんせ山岳に住む『生蕃《せいばん》』たちは日本に同化せんと、首狩りの習俗があるんやそうです」

田川の報告がなされている直吉の部屋の扉の外では、二重三重になって聞き耳をたてる店員たちが、それぞれに「へえー」「ほおー」と感嘆の声を洩《も》らした。

「台北にほど近い烏来の山では、おびただしい樟脳の木が乱伐されとります。そのふもとにはぎょうさん樟脳の工場がありますけど、みな工場の塀に大砲を備えとります。今や製脳は完全に総督府の保護産業になったゆうのに、長いこと樟脳を独占してきた西洋の商人どもは、いっぺん味わった甘い汁が忘れられんと、総督府の目を盗んで密造させとるんだす。密取引を狙《ねら》って、山には、匪賊《ひぞく》も多数隠れとります」

台湾総督府では、そうした血なまぐさい争いを早く制圧するためにも、交通網の整備を最優先の課題と考え、台北から南の高雄まで、西海岸を貫いて走る縦貫鉄道の建設に着手したところであった。田川の話では、その途上、駅が置かれる嘉義《かぎ》という町から山に入ると、その名も「樟脳寮」という場所があり、大勢の製脳従事者で賑《にぎ》わっているという。

真っ黒に日焼けし、頬に精悍《せいかん》さを刻んだ田川は、直吉がもっとも知りたかった樟脳について、予想以上の情報を携えてもどった。なにしろ彼は、斉藤音作ひきいる山岳地帯の探検隊に入り、みごとな巨木の林立する阿里《あり》山のゆたかな森林資源の発見に立ち会ったのだ。道中、彼が目にした光景はどれも一級の知らせだった。

だが直吉ときたら、どんな報告にさえ、

「アー、ソウ」

まるで合いの手でも入れるようなとぼけた返事だ。直吉のアー、ソウは、誰かの話を聞く時には必ず連発される有名な癖で、本当に納得して聞いているのか、他のことを考えながらただ聞き流しているだけなのか、よくわからないことも多かった。

だがこの時直吉の心をとらえたのは、無尽蔵という台湾の樟脳《しょうのう》林のことではなかった。いくら豊富な森林資源も、乱伐すればいずれは尽きる。目先の利益だけに走るおざっぱな中国人たちのやり方に任せていれば、宝の山も百年後には不毛の地となることも考えられた。

それより、いかに無駄なく製造するか。同じ量の木材から効率よく大量の油を採ることができれば、むやみに木を切らずにすむはずだった。直吉が目を着けたのは、一度樟脳を採った後の、樟脳油のゆくえだった。中国人達のやり方では、これはそのまま捨ててしまうというのである。

「工夫すれば、そこからまだもう一回、油が絞り取れるはずや」

日本では、捕鯨に代表されるように、一つの素材を加工するにも、捨てる部位がないほど、すべてを無駄なく使い切る。だが中国人など他の民族には、資源が豊かであるだけに、大量に廃棄してもそれを惜しむ感覚がないのは残念なことだった。

「一度切り倒した木は、とことん活《い》かすんが礼儀やろ。なんとかしよう」

直吉のあらたな課題がみつかった。

すぐれた技師を集め、捨てる油から再度、樟脳を作る。扉の外で聞いていた者たちは互いに顔を見合わせた。売るべき品を、商人が作る。……どう考えても、そこまで商人がやるべきではないのではないか、と思えたからだ。だが直吉は言う。

「お前《まん》ら、考えてもみてみ。今までの商売人は、みずから生産することはせんと、商品を右から左に流して利ざやを取る〝虚業〟をやってきたから、卑《いや》しい行いをする者と見られてきたんや」

皆はその弁舌に聞き入った。武士なき後の文明の世、商人こそが生産をつかさどり、農人、工人を統治してやらねば、と言い切る弁には矛盾はない。

「ちまちま小金を稼ぐ商売はやめや。自前の産業を興《おこ》し、自分で生産できる力をたくわえ、そんで一手に外国に売りさばいて、鈴木の名前をとどろかすんじゃ」

扉一枚の外側で、皆が鈴なりになって聞いているのを意識したかのような熱い言葉だ。

殖産興業。明治政府の新しい夢は、そのままこの国の壮士たるべき商業人らの夢でもあった。国を挙げての、新しい領土を海外に得たことによる豪壮な意気ともあいまって、店の者たちの気分は高揚している。

「どないや。みんな、同じやるんなら、でっかいことをやろうやないか」

奮い立つ面々のその先端、直吉の目と鼻の先には田川がいる。その日に焼けた顔もまた熱に取りつかれたかのように上気していた。


店の空気が、すっかり変わってしもとりました。田川はんが、台湾から、風を連れてきたんだす。

皆は、暇さえあればまだ見ぬ領土のありさまを知りたがり、田川はんを取り巻いては質問を浴びせかけますし、ボンさんたちは、田川はんが覚えて帰った中国拳法《けんぽう》に夢中になって、蹴《け》り足の型、突きの型、鳥の翼のように両腕を回す型など、見よう見まねで手足を振り回しては番頭はんに叱《しか》られとりました。文字通り、田川はんは店の英雄でしたんやな。

そしてその風のまっただ中、今度は直どんがみずから台湾へ行く、そない言うて旋風を起こしとんのでした。

もちろん、民間人が台湾に渡れる見通しはまだ立っとりません。清国《しんこく》が、台湾では三年に一度は小さい乱、五年に一度は大きな乱が起きる、と手を焼いたとおり、皇軍を率いて渡台なさった歴代の台湾総督も、ずいぶん手こずっとられる最中やったんだす。

すでに私ら下々にまで聞こえてきとった極めつきは、なんと、征台軍の指揮をとっていらした北白川宮様《きたしらかわのみやさま》が、もったいなくも陣中にてご薨去《こうきょ》なさったという知らせで、皇族でありながら外地で戦没あそばしたんはこの宮様だけやとお聞きしとります。おいたわしいことですが、台湾神社のご神体となられ、台湾が鎮《しず》まる日を見守っておいでのはずです。宮様のご悲運は、年月がたってもなお皆の記憶を去らず、女の子のお手玉の遊び唄《うた》になるほど印象深く語り継がれていったもんだす。

けどそんな状況でも、直どんは行くと言うたら行くんだす。古代から生い立つ巨木が鬱蒼《うっそう》と繁るその山を、ぜひとも自分の目で見んことにはおられんのでっしゃろ。もう誰が何を言うたかてあきまへん。

というて、このままやりたい放題、人生の時間を浪費するんをほっておくわけにもいきまへんやろ。あるじというもんは、つらいもんだす。誰にも見えんよう、気づかれんよう、たえず母親のように皆を守っていくんが役目なんだす。

「おむらどん、たのむわ。どこぞに、ええ縁談はあらへんか」

心ここにあらずの直どんをこのままにしといたら、嫁さんなんぞいつもらうやら。こういうことは周りでなんとかしてやらんとあきまへん。

「そこまで気遣《つこ》うてもろうて、金子はんは幸せ者だすなあ」

そない言うて微笑《ほほえ》んでくれるおむらどんが、私の思いを肯定してくれとりました。

後見人を自負する富士どんは、この後、おむらどんから私の意向を聞き、土佐で良縁をみつけてきてくれます。直どんが奉公しとった質屋の娘さん、お徳はんでした。

直どんには主筋にあたりますが、今では彼とて押しも押されもせん鈴木の筆頭番頭、釣り合いに不足はおまへん。学歴のないこと、家名のないことなんぞ、彼の商業人としての存在に、一片の翳《かげ》りをもたらすことはおませんのだす。

元の主人の傍士《ほうじ》家の娘を娶《めと》るんは、故郷に錦《にしき》を飾ることでもあり、また、確かな後ろ盾を得ることにもなりまっしゃろ。先方でも、直どんを見込んだからこそ推薦状を書き神戸に送り出したいきさつがあるだけに、直どんの出世を何より喜び、喜んでこれを受けてくれはったとか。

そやのに、直どんはまるで他人の縁談みたいで、ほんまに台湾へ行く段取りに夢中だす。

新らしき地図も出来たり国の春――。近ごろ話題の正岡子規はんの句を謳《うと》うたりして、ええ気なもんだす。後年、白鼠という雅号で俳句をたしなむようになる直どんですけど、働き盛りのこの若い日には、商売以外は何一つ関心はおませんでしたんやで。

それでも、新聞や文壇を賑《にぎ》わす文化人らの台湾をめぐっての発言には、逐一、刺激されずにはおられんかったんでっしゃろな。新聞に「台湾」の文字が躍ると必ず熱心に読むせいか、彼はすでに台湾の情報通でした。神戸で発行されとった又新《ゆうしん》日報は、鈴木の本店とは道路一本へだてた向かいの位置にあったこともあって、直どんは、朝、自分の執務室で新聞を読むと、すぐに新聞社に出掛けていって、直接記者と台湾論を交わす、といったこともまめにやっとったようだす。

敵地を攻めるにはまず現地を見んとあかん、とうそぶくんにも、そうやって集めた台湾の情報が、もうかなりの密度で頭に詰まっとったんでっしゃろ。

そやけど、それほどまでにこだわる土地なんやったら、他の業者も目を付けとるはずやのに、私の知る範囲では、そんなことを考えとる商人なんぞ他にはおりそうにもありまへん。

なんでも、日本では目通りもかなわぬ偉いお方——台湾総督府民政局長の、後藤新平閣下にどうしてもお目にかかりたいとかで。

「臺灣《たいわん》や陽炎《かげろう》毒を吹くさうな」——子規はんの句で、また風が吹きます。

バナナに芭蕉《ばしょう》が緑濃く茂れる島、密林に蚊や匪賊が伏せる島。そして、一攫千金《いっかくせんきん》をかなえさせる宝の島。田川はんが連れて戻った台湾の風は、のれん一枚へだてた向こうで、独特の熱気をはらんで渦巻いとるみたいだす。

直吉を台湾へと焚《た》きつけた張本人である田川は、よねのところにも顔を出して、ふたたび直吉とともに出掛けることになる台湾について、さまざま話をしていった。

「お家さん、ご報告に上がるんが遅うなりました。また金子さんのおともであちらに参りますんで」

前にかしこまる男が、まるで初めて目にする者のようで、よねは目を細める。その印象は、ただ日に焼けたから、というだけではなさそうだ。慣れぬ風俗、慣れぬ環境、慣れぬ人々。その中でもまれ、何とか生き抜いてもどった男の、自信であろう、彼の目には、力強い輝きがみなぎっていた。

若さというのは、なんとたのもしいものなのだろう。二年前には、大きな挫折《ざせつ》で、死ぬの何のとしおれていた同じ男が、今はこんなにもまぶしくたくましくなった。

「これ、忘れとりました。おみやげだす」

彼が畳の上に差し出したものを見て、よねはどきん、とした。

「これ……。人形さんやないの」

後に唱歌で歌われるようにもなる、セルロイド製の青い目の人形だった。

「台北《タイペイ》の港で、アメリカから上海《シャンハイ》へ行く商船から買いました」

人形を買ってもらうなど、少女の日以来のことだ。そう、やはり少年にすぎなかった惣七が、親に連れられ京に出た時、よねのために、美しい彩《いろど》りの千代紙でできた姉様人形を買ってきてくれた。紙に焚きしめられたみやびな香りが、ふと鼻先に蘇《よみがえ》った気がして、よねは田川から目をそらし、赤い洋服を着た人形を引き寄せた。

だがもちろん田川がこれを買ってきたのは惣七と同じ動機ではない。

「それがセルロイドだす。わしらが扱う、あの樟脳からできた人形だす」

わかっていたことだ。田川は、憎からず思う少女へのみやげとして買ったのではなく、オクにいて世間を知らない女主人の知識にしようと持ち帰ったのだということは。すべらかな肌、こまやかに彩色の施された瞳《ひとみ》の輝き、身の軽さ。顔の凹凸や、手指の複雑な造形は、布や陶器ではここまで作り込めまい。

「なるほど、世界じゅうがセルロイドに夢中になるわけだすな」

「はい。人形だけやなしに、ペンや眼鏡や、いろんなもんがセルロイドで作られていきまっしゃろ。とすると、樟脳はまだまだ必要とされるわけだす」

彼は自分の仕事の話をしている。それでも嬉《うれ》しい気持ちに変わりがないのをよねは知る。どんな対象であれ、少なくともこれを買う時、自分は彼の頭の中に存在したのだ。

「台北の近郊には烏来山《ウーライ》のほかにも太平山とか、高い山がいくつもあって、そこに隠れとる匪賊《ひぞく》と戦いながら木を切り出さななりまへん。命がけだす」

彼がくりだす話は、人形以上のみやげであった。

蚊ありぶんぶん臺灣《たいわん》に土匪起る――。そんな子規の句しか知らないだけに、よねは自分の無知を包み隠さず、次々知りたいことを尋ねていく。

「なんでそないに戦いが長引くんです？　皇軍の力を持ってすれば、そんなん、あっというまに平定できるんとちゃいますんか？」

神戸の港には、台湾に出征していく兵士を乗せた軍艦がたびたび訪れる。そのため、日本が台湾にどれほどの兵力をつぎこんだかは、よねにとっても遠い海の向こうの話ではなく、実感として戦いの規模がつかめる。そして日清戦争の戦死者よりも、台湾で亡《な》くなった兵隊さんの数の方が多い、とも聞いた。

「軍と軍との戦いなら勝負は早いんです。けど匪賊いうんは村人と変わらん姿をしとるからたちが悪い。山に潜んで、夜になると襲ってくるからまともな戦争にならへんのです」

匪賊というのは日本の支配に抵抗する人々で、大陸から開拓精神に燃えてやってきたのに日本にお株を奪われた清国人、そして、彼らに土地を奪われた上、今また日本に二重に侵略されようという「生蕃」と呼ばれる原住民の二種類がある。

この複雑さゆえに、抵抗者をきっぱり一掃するのはなかなか難しいのであった。

「清国が手を焼いたんももっともなことや、と思います。なんせ三代総督の乃木希典《のぎまれすけ》閣下は、台湾を一億円でフランスに売ったらどないやと進言しとられたとかいう話です」

かつてベトナムをめぐって戦った清仏戦争の際、海上封鎖で台湾にも手を伸ばしたフランスである。一億円で手に入るなら安いだろう。やがて勃発《ぼっぱつ》する日露戦争で名を残すこの英雄も、あまりの死者の多さに、真剣にそのようなことを考えていたらしい。

だが日本は、清国から勝ち取った遼東《りょうとう》半島を、ロシアによるフランス、ドイツを誘っての三国干渉で取り上げられたところであった。それゆえにこそ、台湾だけは、誰にもたよらず、どんなことをしても守り切らねば世界に対して示しがつかない。

そんな混沌《こんとん》としたところに、直吉は、よくもまあ、有馬温泉にでも行くような気軽な口ぶりで、行ってきますと告げたものだ。よねは、聞けば聞くほど不安が広がる。

「そこに、直どんの会いたいお方がおると言うたが」

後藤新平。その台湾総督府の、民政局長の地位にあるという。

それは、清国も手こずり、かの李鴻章からも大変だぞと脅された台湾統治の大命題を、一手に握る男であった。

「帝国政府のお役人というだけで、私には、雲の上の人にも聞こえますわ」

事実、日本国内では、そうやすやすとは会うこともかなわないだろう。だが直吉は、まだ日本人が少ない台湾でなら、お目見えの可能性も高くなる、と読んだのだった。

「それに、金子さんが考えとられるような大きな事業を成そうとすると、やっぱり、お上と一緒になるんが一番、いうんは、三井や三菱を見とったらようわかることで」

開国してまだほんの三十年。外国と対等に貿易できる産業を興すには、まず政府が税金をつぎこんで施設を立ち上げ、その後、民間へ経営を払い下げる、というのがもっとも効率的だった。だが、その政府が藩閥で占められている以上、払い下げ先はもっぱら薩長《さっちょう》出身の事業家に限られ、鈴木のように何の縁も持たない者にチャンスはなかった。薩長閥の三井、三菱、安田らが金の卵を産むにわとりをさらっていくのを、指をくわえて見ているしかないのである。

「その点、後藤閣下は何の藩閥もないお方ですし、実力だけで、児玉総督じきじきのご指名を受け、長たる官に任じられとるんやさかい」

時は台湾総督第四代、児玉源太郎中将の統治下である。先の三代が果たせなかった台湾統治の切り札として送り込まれたこの知将は、女房役である民政局長に後藤を指名した。彼はその信任に応《こた》え、命がけで台湾行政に臨んでいたのである。

「後藤閣下のやり方は、今まで西洋人がアジアの国々に行ったような〝征伐〟という武力で制圧ではのうて、日本の延長として〝統治〟しよう、というもののようです」

なるほど、台湾はもう日本なのだ。搾取《さくしゅ》されるだけの植民地ではない。かつてアメリカが原住民たちに行ったような、あるいはスペイン人が南米の民に行ったような、またイギリスがインドで行ったような、武力と略奪による制圧とは決定的に違う。

「いきなり日本を押しつけるより、わかりあうんが得策だす。まずはどんな民族がどんな言葉を話しどんな風習で住み着いとるか、その気質や傾向がどんなもんか、後藤閣下は全島にわたって調査を行われたんだす」

それは今まで中国の官吏の誰にもできなかった大規模な調査であった。これにより、住民台帳が完成し、すべての隠し田も明るみに出て、台湾の税収は大きく増えることになるのである。

「その台帳に載った住民を学校に通わせ、文字を教え、教育をつけます」

言語も民族もいくつもに分かれてバラバラだった台湾が、今、日本によって、初めてひとかたまりの国として統一されようとしている。

とりわけ、清国《しんこく》にもどの国にもできなかったであろう業績の一つは、日本赤十字病院を建設し、〝瘴気《しょうき》の島〟と呼ばれた不衛生な状況を大きく改善したことだ。

「なんせ、後藤さんはもともとお医者はんでしたさけえ」

彼の辣腕《らつわん》は、まさに、台湾全土に蔓延《まんえん》する病気の処置と衛生対策の一大拠点を築くことから発揮されていったのである。

だが最大の課題は阿片《アヘン》の対策だった。

阿片戦争でイギリスに屈辱的な大敗を喫して以来、清国は西洋人たちの持ち込む阿片に毒され、打つ手もなく人も国も朽ちゆくばかりの無惨《むざん》さだ。台湾でも、清国から西洋の商人を通じて無制限に輸入されるのが現実だった。

「阿片は、人として許せん、西洋人が支那《しな》人に対して犯した悪魔の所行です」

その阿片にも、後藤は、西洋各国も驚く大英断で対処しようとしていた。

いきなり阿片を全面禁止にするのではなく、徐々に阿片吸引者を減らしていく漸禁策で、まずは阿片を、総督府の専売局の支配下に置いたのである。

専売により、売る者も買う者も、とにかく阿片を吸う者は総督府に届け出なければならなくなった。それ以外の者があらたに吸引することは全面禁止。したがって、阿片吸引人口があらたに増えることはありえなくなる。しかも、届け出て吸っている者も、阿片をやめていったり死んでいくなど、減る一方になる、という算段だ。

「減らすための施策ですから、阿片には重い関税がかけられました」

結果として、阿片を通しての専売局の利益が莫大《ばくだい》なものになるであろうことはよねにも予想がついた。事実、台湾の財政を早く黒字に転じさせ自立させたいと考えていた後藤は、この歳入によって、目標を達成させていこうとしたのである。つまり、阿片専売局の歳入は、日本本国の財政当局に伺いをたてることなく、病院や学校、鉄道など、民政事業にまるまる投入することができたのだ。

後藤は思いきった環境基盤《インフラ》整備を次々独自に推し進めていった。鉄道しかり、病院しかり、学校しかり、ダム、橋しかり。これにより、台湾は、清国時代の、毒を吐く島、瘴気漂う島、そして匪賊の起こり立つ島という、血なまぐさい様相を脱していく。

第二次大戦後、台湾は日本の領有から離れるが、一人の阿片患者もいなくなっていたのはひとえに日本の努力のたまものと言えるのではないか。他にも、どんな高山の奥にも学校があって教育がゆきわたっていたこと、農業研究所で黙々と研究に励んだ技師たちの努力によって、世界に輸出できるほどの農業生産国にまでなっていたことなど、日本統治が果たした功績は歴史が評価するにちがいない。言い換えれば、日本が自分の領土として巨額の国税と人材を投資した結果、台湾は文化や産業が振興され、自立するまでになったとも言えるのである。この時代に払われた献身と犠牲を、田川はその目で見てきた目撃者にちがいなかった。むろん、原住民と清国人、そして自分たち日本人の間でなされた侵略と反侵略の現実について、彼が肌で知っていくのはずっと後のことになる。

「そうか、そんなら、直どんの心配は、ほどほどでええんやな」

自分に言い聞かせるように、よねは言った。

今の台湾がどういう様子か、これからの台湾がどうなるか、おぼろげに見えてきたのは事実だった。だが、だからといって直吉がその地で何をしようと考えているのか、よねには見えない。ただ、日本にあらたな可能性をもたらす台湾という地を意識し始めた時から、すでに直吉が、店を大きくすること儲《もう》けることだけにとどまらず、国のため、という壮大な視野に立つようになったことだけは理解できた。

それを、雲をつかむような話と感じても、よねはかつての約束どおり、直吉がやりたいようにさせるだけなのだ。もっとも、たえずその安全を見届けるのは、あるじである限り、やめようと思ってもやめることのできない仕事であろう。

「ご苦労さんでした。あんたも、ようお休み」

心から田川をねぎらい、下がらせる。長い土産話は、逞《たくま》しく成長して帰った田川への信頼をよねの中に埋め込んでいった。これから店がどの方向に向かうのか、窺《うかが》い知れないよねではあるが、少なくとも、皆がたのもしい男になって、それぞれに鈴木という船の漕《こ》ぎ手に育っていくのが目に見え、心は安らいだ。

「難儀なこっちゃ。神戸の鈴木が、台湾の鈴木だすか」

ため息とともに、よねは神棚に向かう。そして人形をちょこんと座らせてみる。ペンキで描かれたあどけない目が笑っていた。すっかり自分もまた、台湾から吹く疾風の中にいるのかもしれないと思った。

4

こうしとる間にも直どんの結婚話は、どんどん進めてもらいました。富士どんにはほんまにご苦労なことやったと思います。祝言《しゅうげん》は土佐で行なわれることになっとりましたが、先のある身ですさけえ、神戸でも披露の席を設け、鈴木の大番頭の地位に見合う大がかりなものをと考えたすえ、先々でおつきあい願う大店《おおだな》のご主人方にも出席していただくよう手回しをするなど、そら一切合財たいへんなことやったろうと思います。

私《わて》とおむらどんは、土佐の母上タミ様にかわって、新郎の衣類や新居を調える仕事に回りました。段取りに訪れる土佐からの来客も、そのつどおもてなしせなりませんでしたけど、よう気の付くおむらどんは、どんな時にもたよりになりました。

「こない忙しいと、早《はよ》う女子衆《おなごし》を増やさんとあかん」

ついそう洩《も》らしたのを、ちゃんと気に留めてくれとったんですな、ある日、富士どんが、お探しの若い衆のことですが、と言うて来てくれました。

オクでは、お千に続いてイシまでが暇をとって久しく、不自由しとったんですが、新しく雇い入れるにも、素性を隠して入り込んどったお千の一件以来、なんや信用できんで、隣家からおむらどんが来てくれるんをええことに、ウメという女中一人でなんとか乗り切って来とったんだす。

けど、やがて直どんの婚礼もあれば、ますます店はつきあいも広がりますし、おむらどんも二人目の子供がお腹《なか》におり、身重では無理をたのむこともできません。そやから、本音のところは早《はよ》う人手が欲しかったんだす。

「これ、おウメ、おウメはおらんのか」

急な来客に、さきほど使いに出したのを忘れて、ウメにお茶を出すよう言いつけた時でした。客というのは息子の後見人の藤田はんで、東京の息子に送る月謝のことで来てくれたんですけど、富士どんと鉢合わせすれば、久しぶりのことで話も長《なご》うなります。

「これ、お茶はまだかいな」

するとと、はあい、とオクから元気のええ返事があって、まあ陰気なウメには珍しいええ返事やと思うてたら、きちんと盆に煎茶《せんちゃ》と茶菓子を載せて出てきたんは、見たこともない子でした。それも、見たところ、十歳にもならんような少女でしたんです。

ウメではないことにぎょっとしとりますと、富士どんだけが笑顔になって、

「これは、さっそく初仕事やな。……実はこの子のことで参りました。オクで、行儀見習いに置いてはもらえまへんやろかと」

と言うんでした。

「まだこの年でっさけえ、学校にもやらななりまへんし、女中としてお役に立つのはまだ先のこと。しばらくは女書生《おんな》とでも思て置いていただけたならと思いまして。その間《まあ》に女中の方も探しますよって」

そしてその場で、少女に茶の出し方をたしなめました。

「これこれ。先におかみさんに出さなあかんやろが」

ところがその子は丁寧にお辞儀をしながら、怖《お》じけることもなく言うのだす。

「おかみさんがお出しになるお茶なんやから、お客さんが先でないとあきまへんのと違いますやろか？」

これは富士どん、一本やられました。

「その通りやな。これはおよねはんからわしがもらう茶じゃわい。お前、なかなか賢いな」

藤田はんが豪快に笑って湯飲みを取りました。

「これはわしとしたことが」

頭をかきかき、富士どんはあらためて少女を紹介しました。

「この子には、お客がすむあいだ、裏で待っとれと言うとりましたんや」

自分のことだと知り、少女が上目遣いに顔を上げ、私をうかがいながら答えました。

「お茶、とお呼びやのに、どなたもおられませんでしたんで」

亡夫と変わらんぐらい頑固な藤田はんですのに、えらいぞ、とほめ、

「オクで働く女は機転が大事や。それに、淹《い》れてくれた茶もうまい」

と茶を飲み干します。かつては岩治郎とともに過酷な砂糖商いをこなしたこの人も、年とともにまろやかになって、とりわけ孫ぐらいなこの子には甘いくらいの笑顔なんだす。

黄八丈に臙脂《えんじ》の帯。身なりも、その利発そうな目の輝き同様、その場を明るくします。なんでか、その明るさを、懐《なつ》かしゅう感じました。たぶん、上の学校に上がった息子らがおらんようになって、若い者の放つ明るさとしばらく縁がなかったからかもしれまへん。

「あんた、名前は？」

「珠喜《たまき》と申します」

挨拶《あいさつ》もてきぱきして、よう躾《しつ》けられた家の子やいうんがわかりました。

「取引先からたのまれましてな。旦那《だんな》はんが、後妻をもろうたために、亡《な》くなった先妻はんの実家《さと》に引き取られて育った子なんやが、おばば様も年やさけえに、ちゃんとした家に行儀見習いに出して、そこそこのところへ嫁がせたいとの希望でして」

「よろしゅう、お願いいたします」

私が承諾するかどうかもわからんというのに、教えられてきたんか、畳にきちんと手をついて、深々とお辞儀するさまも子供らしゅう力が入り、なんやほほえましゅうなります。ここに来るまで、神戸見物などさせてきた富士どんも、さっきまであないにきょろきょろと落ち着かんかった子が、家に入ったとたんにこないにしっかり気働きするんを満足そうに眺めとります。藤田はんなど、鈴木も、娘の行儀見習いを期待されるほどの大店になったんやなと、頬をくずして笑うしまつでした。

こうなったら追い返すわけにもいきまへん。続くかどうかはわかりまへんけど、とりあえず預ってみまひょか。けどその前に、身元は確かか、いの一番に訊《き》きたかったんですけど、本人を前にして訊くんもかわいそうですし、それに、お千を連れてきた藤田はんを責めるようにも聞こえますやろ。お千のことは、兄から聞いてえろう反省しているとのことでしたさかい。富士どんの紹介なら大丈夫やろ、そう思いこむことにして、しばらく待っているよう言いつけました。

ところが、またしてもこれが、とんでもない子やったんです。

富士どんが取引先から受け取った紹介状には嘘《うそ》はありまへんでしたが、大事なことが書かれてありまへんでした。そう、父親《てとや》の名前が、なかったんだす。引き取られた母親の実家はしっかりしとり、商売も立派なものやとわかりましたが、これではお千の時と同じだす。

気になるそのことを確かめて、この子の正体がわかったんは、藤田はんや富士どんが帰った後のことでした。

「珠喜、こっちゃ来なはれ」

あらためてよねから呼ばれた時、珠喜は裏口にもどってきたウメとの対面をすませた後だった。ウメは、自分の知らない間にやって来た年下の少女をうかがうように眺めた後、

「この家ではうちの方が先におった、いうんを忘れんといてや」

と釘《くぎ》を刺すのを忘れなかった。

「何もわかりまへんので、よろしゅうに」

みずから先輩と言うウメを立てるくらいの知恵は、珠喜の方でも持っている。そつのない挨拶に、ウメが感じた第一印象は、なんやこの子、いけ好かん、という反感だった。

もともと、ここからさほど離れていない宇治川で大工の娘として生まれたウメは、愚鈍ではないが気働きのする方でもなく、よねからはしじゅう叱《しか》られることが多かった。まだ十八、イシがいた頃は幼いといっていい年齢だっただけに、あてにもされず失敗しても許されていたが、一人になってからは、手が回らないというのを理由に大目に見てもらっているようなものである。

それに、これだけは絶対よねに知られてはなるまいとかたく心に決めている秘密もある。実は、砂糖部門の下《した》っ端《ぱ》手代の仙吉と、最近いい関係になったばかりなのだっ

た。よねの目を盗んでは会いに行くのが、何よりの張り合いになっていたが、これからは珠喜という目もあり、確実に不自由になることだけは予測できたのだ。

「言うとくけど、うちのおかみさんは怖いお人え。じきじきにもの言う時は、よう心しなはれや」

そう脅されたばかりの珠喜としては、初めてそば近くに呼ばれたとなると、自然、肩に力が入る。

もっとも、ウメが「怖い人」と言ったのは、この家に残る単なる噂話《うわさばなし》からで、店の手代と女中がいい仲になったばかりに、おかみさんが風紀が乱れると二人を馘《くび》にした、という話が根拠になっている。これは、あのお千のことで、それにからんで長年勤めた女中頭のイシまで責任を取って国へ帰った、などとまことしやかに伝えられていたから、身近に仕える女子衆には、よねは秋霜《しゅうそう》烈日というほどに厳しくおそろしいのだった。

緊張しながらオクの座敷に入ると、よねは針箱をそばに置いて、縫い物をしていた。

「あんた、雑巾《ぞうきん》は縫えるか？」

いきなりの言いつけだった。裁縫はこの時代の女に求められる最低限の能力だ。苦手ではないから、そばにいって、布と針をもらった。

雑巾にするには、どんなくぼみにもしなやかになじむ柔らかい布がいい。だからよく着込んで洗いざらしたボンさんたちの浴衣《ゆかた》など、普段からボロ布はとっておいて、暇さえあればこうして針箱を取り出し、ちくちく縫うのがよねの仕事だ。

すり切れて破れたり薄くなったりした箇所には、こうして何度も糸を刺し、丈夫にしてから形を縫う。以前にもしたことがあるのか、珠喜はすぐにやり方を覚えた。

「商家の出やと言うたな。お父《と》っつぁんの店は、どこ、言うた？」

珠喜がすみやかに針を進め始めるのを見届けてから、よねが訊いた。預かるからにはいずれ親にも会わねばならないが、面接を行う間も、こうして怠けてはいないのがよねである。

「姫路です」

おや、と、よねの手が止まる。

「姫路のどこや」

軽く聞いた。富士どんのつてなら、姫路の出であるむらの関係もあるのかもしれない。

「二階町です」

驚いた。二階町なら、むらどころか、かつて自分がいた町ではないか。

「二階町の、なんちゅう店や？」

姫路を出てから二十年以上になるが、今でも実家はそこにあるから、屋号を聞けばどの家かわかる。まったく、富士松もなぜにそれを確かめなかったのだろう。だが返答を聞いて、よねは心臓が止まりそうになった。

「漆惣だす」

針を持つ手が宙を縫った。それは、かつてのよねの嫁ぎ先ではないか。

ほんの少しのためらいの後、珠喜はしずかに、縫いかけた布を膝《ひざ》に置いた。そして、問いに答えるかわりに、懐《ふところ》から、一通の書状を取り出したのだった。

「置いてもらえることが決まって、御主人に身の上のことを尋ねられたら差し出すようにと、父様《ととさま》に言われてきました」

身上書、とある。富士松からは先に、就学中の養育費も預っており、何かにつけ行き届いた段取りを感じながら、それを開いた。

「今さら何やのん。何もかも、富士どんが受けたことに間違いはないやろに」

つぶやきで心を静めようとはしたが、その書面は、冒頭からよねの心を鷲掴《わしづか》みにした。

およね様、で始まり、お懐《なつ》かしや、と語りかけるその書面の文字は、よねが昔見知ったものだった。

かつてその同じ筆跡で書かれた「去り状」を、無念のあまり、何度読み返したことだろう。忘れるはずのない、少し稚《おさ》ない丸文字の並び。

これは、惣七はんの、……。思わず呻《うめ》きそうになる。

夫と死別し、子供を巣立たせ、そして、店の岐路でも火事の時でも、少々のことでは動じなくなるほどの人生経験を積んだよねを、まるで小娘のように大きく揺らし、ぐらつかせ、そして「ああ」と小さな嘆息を洩《も》らさせたその書状。それは、まぎれもなく、別れた夫がよねに宛《あ》てて綴《つづ》ったものだった。


どんな時に泣き、どんな時に笑うか、互いのことなら何でもわかる、そんな幼なじみ同士が結ばれた結婚でした。若《わこ》うおました。もう二十年以上も昔の話だす。けど、その手紙を見た時、まるで耳元で轟音《ごうおん》をたて、時が激しく逆流するようでした。

世間のこと人生のこと、何も知らず、まして男女に通う心情など、歌舞伎《かぶき》小屋で見る芝居の中だけと思とったんを、一つ一つ、現実に二人で生きる場で実感した姫路の日々。惣七はんの何気ないいたわりの言葉がふるえるほどに嬉《うれ》しかったり、親たちから自分をかばってくれる態度がいわおのようにたのもしかったり。悲しむ私がどないしたら笑うか、泣いとる私がどないしたら慰められるか、何もかも知っとる人でした。そして私は、自分があの人のやさしさにこまやかに反応するよう造られた生き物であったと、一から知らされる毎日でした。

今になって、こんなかたちであの人が舞い戻ってくるなんぞ、誰が思うたことですやろ。

およね様、で始まるその手紙を、あれから何度、一人取り出して読み返したか知れまへん。手紙にはこう書いてありました。

――幼い頃より、妻と見定めていたのはおよねだけ、そのお前様を去らせた後は、ふたたび嫁を迎える気にもなれず、長くやもめを通していたが、それでは姫路の漆惣の恰好《かっこう》がつかぬとうるさく言われ、後添えをもらうことになったのは十年以上も前のことでした。

けれども、お前様の実家とあんなふうにもめて去らせた親への不信はどうにも拭《ぬぐ》えず、親を大事にしてやることも、嫁にやさしくしてやることもできないままに年月が過ぎました。

そんな自分の心の内を知ってか知らずか、後妻は親身に語り合うこともないまま、女児を一人残してこの世を去りました。

家を守るためにはまた後添いをもらわねばならず、そのため女児がいては継母にとってさしつかえることから、母親のさとに置くことになったのです。

娘は無事に七つになったものの、老いた義父母には娘らしい躾をする余力はなく、どうしたものかと思案に暮れていたところ、お前様の噂を聞きました。旦那様亡《な》き後、おひとりで立派に神戸の大店《おおだな》を守っておいでや、と。

さりとて、お前様に託すなど、世間の道理が許さないのは知っております。兄上が聞いたら、恥知らずと罵《ののし》るに違いありません。それほど、筋違いのことをしているのは重々承知の上のことです。けれども、今この世でわが娘を託せるのはお前様をおいて思い浮かびませぬ。そんな自分の非力を、どうか許していただきたい。

信用のおける商店を通じ、あくまでこの子を行儀見習いに出すというかたちで送り出すことにしたのを、なにとぞ受け入れてはもらえまいか。お前様に、この子をどうしてほしいと望める筋合いにはないが、お前様の胸先三寸、この子の生まれ持った運三寸。おろかな自分の願いはその一分にも及ばないが、せめてお前様のご幸運と、この子の将来を見守りたい。

思えばお前様と夫婦で暮らした年月はさほど長かったわけでもないのに、この世を見渡してみると娘を託すのに兄弟よりも信頼できる人として思い浮かんできたのは、ひとえにお前様の今の地位とお暮らしぶり、そしてこの自分の胸に残るお人柄のせいであろう。なにとぞよしなにおはからい願いたい。お前様のますますのご盛運を、どこかでかならず見守っております。――

読みながら、どうにかして胸にこみあげるものを人に見られまいと苦労しました。何か言葉を発するまでには、かなり時間が要ったように思います。

「それで、あんたの父《とと》さまは」

やっと珠喜に訊けたのは、胸を襲った嵐《あらし》が去ってからのことでした。

「……亡くなりました」

ざあーっと耳元で音がしたんは、かすかな眩暈《めまい》やったのか、大事にしてきた思い出の時が、遠く、水面に沈む音のようにも感じました。

小さい頃から、私が落ち込む時にはなんとのうそばに来て、気を取り直すまで笑わせてくれた人。別れてのちは、それも思い出の中でよみがえるだけでしたけど、もうその気配すら、この世にのうなったとは。

胃を病んでいたらしく、痩《や》せ衰えての死だったそうです。

手紙によって起きあがった過去が、まるで解けて合わせて混ざり合うかのように原色の渦となり、くらくらするような意識の中で、自分の心が叫ぶのを聞きました。みんな逝《い》ってしまう。私一人が生きて残って、無数の日々を迎えて送る、その繰り返しや、と。

立ち直るには、さすがに時間が必要でした。珠喜が白湯《さゆ》を汲《く》んで運び、脇息《きょうそく》をあてがって楽な姿勢をとらせてくれましたけど、手紙を読み終わってから、さあどのくらい時間がたっとりましたんやろ。やさしい手つきは、お祖母《ばあ》はんを、そないしていたわって暮らして来た子やとわかりました。

「父さまは、あんたをどない言うて大きゅうなさったんやろな」

落ち着きをとりもどした時、やはり知りたいことは惣七はんのことでした。

「神戸のことを、よく話してくれました」

「神戸？　神戸には、よう来なさったんか？」

「私が生まれる前に、一度だけ、来たと聞いとります」

そうか、あのひとも来たんや、この神戸に。ふと、遠い日、生まれたばかりの徳治郎をおぶって出てみた栄町の雑踏で見かけた、彼によく似たあの人、そしてまた、岩治郎の法要の夜に訪ねてきた黒い影、あれらは、もしかしたら彼そのものとちゃうかったんやろかと思えてきました。

皆がするように、あの人もまた、楠公《なんこう》さんにお参りし、異人館の並びを見て、そしてその後、栄町にも来たんかもしれまへん。そして、賑《にぎ》わう鈴木商店の軒先を、まぶしく眺めたんでっしゃろか。

そう思たら、今にも彼が、通りの反対側に立って、店を、私を、見守ってくれとる錯覚にとらわれました。胸が痛《いと》うおました。女が、二夫にまみえるなかれ、と教えられるんは、きっとこんな痛みを知らせるまいとの親心なんかもしれまへんな。

落ち着いてくると、こんなふうに前夫のことで胸を痛めることは、それだけで岩治郎への貞節を損ねることになるんやろか、という思いがよぎりました。もうどちらも、この世にはおらん夫やといいますのにな。

そしてまた、思いました。私の知らんとこでお千という子を残しとった岩治郎のことを、だす。お千のことでは、直どんをつらい目に遭わせ、イシまで追いやってしまいました。全部、岩治郎が播《ま》いた種だす。

そんなら私やったかて、岩治郎の知らん前夫が残した子供を世話したかて、何も責められることはないんやないか、そんな乱暴な思いが吹き荒れました。

「あんたは、連れてきてもらえなんだんか」

「はい。丹波の方にはよう行きましたけど」

漆採りに出掛ける野山で、彼女が父から与えられたさまざまな思い出話を聞いていると、紅葉に色づく山野に、まるで私まで一緒に居合わせたような気分になってきたもんだす。

珠喜はふしぎな明るさを持つ子供でした。その顔をようみつめました。別れることになっても、決して誰をも恨まず過去を振り返らず、明日という可能性のあることを私に語った男の瞳《ひとみ》を思い出させる目でした。そう、他意なくみつめ返す素朴なその目は、惣七はんのまなざしそのままでした。

この子の中に惣七はんがおる。――激しく胸を突かれました。

この子をそばに置くことは、子供の頃からいちずに慕った男のおもかげと暮らすことでした。たとえそのことが露見したとて、誰が今の私を責められますやろ。

教育のために息子二人を手放し、店も、自分の手に負えぬ大きさにまで育て終えたこの時期に、こうして彼女がやってきたのには、何か目に見えぬ巡り合わせがあるのに違いおません。手紙の惣七はんが言うとおり、自分が前夫の遺児を育てる義理はおまへんけど、他にはとりたててなすべき仕事を持たへんこの私だす。この日常に、珠喜はきっと、新しい目的となってくれまっしゃろ。少なくとも、男の子ばかりを育てた自分には、娘を躾《しつ》けるんは新鮮な仕事であるには違いおません。

それにしても私のことは、父親にどういう人やと教えられて来たんでっしゃろ。珠喜はこの手紙の中身は聞かされていないはずだす。まして、自分の父親と私がどういう間柄にあるんか、誰も教えはしとりまへんやろ。いずれこの娘が成人したとき、私の口から話してやるんがええんですかな。ほんならそれまで、黙っておくんがよろしいんやろな。

「あれ。明日は十日やがな。荒神《こうじん》さんのお参りに行かななららん。あんた、お供をたのむで」

毎月一日、十日、二十日と欠かさぬ神社まいりの段取りをせななりまへん。私が話題を変えたことにも驚かず、問いにはきちんと答える素直さがいじらしおました。

「はい。さきほど花売りが届けに来ましたよって、裏の桶《おけ》で水揚げしてます」

ここでも、教えんうちから花の準備ができた珠喜です。神棚に、この子のことを報告しとうて、灯明を上げました。すると背後で珠喜が小さな声を上げました。

「お人形さんや……」

そこには、田川はんが持ち帰ったあのセルロイド人形を飾ったままやったんだす。

しっかりしとるようでもまだまだ子供。とりわけ男親はこんな人形なんぞ、買い与えることもせんかったんでっしゃろ。私は神棚に手を伸ばし、人形を取りました。惣七はんとよう似た男が、年のいった私にこんなもん買《こ》うてくれたんは、もしかしたら、この子へと橋渡しするための神様の段取りやったんかもしれまへん。「お前にあげよう」

そのとたんに輝いた瞳は、やはりあどけない子供でした。

「ここはお前とそないに変わらん年のボンさんでも一所懸命働いとる店や。学校の勉強もせんならん。決して遊んで怠けたらあきまへんで」

いちおうそう釘《くぎ》を刺しましたけど、はいっ、と答えて、珠喜はもう人形を抱きしめとりました。肉親の縁の薄いこの少女が、初めて情を注げるものに出逢《でお》うたことになるんでっしゃろな。私は、本気で、この娘を育てることを決心しました。

台湾へ、港の外へと風が吹く栄町のこの家で、珠喜が最初によねから教わったのは、雑巾がけだった。

「商売の神様は、きれいなとこにしか、居てくださらん。そやから、雑巾がけがこの家の一番大事な仕事なんや」

この日使うのは、先だってよねと一緒に初めて縫った雑巾だ。

「使《つこ》うてみたらわかりますやろ。自分の縫うた雑巾がどんだけ使いやすいか使いにくいか」

確かに、すり切れた部分の補強が足りなかった箇所はすぐにそこがひっかかって、うまく拭《ふ》けない。

「今度縫う時には気をつけなはれ。さて、雑巾の使い方は、こうや」

手拭《てぬぐ》い大を四つに折って縫われた雑巾は、掃除の場では、さらに四半分に折り、てのひら大の大きさにして使うのがよね流だ。

「こないして、この面が汚れたら裏返し、また汚れたら開いて裏返す。つごう八回は、いちいち水ですすがんでも使えますやろ?」

すすぐ時の、水の扱いはもっとも気を遣うところだった。よねは、そこを見れば人間の出来がわかる、とまで言ったが、その意味では、珠喜は実に水を上手に扱う初めての者といえた。

どんな女中も、水桶の周りを桶の形に飛び散った水で濡《ぬ》らしてしまったり、絞りきらないゆるい雑巾で床を拭いては水浸しにしたりで、掃除どころか汚れをぬたくっているも同然だと、結局よねがやりなおす羽目になるのもたびたびだった。

その点、珠喜が拭いた後には水滴ひとつこぼれておらず、床もほどよい湿り気を帯びて、これぞ清掃の後というすがすがしさを眺めることができた。

「これも、父《とと》さまに教わったんか?」

聞かずもがなのことであったが、よねは確かめずにはいられなくなる。そして、

「へえ。でけてへん、とよう怒られましたけど」

と首をすくめる様子を見ては、よねは遠い目になった。

そこに別な感情が介在していることを知らない他人の目には、珠喜は、当初からよねの心をつかんでお気に入りになった、と映った。富士松は、よねが珠喜を気に入ったとみて安堵《あんど》したが、もちろん、珠喜が隠し持っていた惣七からの手紙のことは露ほども知らない。それだけに、珠喜より三年も早く奉公に上がっていたウメはおもしろくなかった。第一、珠喜が学校へ行っている間は、オクの用事はあいかわらず一人でやらねばならない。いまだに一つ一つよねから文句をつけられながらしか用事の果たせない事実は棚に上げ、言われぬ先から機転を利《き》かせて立ち回る珠喜は邪魔者ですらあった。

「おウメはん、小鉢はどこにしもうてありますんやろ」

勝手のわからぬことを聞こうとすると、ウメは当初、わざと逆の場所を教えたり微妙に異なる返事をする、といった稚拙な方法でいじわるをした。すぐに露見して珠喜の抗議に遭うと、あからさまに、

「あんたは何でもできる子ぉやないの。人に聞かんと、自分で探し」

などと突き放す。せっかく拭き掃除をした廊下にも、わざと濡れ雑巾から水を滴《したた》らせて、

「ああ、こら悪かった。気が付かんで」

の一言で台無しにした詫《わ》びもすませてしまうのだった。

そのつど珠喜の手間は倍になったが、勝ち気な性分はやられっぱなしでは終わらない。

「おウメさんが邪魔をしたら、ご用がそれだけ遅うなる。うちにいじわるしてるつもりで気持ちええかしらんけど、それは、ひいてはおかみさんにご迷惑をかけよることや」

ぴしゃりと言ってのけると、ウメは顔を真っ青にして、

「あんた。いらんこと、おかみさんに言うたらあかんで」

逆になだめにかかることになった。これだけはっきりものの言える珠喜が、よねに告げ口でもしたならウメなどひとたまりもない。それどころか、珠喜は逆に、

「さあな。どないやろ」

勝ち誇ったようにこの先輩に言う。

「ゆうべ、仙吉はん、当直を抜けだしてどこ行ってなはったんやろ。ロシアパンでも

買いに出たったんかいな」

消耗の盛んな若者のこと、漬け物と汁だけのごはんでは足りず、夜中に栄町通を流して行くロシア人のパン売りや夜鳴きうどんが来たのを聞きつけると、ボンさんたちはいっせいに起き出し、なけなしの小遣いをつかんで買いに走る。おかみさんにみつからないよう、抜き足差し足でしのび出るのであるが、なにしろよねはミセとオクとの境の「中の間」と呼ばれる座敷に寝ていたから、皆、その頭のそばを通り抜けねばならないのだった。ボンさんはともかく、彼らを監督する立場にある手代の仙吉が率先して買いに出たと知られたなら、大目玉はまぬがれない。今や仙吉にまつわることなら何でも弱みになっているウメはうろたえた。

「たのむわ。……うち、あんたと仲良うするから、仙吉っつぁんのことは言うたらあかん」

騙《だま》して陥れるにはいっそうの知恵が必要で、それより、仲良く力を合わせたほうがずっと暮らしやすいことであるのを、珠喜はウメに思い知らせたのであった。

こうして珠喜はよねの暮らしの中に確とした場所を占めていく。

明治三十一年、台湾の地を踏んだ直どんは、一日も時間を無駄にすまいと意欲的に動き回ってきたようだす。お目当ての後藤閣下も、面会を申し込んだところでそない簡単にはお会いできんお方ですけど、持ち前の粘りで、待って待ってとうとう根負けさせてお目通りかなったとか。

後に立派な伝記も出してもらう直どんですけど、そこには、「金子は後藤伯と意気相投合し、その才幹を認められ、たちまち絶対の信任を受けた」となっとりますけど、おかしいことですな、後藤閣下の伝記には、直どんについての記述は一切ないんですて。

書かれんことが、かえってなんや意図があるんやないかと勘ぐらせますな。閣下の側としては、後に野党や新聞から癒着とまで叩《たた》かれるほどの深いかかわりになった鈴木商店との関係を、何もなかった、いうことにしたかったんとちゃいますやろか。あはは、邪推でっしゃろか。後の歴史の判断で、清廉潔白《せいれんけっぱく》な直どんが、癒着など一切せんかったこと、政治と財界に汚れた関係を持ち込まんかった事実は、とかく金にまみれがちな日本の政治に大きな足跡を残したんやと褒められてますんにな。何にせよ、直どんの方は、この国の超一流の行政官とじかにまみえたことで、その生き方をも大きく変えていくことになります。

二人が初めて会ったこの日に熱弁をふるった直どんのことは、今回もまた水先案内人として台湾まで行動をともにした田川はんが、逐一、教えてくれました。

「日本は資源にとぼしく工業では世界に遅れをとっています。そやからこそ、港を整え、原料を輸入してこれを加工したものを世界に輸出する、という加工貿易しかありまへん。台湾はその中継貿易の拠点とすべきではありませんかと、金子さんは後藤閣下にご意見を述べられたんです」

いきなりの日本工業立国論、台湾貿易立国論やったわけだす。それは、一商人が語るには大きすぎる国益論でしたやろな。

考えてみれば、けったいなことや思いまへんか？　神戸の一商店の番頭が、何を熱うなって、国策を論じとるんだっしゃろ、て。

けど、たしかに、この時を境に直どんは変わったのだす。今までは、店のため、私ら主人一家のため、どないして利益を上げるか、商売を大きゅうするか、それが直どんの命題でした。ところが、後藤新平、その方に出逢うて、彼ははっきり、自分が突き進むべき先に、崇高な男の命題をみつけたのだす。そう、お国のため、天下のため。商人として益を競いあうのは決しておのれの私欲にあらず、国家に益をもたらすためだと。

それはあるいは、維新の志士を生み、自由民権の壮士を育てた、土佐の土壌につながる彼の運命でしたんやろか。

一方、閣下は、「それで?」とのめりこむように先を促されたそうだす。

ほんま、直どんは変わった男です。容貌《ようぼう》こそ冴《さ》えん小男ですけんど、夢を語り出すと、聞く者はみな、その話術に墜《お》ちるんだす。

この時も、台湾の現在、未来をその手に握る後藤閣下に、国家のあらゆる可能性について縦横無尽に私論を展開したそうです。閣下が術中に嵌《は》まるんは時間の問題でしたやろ。台湾の内政についてはもとより、天下、国家の政策まで、広い視野で大胆な意見を論じる直どんの気概は、おおいに閣下を揺さぶり共鳴させたそうだす。

おかげで、お前ならこの台湾でいったいどんな品を輸出の売りにする? と意見を求められたんやとか。もちろん――、一呼吸はさんで答えた直どんの答えは決まっとりました。

「それは樟脳《しょうのう》をおいて他にはありますまい。金子さんは、そう答えなはりました」

そら、あんだけ苦労した樟脳だす。樟脳で一花咲かせんことには、あの時のハラキリまで覚悟した失敗の雪辱は果たせまへん。店の未来をになう樟脳の取引に励むことで店を富ませ、それがひいては国家のためにもなる。このへんが、商売人としての直どんの矛盾のなさだす。

そして閣下のお答えは、なるほど、おもしろい。――そうおっしゃったんやそうな。この時点で、すでに閣下は、治安回復という大命題をほぼかたづけ、次に、産業をどう開発するかを新たな課題としたところでしたんです。いかに台湾の風土をゆたかにし、そこから上がる産物を国益につなげるか。もちろん、樟脳という台湾の特産には着目しとられたでしょう。阿片《アヘン》の専売でいちおうの成功を見とられるんでっさかい。いずれは樟脳も専売に、という構想を持っとられたんに違いおません。けど、その実現には、輸出に耐えるだけの良質な樟脳を、大量生産できんとそろばんが合わへんのだす。台湾樟脳は、質の点では内地製にはまだまだかなわへんのでした。

――樟脳を、なんとかしたいのう。

それだけ言えばじゅうぶんでっしゃろ。直どんは即座に答えていわく、

――なんとかしてご覧に入れましょう。

後藤閣下と直どんの利害が一致したんだす。

ここに、長い因縁の、後藤新平と金子直吉の盟友関係が生まれることになりました。ある意味、後藤閣下にとって、直どんの出現は、渡りに舟の、絶妙の好機でしたやろ。抜け目のない後藤閣下は、直どんを動かしただけやなく、ちゃっかり、札幌農学校

教授やった新渡戸稲造《にとべいなぞう》さんにも依頼して、他に台湾の特産となる農作物がないか調査させとられます。新渡戸さんは、それはサトウキビや、と見抜いてジャワまで渡り、黙々と品種改良をすすめられとったとか。後にこの砂糖も、直どんひきいる鈴木商店が台湾特産の商品作物として大きく売り出していくことになるんですけどな。

「田川はん、あんたもご苦労はんやったなあ」

私にまたとないみやげ話をしてくれた田川はんをねぎろうた後で、つい独り言を洩《も》らしました。

「台湾もええけど、直どんには、早《はよ》う身をかためてもらわんとな」

今後はもうちょいと小ぎれいにしてな、と喉《のど》まで言葉が出ていたのを、なんとかのみこんだんは、ちょうどオクから珠喜がお茶を運び出してきたからだす。

「お邪魔します。……お茶をどうぞ」

話が一段落つくのを待っとったんでっしゃろけど、きっとこの子も襖《ふすま》の向こうで、田川はんの話す台湾を、胸躍らせながら聞いとったに違いおまへん。

「あんた、聞いとったんやろ」

つい意地悪で聞いてみると、珠喜がうろたえるのがおもしろうて、

「かまへん。誰やったって知りたい話や。なんでも、訊《き》きたいことがあったら訊いて

み」

そう言うてやりました。すると、ぱっと華やいだ顔を上げ、珠喜はすかさず訊くのだす。

「台湾て、どのくらい、遠いとこですん？」

その、あまりに無邪気な問いに、私も田川はんも笑われんとはおられまへんでした。田川はんは懐《ふところ》から地図を取り出し、畳の上に広げて見せてくれました。おそらく新聞などの記事から彼が独自に作ったものでっしゃろ、詳しい地名がすべて墨の文字で書き込まれておりました。日本列島のはるか南、果実の種子のようなかたちに描かれた島。それが台湾だす。珠喜は目を輝かせ、食い入るように見ておりました。

「ここが基隆《キールン》。日本からの船はここに着く。そしてこれが、台湾縦貫鉄道や」

「鉄道があるんですか」

「そうや。清国《しんこく》は、ドイツからええ機関車を買い入れても台北《タイペイ》までしかよう走らせんかったが、日本は台湾一島を、北から南まで、鉄路でつなごうとしている」

扇子で田川はんが、島の北端の一地点をさし、南端までを一直線で走らせました。

「川がある。……何川？　湊川より大きいんですか？」

興奮している声は、急《せ》くように次の質問につながります。けどそのたび田川はんは、いかにも愉快そうに答えてやるのだす。

「濁水渓《チョオショイ》や。大平原、虎尾《フーウェイ》平原を作った川やな」

珠喜の、見開いた目の、大きいこと。初めて聞くその名前が、いきなり、まだ見ぬ台湾の大平原の光景を引き連れてきたとでも言うんでっしゃろか。

「漢字で〝渓〟はせせらぎを表す。山に降った雨があちこちの尾根から下る水を、糸をつなぐみたいに集めて、一つの流れになるんや。濁水、というからには、岩を削って、肥えた沃土《よくど》を運んで、たえず濁って黒い川なんやろ。雨のたびごと、右に左に大きく振れて暴れることから、この平原に虎尾の名があるらしい」

こっちの川は淡水《タンショイ》というて、と後を続けようとして、田川はんは珠喜の表情に気がつきました。

「なんや。お前、どないかしたんか」

まるで熱でもあるような表情でしたんだす。目は遠くをさまよい、うわずった声で、

「聞いたことのない土地の名前は、まるで、詩か、俳句みたいや……」

密林の足下を縫い、斜面を伝って尾根に飛び出し、そして糸のごとく連なって綯《な》われ、太さを増して平原を走る黒い川が、珠喜には見えたんかもしれまへん。大雨ごとに、雄叫《おたけ》びを上げながらすさまじく流れて海へと突き進む、虎《とら》の尾のようなその川が。

私は、田川はんと顔を見合わせ、そして吹き出しました。

「おもしろいこと言う子やろ。詩か俳句、てか。これはおもしろい」

「中国語の名前やから、そう聞こえたんかいな」

二人に笑われ、やがて珠喜は我に返ったようだす。

「知っとります。俳句いうたら五七五でっしゃろ、……けど、けど、……。濁水渓、虎の尾平原、黒い河……」

必死になって言い返す言葉が、五七五になっとりました。また顔を見合わせたことだす。

遠い南の新領土から吹く大きな風が、三人を包んでいきました。

意気揚々と台湾から帰ってきた直どんを皆でつかまえるようにして、婚礼の日を迎えました。

今や神戸で一、二の大店《おおだな》にのしあがった鈴木商店の大番頭の結婚です。神戸、大阪のなじみはもちろん、遠く土佐や北海道などの取引先からも祝いが寄せられ、そら賑《にぎ》やかなもんでした。仲人《なこうど》は主《あるじ》岩治郎の朋友《ほうゆう》やった藤田夫妻。私は兄たちとともに、気楽な来賓です。

「おめでとうさん」

挨拶《あいさつ》をした時、ほんまは直どんを見るんが怖い気がしました。こないして、彼がおらん間に縁談をすすめ、直どん個人の結婚というより、鈴木商店大番頭の結婚、というほどの派手なもんにしたんは、私が陰で動いたからやと、この賢い男が気づかんわけがないと思いましたからや。

「おおきに。……今まで以上に、店のために励みますさけえ」

受けて返した直どんの挨拶は、実にさわやかなもんでした。

お千のことは、もう彼の中で決着はついたんやろか。ずっと気になっとったんはそのことでしたけど、富士どんがこの縁談を勧めた時も、特に嫌がる様子もなく、もったいないことや、とかしこまって受けてくれたんを、内心ほっとしながら見ておりました。ほんま、何事もなくこの日が来たんが夢のようだす。お千のことではつらい目に遭わせてしもたけんど、こんな立派な嫁をもろうたからには、誰より幸せになってほしい。心からそう願いました。

けんど、自分の婚礼やというのに、まるで他人事《ひとごと》のように花嫁をほっぽりだし、ひたすら来客に酒を注いで回る直どんは、この婚礼すらも商売の飛躍の過程やというふうに考えたんでっしゃろか。私にはそれが寂しく思えました。花婿《はなむこ》のおらん上座に一人残され、じっと動かずうつむいているお徳はんを見ていると、こんな賑やかな席なら愛想をふりまいたにちがいないお千のことを思い浮かべんわけにはいかんかったからです。

　私はそっと近づいていって、声をかけました。

　二十一歳のお徳はんは、決められた言葉以外は多くを語らん、実にひかえめな女子《おなご》だす。田舎の黴臭《かびくさ》い質屋の店から、いきなり賑やかな神戸の、それも、もっとも活気に溢《あふ》れた商店に来たせいで萎縮《いしゅく》しとったんかもしれへんとも思いますけど、それにしても表情の動かん、辛抱強い女子であるんは間違いなさそうだす。

「直どんは寝ても覚めても店、店、店で、もしかしたらあんたも寂しい思いをするかしれん。そやけど、働いてる間が、直どんの幸せなんや。そのこと、よう理解してやってな」

　そんなことわざわざ私がこんな場で言わんでも、すでにそれは、土佐を出る前から、周りから何度も言い含められたことのようでした。ぺこり、と頭を下げたお徳はんの高島田の髷《まげ》で簪《かんざし》が揺れました。

「ほんで、どないしても辛抱たまらんようになったら、うちのとこに来とくなはれ。女あってこそ男は働けるんだす。そのためやったらなんぼでも力になりますよって」

また簪が揺れました。言葉はおませんでしたけど、お徳はんの瞳《ひとみ》が、ほんの少しうるんどるように見えたんは錯覚でしたやろか。見知らぬ土地にたった一人でほうりこまれた心細さが、初めて私の言葉によりどころをみつけたんかもしれまへん。

もちろん、実際に彼女が私に愚痴をこぼしにくるというようなことは一度もありまへんでした。みごとな女やったと言えましょう。「ど」がつく近眼やった直どんは、家に帰るみちみち、なんや知らん女の人がずっとついてくるんで誰やろと思ったら、妻のお徳はんやった、という逸話が残っとります。そのぐらい、考え事したら周りのことは何も目に入らんのが直どんでしたし、夫をみつけても三歩後ろから声もかけんとついていく、それがお徳はんでした。まあ、ようでけた夫婦でした。

結婚しても、直吉の暮らしは変わらなかった。新居は、雲井通の、鈴木の樟脳製造販売を一手にあずかる部署を置いた建物の二階であった。

樟脳は、土佐や紀州、台湾などで産出した樟樹の枝をセイロで蒸し、樟脳油を採って、それを冷やして結晶させて作る。精製した樟脳は一つ一つを油紙で包装して、それを四角いブリキ缶に入れて売り出すのである。

人工的に創《つく》り出される工業製品でありながら、自然界から採れる工芸作物を原料とするため、その生産量は天候などに大きく左右される。また、先のハタ売り騒動の時のように、市場の需要によって、大きく値段が跳ね上がったり、また暴落したりするのも、自然がからんでいるせいだった。

直吉はこれを、みずからの手で技術を加え、上質な樟脳を安く作れないかと考えたのだ。

とりわけ、田川が台湾で見てきたように、いったん粗製樟脳を採れば捨ててしまう樟脳油から、さらに再蒸留して粗製樟脳をとりだすという、再生法が目下の大きな課題になっている。

あちこちから集めてきた職人とともに、直吉もみずから仕事帰りに徹夜で研究に加わるのだったが、建物からはたえず樟脳の強烈な臭《にお》いとともに煙が漂い、お世辞にも新婚の住まいにふさわしいとは言えなかった。

「どっか違うとこにしたらどうや」

結婚の世話をした富士松が忠告する。しかし直吉は笑ってとりあわない。離れた場所に家を構えれば、ここまで通う時間が惜しまれる、と言うのである。

「けど、直どん。樟脳のこの煙は体に悪いんとちゃうか」

富士松はなおも世話を焼いた。心配だったのは、直吉の体よりも、これから子供を産むお徳の方だ。それに、人間の出入りの多いこんな工場の二階では、新婚に静かな夜をもたらすこともできないだろう。なのに直吉はその意がわからない。

「なんの、体に悪いもんかいな。この煙が店の金を生んでくれるのや。そない思うたらありがとうて、なんぼ吸うてもかまわんわ」

呑気《のんき》にそう答えては、あいかわらずお徳には目もくれず、仕事に没頭するのである。

「こらあかんわ……」

夫のつぶやきを聞き、おむらはお徳を慰めによく買い物などに誘っては、早く神戸に馴染《なじ》むように気を配った。そして帰宅すれば隣の本店を訪ね、同じくこの夫婦のゆくえを気に掛けているよねに報告するのだ。

「ほんま、困った直どんやこと」

これでは結婚した意味などないではないか、とため息をもらしたが、翌年には長男の文蔵が元気な産声《うぶごえ》を上げ、家庭に見向きもしていないような直吉もやることはやっていたかと皆を安堵《あんど》させた。

よねが知らせを聞いてわがことのように喜んだのも、あのお千との一件がなおもひっかかり、直吉がお徳との間に夫婦らしく交わることをわざと拒んでいるのではないかと心配したからだった。だが、すべてそれも取り越し苦労であった。

文蔵と名付けられた、直吉の初めての子をむらと二人で祝った時、そのおもかげがあまりに直吉そっくりなのには、二人して顔を見合わせてしまったほどだ。

「お徳はん、お手柄や。まるで判子を押したみたいに直どんそっくりな子や。きっと、よう働く大物になりまっせ」

自分が徳治郎を産んだ時の、あの岩治郎の喜びようを思い出して褒めちぎる。のちに札幌農大を卒業してドイツに学び、鈴木系の企業で活躍することになる文蔵は、はからずもよねの褒め言葉を実現することになる。

だがお徳はこんな時でも表情を崩すことはなかった。ほんのわずか、はにかんだように微笑《ほほえ》んだのが、彼女の最大限の喜びの表現だったのだろう。

その頃、直吉は工場で喜びの声を上げていた。

しかしその歓声は、息子の誕生に対するものではなく、今まさに、樟脳の再生法が成功したことによる。

「よっしゃ。これでいける。あとは、樟脳油さえあれば、なんぼでも樟脳が量産できる」

ここから出荷される辰印の鈴木商店の樟脳は、同じ商標をつけた砂糖とともに、品質もよく日本中の小売商に大量に出回っていくことになる。

そして台湾への一般渡航が解禁される日も、さほど時を待たずに訪れた。鈴木は台湾樟脳《しょうのう》の基点となる出張所を台南《タイナン》に置くことを決め、田川ら店の者が台湾出張の折には定宿としていた旅館を買い上げた。すでに神戸市内には倉庫や工場などを有し、大阪にも出張所を持つ鈴木であったが、これで台湾における本格的な拠点ができたことになる。

工場の最前線で、技術者とともに樟脳の粉にまみれながら、直吉は勇壮な弁舌をぶった。

「あんたらのその腕、狭い日本に置いとくんも一生、台湾に行って世界を相手に売り出すんも一生。おんなじことなら、わしと一緒に、大暴れしましょいな」

鬨《とき》の声が上がる。

こうして、鈴木商店が台湾に最初の足場を築くその時がやってきた。

台湾へ一般渡航が解禁されるや、新しい商売で一旗上げようという野心的な業者がいっせいに乗り出しました。池田貫兵衛《かんべえ》はん、窪田《くぼた》平吉はんなど、同じ神戸に店をかまえる輸出業者のほか、大阪を拠点とする三井、住友などがそうだす。

けど、誰も行かん先から人を送って調査しとったうちの店が、なんぼも先の利がおます。しかも、清国《しんこく》人らが思いつかんかった廃油からの再生法をひっさげての製造は、今までの生産量を一挙に倍増させとりました。まあ、鈴木の一人勝ち、と言われたんも、あながちおおげさなことはおませんでしたんやろ。

もっとも、技術が秘密裏に盗まれたり、技術者そのものを引き抜かれたり、開発に並々ならぬ時間と費用を投資してきた鈴木にとっては不利益も多々あったんは事実だす。鈴木を出し抜こうと、他の業者はなおいっそう激烈に競ってきましたから、樟脳取引の現場はそらもう、活況を呈す、というどころやおませんでしたやろ。私《わて》もこれは、怒りに燃えて帰ってきた田川はんから聞いたことの受け売りですけど。

田川はんの怒りは当然でした。やっと成功をもぎとった樟脳に、なんと、あの後藤閣下が目をお付けになったんだす。それほど儲《もう》かる樟脳を、専売局の下に置いて国の収益にせん手はない、とのお考えだす。すぐにも国会に法案を願い出られる手際《てぎわ》のよさでした。

「事業者が集まって民政局におしかけ、意見を申し述べる会が持たれました。当然だっしゃろ。ここまで苦労したのに、儲けはお上に持って行かれるんでは……。そやのに金子さんはその席で、閣下に賛成や、と言うたんだす」

口火を切って猛反対するはずの鈴木の意見だけに、皆はどれだけ驚きましたやろ。

「しかも金子はんときたら、他の業者を一軒一軒訪ねて、専売の必要性を説いて回ったんだっせ。先駆者の鈴木がそない言うんでっさかい、だんだん皆様方、賛成に回ってきて……。なんでだっしゃろ。金子はんの考えがわかりまへん」

田川はんが言うとおり、喜んだんは後藤閣下だけやったようだす。業者にこない反対されては法案は通らんと諦《あきら》めてなさった閣下は、直どんの働きをえろう恩義に感じてくださったことでっしゃろ。

おかげで、台湾での樟脳専売法が成立します。明治三十三年、後藤民政局長は、阿片《アヘン》に次いで、日本国政府の許可なしに使える莫大《ばくだい》な歳入源を得ることになるんでした。

けど、次に私《わて》に報告に来た時には、田川はんの印象はころっと変わっとりました。一度は直どんの考えがわからんと腹たてたものの、結果は鈴木の大勝利やと言うのだす。

「金子はんは、樟脳が専売になったら、それを一手に販売する権利を手に入れようと考えとったんだす」

これだけ商売敵《がたき》が群がっては競い合うのは無駄な争い、そう見きっていたのは先見の明でしたなあ。けどまあ、そこまではよかったんだすけど、残念なことに百九十万円の保証金を納める業者にそれを許可する、との決まりが、うちの店を阻《はば》んで立ちふさがりました。悔しいことですけど、この頃の鈴木商店にはそこまでの資金力はおませなんだ。結局、販売権はイギリスのサミュエル商会が一手に握ることとなったとか。

「また外国商館にやられたわけやな」

つい、そうつぶやかずにはいられまへんでした。直どんの悔しさが、手に取るように見えたからだす。日本の国の事業でありながら、いつまで外国に美味《おい》しいとこ取りさせりゃええんですやろ。私も同じくらい悔しく思いました。

そやから、それを覆《くつがえ》すような田川はんの明るい報告には胸が晴れました。

「樟脳は諦めんとあきまへんけど、再生樟脳の方はうちとこのもんだす」

副産物の樟脳油から樟脳を再生する製造法は、鈴木が投資開発したもんだす。そのため、再生樟脳に限っては販売の六割五分を鈴木が取り扱う権利を勝ち取ることになったんやそうだす。

「六割五分てか。……すごいやないか」

思わず飛び上がりそうでした。まさに、直どんの新婚の巣を包んだ樟脳の煙が、金に変わった瞬間でした。

台湾で製造された樟脳はすべて神戸に集められ、ここから世界各地へ向かう船に積み込まれます。そのため、神戸には台湾総督府の専売局の支局が置かれることになりました。樟脳の輸出はほぼすべて、この神戸港から輸出されとった、と言うても過言やおまへん。ほかに、神戸には収納官署も置かれ、その事務所や支所と名のつくもんが五ヵ所、十ヵ所と設けられる、まさに樟脳の一大拠点でした。

おもしろいもんで、台湾脳界の活況に刺激され、内地も俄然《がぜん》はりきって生産高を上げてきます。そうなると、思ったほどには儲けを独占できんとサミュエル商会から専売局に苦情が出たほどやそうで、直どん、さぞかし溜飲《りゅういん》を下げたことでっしゃろ。

今や国家の代表的な輸出品となった樟脳で、誰もが認める大仲買人となった鈴木だす。

5

店には人もふえ、ますます活気づき、その前向きな空気にいっそうのはずみをつけるように、景気のいい提案を持ち込んできたのは兄の仲右衛門だった。

「お前の店も、とうに十万円もの身上《しんしょう》ができとるのや。個人商店の枠はとっくに超えとる。どないや、これを機に、合名会社ということにしては」

よねには会社の仕組みのことはよくわからなかったが、自分単独の店ではなく、直吉、富士松を出資社員として幹部に座らせる、という内容には、反対する理由はなかった。そうすることで、店における二人の位置づけもきわだち、二人にとって、働き甲斐《がい》も増すだろう。鈴木は、前にも増して土台のじょうぶな店になるはずだった。

「兄さん、どないぞよろしゅうに」

明治三十五年、十月のことである。個人商店であった辰巳《たつみ》屋鈴木岩治郎商店は、合名会社鈴木商店に改まる。

代表社員、鈴木よね。次いで金子直吉、柳田富士松、両名が出資社員として名を連ねた。資本金は五十万円。営業は、引き続き砂糖樟脳輸出入をうたう。のちに年商十五億円をはじきだす会社の、これが最初の一歩だった。

思えば、屋号から夫岩治郎の名前がなくなった今、それは文字どおり、よねを筆頭に、みな力を合わせてやっていく共同体となったのである。

かつてよねが手にした決断の鋏《はさみ》は、この店を守るために、直吉の恋を断ち切った。だが今は、何にも代え難いじょうぶな糸と針とで、店との縁を縫いつけたことになる。これでわずかでも直どんに罪滅ぼしができた、そんな気がして、よねはいくらか胸の痛みが楽になる。

さらに変化は起きとりました。初めて、学卒の新人を採用したんがこの年だす。なんせ鈴木は外国商人を相手に商売をする貿易商でっさかい、英語がわかること、話せることは必須《ひっす》のもんだす。そのため、直どん、富士どんもにわかに外人さんについて英語を習《なろ》うたりしたんですけど、これはなかなかはかどらんかったようだす。アルファベットが読めるようになったんは大いに商売にも役だったようですけんど、結局は、外国語の堪能《たんのう》な人材を採用した方が手っ取り早い、ということになります。

これまでは即戦力になる教員上がりや外国商館で通訳しとった人を引き抜いてきて使《つこ》とりましたが、忠誠心の点でははえぬきの店員にこしたことはありまへん。そのはえぬきが、学校で商業の理論はもちろん、ぺらぺらの英語を身につけとるんならこれ以上のことはおまへんやろ。

学卒第一号として兄の紹介状を持って来たんは、滋賀出身の西川文蔵はん。中退したとはいえ、東京高商に在籍しとった秀才で、のちに、鈴木の総支配人となって直どんをささえる男だす。

「西川文蔵、いいます。よろしゅうに」

奇《く》しくも昨年直どんの家に誕生した第一子と同じ名前。兄がこの話を持ってきた時、人なら余っとりますと西川はんの受け入れを拒んだ直どんですけど、かわいいさかりの愛息と同じ名前という偶然は、思いのほか親しみを抱かせたやろとは思います。とはいえ、小学校も卒《で》とらへんのに、おそるべき商才で鈴木の大番頭として神戸に名を馳《は》せとる直どんと、近代的合理主義ゆうんですかいな、高商で最新の学問を身につけたエリートと。この対照的な二人がどないに回って行くやろかと、心配ではありました。

なんせ初日から、西川はんは皆を驚かせたもんだす。

「おかみさん、おかみさん。西川はんが、洋装でお店に来た」

珠喜が、大声出してオクへとびこんできましたさけえにな。

「来た、やない。来られた、と言いなさい」

「はい、来られ、ましたっ。その、背広でっせ、おかみさん」

ほんまに注意したいんは言葉使いの方やなしに、その騒ぎようでした。洋装の三ツ揃《ぞろ》いなら、以前、田川はんが初めて店に着て来た時に洗礼ずみだす。あの時、田川はんが惣七はんに似とることに驚いたあまり、つい洋服を批判することでごまかしてしもたんでしたが、おかげで皆は、私《わて》が洋服嫌いやと思いこんでしもとるようだす。けど、これも時の流れというもんでしょう。鈴木を始め、栄町の商店という商店では、まだ皆が角帯に前垂れという昔ながらのいでたちでしたけど、明治も三十五年を数えれば、街には洋装の男は急激にふえておりました。それに、西川はんの細身の体と色白のうりざね顔には、お世辞ぬきで洋装がよく似合《にお》うとりました。書画を愛し、俳句をたしなみ、穏やかな教養人やっただけに、中身がよう釣り合うとったからでしょう。

「おかみさん、西川はんが、今頃お店においでのようや」

「おかみさん、西川はん、もう帰っておしまいになった」

毎日のように本店を覗《のぞ》いては、珠喜の騒がしいことというたら。

たしかに、金子イズムとでも言いますんかいな、岩治郎仕込みの訓育どおり、朝は誰より早《はよ》う店に出、仕事をみつけて掃除や片付けから始め、夜は誰より最後まで働くもの、というふうに教え込まれていた直どん以下ボンさんらには、定刻に店に現れ、終業時間になると未練もなく帰っていく西川はんにはびっくりやったんでっしゃろ。けど西川はんは屈託なしに諭したとか。

「諸君、店への奉公はただ時間が長けりゃええというもんやない。仕事の中身や。わしは自分の仕事をきちんと時間内で片づける。そんな能率のよさがあれば、勤めは定刻どおりでええのや」

これにはさすがの直どんも捨て置けず、西川はんが帰った後に帳簿や書類をめくって眺めてみたらしいんやけど、無言でそれらを机に戻したんは、仕事がみごとに終わっとったということでっしゃろ。

小僧からたたき上げた直どんが旧来どおりの精神論で行くとすれば、西川はんはヨーロッパの近代的な労働条件というもんを見据えた、新しい社員やったということです。直どんが西川はんを次の世代の核として重用するようになるまでには、たいして長い時間はかかりまへんでした。

やがて文字通り直どんの右腕となった西川はんは、直どんを雑務から解放することで、彼を目の覚めるような活躍へとはばたかせることになるのだす。

高商を出ながらちっぽけな商店に入った西川はんを、同期のお方らは、変わり者やと見とったそうですけど、申し訳ありまへんけど三井や三菱など大手の商社、あるいはもっと実入りのええ外国商館に入ってここまで早い出世をしたお方は、まだおってやないはずだす。

鈴木では才能ひとつで、年齢や経験にかかわらず一国一城をまかされる。——西川はんの異例の出世によって、いつか鈴木商店は、神戸で一旗揚げてやろうとひそかな野望を抱く男たちを招き寄せ、雄飛の夢を与える、期待の商店となっていくんでした。

こうした内外における成功の立て役者である直どんが、ふたたび通帳を手に、私の前にやってきます。お話がありまんのやけど、と言われた時は、何やろと背中が寒うなりましたけど、直どんが切り出したんは、

「この金で、買《こ》うてもらいたいもんがあるんだす」

何のことはない、おねだりやったんだす。

そやけど、何も私にねだる必要はおません。直どんが苦心してその手で作った金です、何やったって買えるんだす。それを折り入ってたのみに来るとは、それがただの買い物やないことが推察できました。

「何、買います? 羊羹《ようかん》を、千個ほどか?」

わざとふざけましたけど、答えるかわりに直どんが広げて見せたんは一枚の書類でした。

それは、ここからは目と鼻の先の栄町三丁目の建物——もとは横浜正金銀行やった、神戸目抜き通りの象徴ともいえる洋館の概要書やったんだす。

「何ですのや」

思わず書類に目を凝らしました。煉瓦《れんが》造りの堂々たる建物は、兄に連れられて初めて神戸に来た日、私らを圧倒した西洋の建物に勝るとも劣らん重厚さで立っとりまし

た。まぶしいような居留地の中で、ひときわ人々を威圧してきたもんです。もっとも、その豪壮な建物も、今は兄の西田仲右衛門の所有になっとるはずだす。

「そこだす。……そこを、仲右衛門はんに、お話つけてもらえまへんやろか？」

なんと、直どんは、神戸居留地の象徴とも言えるその洋館をねだって来たんでした。

「店もここでは手狭になりました。若い者もぎょうさんふえましたし。……わしらはまだまだやらななららんことがおます。そやから、大きな城が要るんだす」

ねだる、いうても、直どん自身の私宅なんかやあらしません。次の鈴木商店の飛躍を担《にな》う、新店舗が欲しいと言うとるのだす。間口十間《けん》、この栄町界隈《かいわい》でも、そんな大きな店はなく、わずかに、羽振りのええ外国商館なら同じたたずまいを見ることができます。そんな商いの殿堂が、まさか鈴木の店になろうとは。

思えば、外貨貸しの取り立てに回らされた丁稚《でっち》時代、直どんは、居留地の外国商館の堂々たる構えを前に、ある時は足をすくませて見上げ、またある時はただ感銘を受けながら足を踏み入れたに違いないのだす。いつかは自分も、こんな立派な建物を拠点に働く商人になる、と、心かりたて鼓舞されたんも、それら洋館の威風やったんでっしゃろ。

それでも、鈴木の本拠地を買うというどえらい買い物をするに当たって、主人たる私の了解を取りに来たその律儀《りちぎ》さが憎めんのだす。

そんなら私も、主人として、さらに大きな度量を示さんとあきまへん。

「兄はんに話をつけて、判子を押してもろたらよろしいねんな?」

自分は大将、自分は御輿《みこし》。担《かつ》ぎ手の直どんを信じ、怖《お》じることなく高く高く担がれて、ともに先を見続けるんは今に始まったことやおません。

兄としては、神戸の顔となる商工会議所などに転売する気でおったんでしょうけど、妹の店に格安で譲ることには反対はせえしませんやろ。私らの店とて、その器にふさわしい業績を上げとる神戸の代表格やと、兄さんを説き伏せたらええのだす。

それにしても、あの建物を望むとは。

次々、今より高いとこをめざして石段を登り、たどりついたらまたそれより高い段へと背伸びして。とどまることのない石段登りにてっぺんはあるんか、それさえわからずただ上る。いったい直どんは禁欲的なんか、貪欲《どんよく》なんか。

「蝸牛《まいまい》は、自分の身の丈に合うた殻を着ると言うけんど、鈴木の店も、とうとうこの家では小そうなった、言うんやな」

ふと寂しゅうなって、そない言うてしまいました。あの建物に移るということは、ここをうち捨てていくということでした。ここは、夫が築き、子らが育った家やというのんに。

察したんか、直どんが私の目を見んと言いました。

「もちろん、この店は今までどおりに置いときます。なんぼ新店舗が広い言うても、在庫は分散させといた方がよろしいし。こちらは、わしらの主人のご一家の住まい、ということで位置づけさせてもらいます」

いや、どない説明されても、これでミセとオクとは完璧《かんぺき》に切り離されてしまうのだす。

職住、公私の区別があいまいやった個人商店が、いよいよ商売専門の機能を集めた職場となるんやさかい。それは鈴木家の〝おかみさん〟であり店の主人の〝おかみさん〟でもあった私から、決定的に、商売という職場を遠ざけることでもあったんだす。

「私にできることはなくなってしまいますな」

威風漂う新店舗は、店員たちの志気と誇りを高揚させ、間違いなく、市中に鈴木の進出を印象づけることになりまっしゃろ。喜ぶべきことでした。そやのに寂しがっては、ばちが当たります。けど、やっぱりそない言わんとおれんのだす。直どんは慌《あわ》てて繕います。

「ここと新店舗とは目と鼻の先だす。皆の出入りもありますし、今までどおり、店員の修練はお願いいたしとう思うとります」

主人一家をないがしろにしようという気などないんはよう知っとります。私を誰より尊いあるじとあおいでくれとることもわかっとりました。そやなければ、ミセが大きゅうなると言うのにこないに私に気を遣《つこ》うたりはしまへんでっしゃろ。

「ええんだす。約束は約束や、うちは今後いっさい出しゃばりまへん」

「いや、そんなこと言わんとっておくんなはれ。今までどおり、……」

「ええんだすて」

私は直どんを強い調子でさえぎりました。店のことは、すべてを番頭にまかせ、あるじはその上に冠たるだけで口は出さん。それは、お千をあきらめさせる交換条件として、私と直どんの間に何年も前に成立したはずの約束やったからだす。

——えらいもんや、鈴木が正金銀行の跡を買うたんやて。

——なんやあっちゃこっちゃに樟脳《しょうのう》の工場もあるしな。

町の噂《うわさ》をしり目に、またしても直吉がよねのもとにたずさえてきた契約書は、磯上《いそがみ》通にある薄荷《はっか》の工場のものだった。

薄荷はほとんどが外国向けの輸出品だった。直吉は北海道に産地をみつけて品物を確保することに成功し、さらには、みずから外国商館を足で訪ねて販路を開いてきた。薄荷を扱う会社は他にも六社ばかりあったが、総輸出の半分は鈴木が占める、という好成績をおさめていくのは、独自の産地を持ち、さらに自社工場も持って、常に高品質の薄荷を製造できる体制を作っていたからだった。

砂糖の白。樟脳の白。それに加えて薄荷の白。白木の三宝の上に半紙を敷いて、それぞれを山のかたちに盛ったものを、直吉はよねの前に差し出した。

かつて土佐に帰った彼によねは言った。外国商館から買い入れる輸入だけに固執せず、売りつけて利を得る輸出にも目を向けたらどうか、と。今、彼のその目は、ひたすら外国に向かって攻める勢いにみなぎっている。

「鈴木の三白……だすな」

そのとおりだす。うなずく直吉を岩治郎が見たらどう言っただろう。そんな考えは一時のものでしかなかった。彼はもはや過去の人だった。鈴木は今や、直吉によって動く最先端の貿易商と言ってよい。よねは、今後、直吉が持参する書類にいったいどれほどの判子を押すことになるのだろうかと思いを馳《は》せた。

「ほんで、この次は、ひとつ、異人館を買うてもらいまひょかな」

居留地三番地にあったアメリカの商館であることから「アメ三商館」と呼ばれた建

物などは、どう眺めてみても実利を生む工場でもなし、店でもない。聞けば、店員らの福利厚生のための〝倶楽部《クラブ》〟にするということらしい。

それこそ直吉の外国商館コンプレックスの裏返しだと、よねにはすぐわかった。丁稚時代の、異人館への憧憬《どうけい》が、ついにかたちになって直吉の手にもぎとられたのであった。

直吉が望むものすべてを買える身分になったことを感謝しながら、判子を押した。そして思った。これは鈴木の城盗《と》りなのだ、と。こうやって一つ一つ、神戸の象徴的な建物を手中におさめる。それは、鈴木が神戸で揺るがぬ土台を築いていくことと同じであった。

建物の買収は目に見えるだけに、町でも、鈴木のめざましい台頭が話題になっていた。

土地、建物、会社、工場。直吉が新しく興《おこ》すさまざまな事業の契約書に、よねの名前は鈴木商店のあるじとして、数え切れないほどの回数、登場していく。自分の仕事が、鈴木商店の代表として最終的に判を押すだけ、ということを、よねは胃袋の底に落とし込むように理解していった。文字通り、よねは判を押すという役割でのみ、鈴木商店の一員でありトップであり続けるのである。

「店は、鈴木家あってのものだす。そやから、ご主人一家のお仕事は、わしらの上に立派に君臨していただくことだす」

わかってますえ、と、よねはもう、うなずくこともせず、ただ微笑《ほほえ》んだ。実印、銀行印、認め印。金襴《きんらん》の小布で作った袋に、よねはいくつもの判子を入れて持ち歩くようになっていた。

ある日、直吉がこう言った。

「今日よりは、こない呼ばしてもろうてよろしおますか?」

訊《き》き返す間もなかった、彼はそのまま膝《ひざ》で三歩下がって、頭を下げた。

「おかみさん、ではのうて、〝お家さん〟と」

それは古く、大阪商人の家に根づいた呼称であった。間口の小さいミセや新興の商売人など、小商いの女房ふぜいに用いることはできないが、土台も来歴も世間にそれと認められ、働く者たちのよりどころたる「家」を構えて、どこに逃げ隠れもできない商家の女主人にのみ許される呼び名である。

よねはすぐには返事をしなかった。いや、できなかったのだ。

お家さん。主人の女房を意味するおかみさんではなく、お家さん。

神戸における外国貿易の砦《とりで》というべき洋館を次々掌中に収めながら、直吉は同時に、日本人の伝統の中でもっとも尊ばれ信用されるその呼び名でもって鈴木商店を鎧《よろ》おうとしているのだった。言い換えるならそれは、最先端の近代的な会社としてのありようと、従来の伝統的な大阪型商店の特質の、双方を兼ねそなえて行こうとの意志でもあった。

お家さん、これから皆にもそう呼ばせます、と、もう一度頭を下げるいがぐり頭に目をやった。

自分には馴染《なじ》まないその呼び名を、そっと口の中で転がしてみる。

そして、よねも言った。

「そんなら私《わて》も、皆の手前、これからはこう呼びまっせ。直どんやのうて、金子はんと」

直吉はかしこまって、平伏した。

お家さん。それが、五十路《いそじ》に入った私に与えられた新しい地位であり、役目であり、仕事でした。

煉瓦造りの泰然とした新店舗にすぐに馴染んだように、店の者もたちまちこの呼び名に慣れました。

「お家さん、ご苦労さんだす」

「お家さん、これから京都まで往《い》てきます」

幼い丁稚から年を経た手代にまで、お家さんと呼ばれるたびに、私は今の自分の果たすべき役目を実感せんとおられまへん。特に、おかみさんならそのへんにごろごろおってですのに、お家さんとご大層に呼ばれるお方は身近におらず、それだけに私がみずから先例となって、お家さんとはどんな人かを示していかななりまへん。

妻でない、奥さんでない、といって、もちろん店員たちの将ではない。「家」。彼らが依《よ》るべき場所そのものであり、またそのため彼らが守るべきもの。具体的には動かず働かず、ただ軒の庇《ひさし》を彼らのために広げてその容量の深さ大きさを用意してやる存在だす。

直どん、いいえ、金子はんは、なんとみごとに私の在り方を表してみせたんでっしゃろ。

とはいえ、それは同時に、私に、ある寂しさをもたらしてもいました。商家に育ち、こまごま用事をみつけて働くことが当然やったのに、それが不要、どっかりとここに居るだけでよい、と言い切られるんは、仕事を取り上げられたにも等しかったんだす。

店を切り離されても、家に仕事があるならまだええのだす。けど、二人の息子はとうに母の手を必要とする幼な子ではなくなり、それぞれ家を出て厳しい世間の教育にも就いて久しいのだす。「大坊《ぼ》んさん」「小坊《ちい》んさん」と、常に二人を尊重し、かわいがってくれた大勢の店の者たちに囲まれて育った息子らですけど、大人に向かってものおじしない、社交的な少年に育ったんはこの環境ならではでしたやろ。また、人の持つ温かさややさしさ、怠け心やどうしようもない寂しさなども、店から学んだことのはずだす。

ミセは世界の小さな縮図であり、彼らの人間学校でもあったんだす。父親がほどこすべき薫陶《くんとう》は、後見人の兄さんや藤田はんが、多忙やった実の父親以上に心をかけて接してくれ、ともに心性の正しい若者に成長したことは、私の何よりの安堵《あんど》でおました。

むろん、彼らにとって、家を出て学業の途についた時点で、どのみち店は遠くになっとります。私の感じる寂しさは、けっして息子らと分かち合うことのないもんでした。

「店が繁盛して大きゅうなりよるのに、そんなばち当たりなこと言うてはあかん」

よく自分にそう言い聞かせ、家の中のささやかな満足を大切にしようとしたもんだす。それはたとえば、隣家に住んどる富士どんの……いえ、柳田はんのご妻女の、おむらどんを呼んで、季節ごとに訪れる行商人からの買い物を楽しんだり、珠喜やウメら女中とともに静かに縫い物に精を出したりするような時間のことでした。

おむらどんは柳田はんとの間にすでに義一っちゃんという男児を上げており、私を誰とも思わんと気易《きやす》う遊びにくるんも可愛《かい》らしいもんだす。

お家さん、とは、もしかしたらこないして小さな子ぉらの相手で過ぎる隠居のことやろか？　――時折、そんなふうにひねくれてみたくもなりましたけど、五十にもなったこの年齢を考えると、このうえ何を望むんやと、自分を戒めるんがいつもの心の落としどころになっとりました。

けどそうなると、何としてもやらななららん仕事がおました。

今日までそのためにのみ生き、そのためにのみ店を守ってきたのだす。私のたった一つの目的であり、この人生の最終の目的でもある、その大仕事。

それは、息子の徳治郎に店を継がせることでした。

徳治郎の大学卒業をひかえ、今後の進路について兄の仲右衛門と相談した日のことを、よねは昨日のことのように思い起こせる。

商売人がこの国の最高学府に学んで、これ以上の学をつけることはもうできない。

そろそろ跡取りとして店に呼びもどしたいと願うよねに、仲右衛門は素直には首を縦に振らなかった。

――そうやのう、お前の気持ちもわかるが、なんも慌《あわ》てて店に入って働く必要はないやろ、立派な番頭がおるのやさけえ。

成人までに、あと二年。その歳月を、兄は、何も早くから店に入れて店員たちと摩擦を起こさせることはないと言うのである。

どうやら藤田も同意見であった。大阪で押しも押されもしない砂糖卸商辰巳《たつみ》屋のあるじたるこの男は、自身、すでに跡取り息子を店に入れて商売を学ばせていたのではあるが。

――それは、うちには残念なことに、直吉や富士松のような有能な番頭がおらんからや。息子自身が働かんことには、うちの店を回す者がおらんのでな。

まさによねの悩みはそこにあった。口にすれば、何を贅沢《ぜいたく》なことを言うとる、とたしなめられる。今日まで、主人なき店を守り、受け継いだ時以上に繁昌《はんじょう》させたのは、他でもない、この番頭たちだ。それを、息子が成人すると言って割って入らせることなどできようか。彼ら有能な番頭がいるおかげで、徳治郎らは、汚れ仕事の苦労をまったく知らずに育ってきたというのに。

——坊ちゃん方に、そないなことはさせられまへん。

そう言って、未来の主人たる息子たちには鞄《かばん》より重いものを持たせることもしなかった番頭たちだ。躾《しつけ》のため、家を出して書生のような下宿生活をさせていた学生時代も、商用のついでと称して様子を覗《のぞ》きに行っては、他の子と同様に庭箒《にわぼうき》を手に掃除などさせられている姿を眺めては涙して帰る、といったありさまであったのは、息子たちに誰より甘い金子であり、柳田だからこその情愛だった。

——大坊んさんには、いずれこの店の経営者として君臨してもらわななりません。その時、よそにひけを取らんだけの、立派なお方になってもらわんと。

小学校もろくに出ていない我が身をたえずひきあいに出し、金子はしじゅうそう言った。

そして、ことあるごとにそれに賛同を示していた仲右衛門であるからこそ、よねにこんな提案をしたのであった。

——成人までには時間がある。どないや、アメリカの大学にでもやったら。

アメリカ留学。さすがによねは迷った。そこまでの学歴が、はたして商人に必要なのだろうか。

東京では、勉学以外にも、息子がさまざま、社会勉強を積んだことは知っている。

数々の遊びもつきあいも、女子《おなご》の肌のぬくもりも。幸い、根がまじめなだけに、放蕩《ほうとう》を尽くすというようなことはなかったが、時には、性根の入らぬ息子の態度に、腹がたって怒鳴りたくなることもしばしばあった。今や立派な大人の男、学のない古めかしい母親の言うことなど、うるさがられて終わりであるということも、じゅうぶんわかっていたけれど。

それだけに、一度、現場にほうりこんでみたらその重責も身にしみてわかるのではないか、そう考えずにはいられなくなる。そう、あるじというのがどんな役目か、どれだけ重い仕事であるかは、その座に就いた者でなければわからないのだから。

だが、兄は言うのだった。

――鈴木商店が外国との大がかりな貿易を主業とするようになった今、店では外国語の堪能《たんのう》な、学卒のエリートも採用していくことになるやろ。そやのに、長となるべき者《もん》がそいつらと対等でしかない、っちゅうのではどないや。収まりがつかんやろ。

たしかに一理あった。

いずれ鈴木が日本有数の店になった時、主人も、その器にふさわしく、世間から納得される紳士であらねばならない。徳治郎にはじっくり帝王学を身につけさせるべきと、納得して家から送り出したよねであるのだから、この意見に反論のできようはずもない。

こうして過ぎた米国での二年。今や徳治郎は、選挙権を持った一人の帝国国民となり、長く兄たちが務めた後見人の任も解かれることになる。

押しも押されもしない鈴木商店、二代目総帥《そうすい》。その名も、この日よりは二代目岩治郎とあらためられた。よねにとっては悲願でもあった、徳治郎成人のお披露目だった。

「おめでとうさんだす」

「おめでとうさん」

店で開いた祝いの席で、上座に座った二代目は、なるほど若い色男であったが、百名を越す店員を率いる青年実業家であることに、誰も文句のあるはずもない。誰より洋装が似合い、洒落者《しゃれもの》として洗練されたたたずまいには、同じ男が見とれるほどだ。

よねはこの日をどれだけ待っただろうか。兄の仲右衛門が、よかったな、と肩を叩《たた》き、次いで藤田が、およねはん、今日までようやったな、とねぎらってくれた時、思わず胸がいっぱいになった。

脳裏をよぎる、遠い日の記憶。たった七年の生涯を終え、自分の腕の中ではかなく息を引き取った幼い次男、米治郎のこと。呼べど叫べどもうふたたび瞼《まぶた》を開いてはくれなかった時、その小さい体を揺さぶりながら、どれだけ泣いたか、嘆いたか。やがて、失ったこの子の分まで、兄徳治郎、弟岩蔵を、きっと丈夫に育ててみせると誓った日々。兄弟が熱を出せば夜じゅうまんじりともせず看病し、祈り、せめて好物なりとも食べさせようと心を砕いた。また、岩治郎に先立たれ、店をたためと皆にすすめられた日のことも。幼いながら、ぼくが立派な商売人になる、とはきはき言って、思わずよねを微笑《ほほえ》ませた岩蔵のいがぐり頭を思い出す。徳治郎はんはどないだす、と尋ねて初めて、とまどいを押し込めるように、はい、とうなずいた、まだ高校生だった息子のかたい表情が、まるで昨日のことのように思える。よくぞこのめでたい日まで、母の願いに添ってくれたことよ。

女親には、息子の成人、息子の二代目襲名は、その人生でめざした生きる意味が、すべて満願成就となったことを意味していた。

これでもう、何があっても命は惜しまぬ。

そう思った時、ようやく思い出されてきたのは、先代岩治郎のことだった。

どうにか息子のこの立派な姿を亡夫にも見せてやりたい。だがそう思うのは、けっして嬉《うれ》しさを倍増させるものにはならなかった。

あんたがおらんでも、こないに立派に育ててみせましたえ。そんな、複雑にねじれた女の意地が、胸のどこかに横たわっている。

思えば、岩治郎は、よねの知らないところで他の女に産ませた娘を残した男であった。

その母娘《おやこ》と自分たち母子、どちらも守りきれずに死んでいった勝手な男、と考えれば、お千が一人で生きているように、自分たちもまた、自分たちの力だけでこの日を迎えたのだと言いたいのだ。

そんなよねをよそに、二代目岩治郎は立派な口上を述べた。

「今日の日までの、皆のご苦労、ほんまにありがとうさんやった。これからはこのわしが当主、二代目岩治郎となって、鈴木商店をますます発展、繁栄させていこうと思う」

めでたいこの日、黒紋付きの正装に身を包んだ一同がひれ伏す。

さらに二代目岩治郎は、一同から頭をめぐらし、膝を回して、横に並んだ伯父仲右衛門と藤田、そしてよねに向き直って両手をついた。

「おじさま。今日までこの拙《つたな》き身のご後見、ありがとうございました。そして母さま――」

息子とこんなふうに目と目をみつめあわせるのは何年ぶりのことだろう。自分に向けられた彼のその目に満ちたやさしさに、よねは一瞬、胸を突かれた。

「今日まで、ありがとうございました。女子《おなご》の細腕で店を守り、わたくしをお育て下さったご苦労の歳月、決して忘れはいたしません。二代目岩治郎、かならず今まで受けたご恩に報いる男になってみせます」

過ぎた言葉であった。まさか息子からこんな挨拶《あいさつ》が聞けるとは。よねは、こみあげる万感の思いにうち勝つのに、ただ唇をへの字に曲げて耐えるしかなかった。

「イシにも、見せてやりたかったな」

昔、奉公していた忠義な老女を覚えていたのは、二代目のやさしさだろう。生まれた時から、自分をこの家の宝物のようにかしずいて世話をし、その成長を誇りと思って見守ってくれたあの女中は、彼がアメリカに滞在中に、ひっそりこの世を去っていた。

人の世は、こうして生まれて死んで、うつろい、変わる。決して永遠に咲き誇る花などないと知りつつも、よねはこの日、満開と咲く徳治郎の晴れ姿を、きっと忘れることはないだろう。

かろうじてよねが涙を見せずにいられたのは、続いて皆への挨拶がひかえていたからである。

「今日のこのよき日、迎えることのできた私《わて》は果報者だす。これも皆々さんが心を一つにして今日まで働いてくれたおかげや。ありがとさんだす。心より礼を言いまっせ」

言いながら、胸が詰まった。金子がいる、柳田がいる、西川が、兄が、藤田がいる。そして自分の挨拶を、しっかりするんやと見守ってくれている。あらためて、今日までの道、自分一人ではたどりつくことのできなかった道だと知った。皆がそれぞれの立場で今日に向かって懸命に歩いたからこそ到達できた。泣くことはできない。この喜びは、笑って皆と分かち合うのだ。

「今までは、後家が主人になっとる店や、番頭だけに任された店や、と見られたこの店も、やっと当主が成人し、のれんを新たにすることができました。皆もこの日を待ってくれとったことですやろ。ほんまに、ありがとさんでしたな。これで鈴木の店も、ずずずいーっと先まで別状《べっちょ》ない」

そして長らく皆に向かって頭を下げた。皆は驚き、またいっせいに頭《こうべ》を垂れる。

「とはいうても、まだまだ修養せなならん当主だす。皆でもりたて、ますます店のために尽くしておくなはれ」

締めの言葉を淡々と述べれば、はいっ、と声をそろえてうち伏す一同だった。その頭の波を見渡していると、やっと背負ったものがおりていく、そんな気がした。

それぞれの口上の後は、内輪ながらも宴会になった。

仲右衛門が、象牙《ぞうげ》の実印を祝いに贈った。若い当主は、自分の手で押してみせた朱色の印を、これが自分の名かと感極まって見入っていた。この後、実に数十社もの関連会社の長として、数え切れないくらいの回数をその手で押すことになる判子であった。

よねは息子の肩越しに、そのあざやかな朱の文字を見た。長いこと、たった一人で縫い進めてきた糸を、玉留めで留めてやる、そんな安堵が広がっていく。夫と同じ名前を刻んだ印は、まごうかたない、舟がたどりつくべき港の灯りにほかならなかった。

店先に、真新しいのれんが掛けられました。

柿渋《かきしぶ》の地に白で┐辰。意匠は同じでも、生地もしゃきっと新しく、一点のけばだちもかすれもないこののれんには、私が今日まで繕い続けて守ったものが、そっくりそのまま受け継がれとる、そんな気がしました。

白亜の洋館にのれんとはいかにも不似合でしたが、皆はそれを見てこそ新しい時代の到来を知ったはずだす。たとえこの先、鈴木がどんだけ大きくハイカラな会社になろうとも、のれんが表す魂だけは忘れんように、それはいつでも社長室や重役室に掲げておかれることになります。

この日の私は、誰の目にも、世界で一番満ち足りた、幸せな一人の母親やったと思います。

もっとも、これで母の役目が終わりになるなら、の話ですけんど。

母親である限り、生きている限り、子にまつわる心配は終わることはおませんのやな。新しい岩治郎について、私はあらたな親の心配に身を揉《も》むことになりまんのやけど、それはこのめでたい日には影すらも見えんことだす。へえ、おいおいに、それもお話しせなならんとは思います。

皆がめでたい空気に酔い、浮かれ、ひとまず、店は安泰でした。

その安泰を、さらにだめ押しするかのように、二代目岩治郎のために次の慶事をささやいたんは、やっぱり兄の仲右衛門だす。

「どうや、二代目には、一人前の男としての責任を持たせるためにも、鈴木を発展させるためにも、しかるべきところから嫁さんでももろうては」

何のことや、と思いました。兄は、徳治郎に身をかためさせれば、いっそう落ち着き、仕事に励みもできるやろ、と言うのだす。

二代目が嫁を取る。嫁を取る。――くり返し、その事実をかみしめてみました。いずれそうせなならんのはわかっとりましたけど、もうその時が来たんやとは。

ああ、母親いうんは損なもんですなあ。苦労してこんな立派な男に育てたいうのに、その喜びをじっくり味わうまもなくよその娘にさらわれてしまう。いえ、そないなこと言うとったんではものごとは進みまへん。本人ひとりが立派なんはええことですけど、強力な後ろ盾になってくれる嫁が付いたら百人力。なんぼか将来に幅も奥行きも出るというもんだす。

「どこぞにええご縁がおましたら、兄さん、藤田はん、どうぞよろしゅう」

思えばもう私だけやなく二代目も、肥大していく外殻に急いでその身を合わせななら蝸牛《まいまい》やったのだす。

こうして、鈴木家始まって以来の慶事、二代目の嫁取りがすすんでいきます。嬉しいような、惜しいような。複雑な気持ちの中のめでた事だす。

嫁は、私の故郷、姫路とはすぐ隣の、播州《ばんしゅう》高砂で手広う回漕《かいそう》問屋をやっとる松本商店の娘で、二代目より五つ年下の、キヨはんだす。

兄も、藤田はんも、誰も異存のない話だす。もちろん、両番頭にも話しましたら、涙を浮かべんばかりの喜びようだす。本人には最後に、どないやこの娘はん、と、はにかんだようにして写った写真を見せました。

——僕、この人と結婚するんですか。

二代目の反応いうたら、なんや他人《ひと》のことみたいでしたけど。

——気にいらんか？

不安になって訊《き》きましたら、かすかに笑って、いいえ、よさそうな方や思います、と答えてくれました。あほな男やおまへん、自分が店にとって、家にとって、どういう存在であるかはいちばん知っておるはずだす。皆で選び、皆が納得した嫁が、彼を不幸せにするはずがないことも、重々わかっておったのでっしゃろ。

船で高砂の港から積み出された花嫁の輿入《こしい》れ道具は、神戸港から荷揚げされるというんで、金子はん、柳田はんがモーニング姿の正装にあらため、鈴木を代表して荷を受け取りにいく荷宰領の任に就くというたいそうなもんでした。へえ、この二人ときたら、いつのまにか親代わり。商売は部下にまかせることはできてもこのお役目は自分たち以外に務まらん、との自負やったんだす。ほんに、ありがたいことでおます。

このはなばなしい縁組みにより、鈴木は世間様に、さすが鈴木、と言うてもらえる財力と格を見せつけ、二代目を襲名した息子を強く印象づけました。兄が結婚を進めたんには、鈴木に二代目あり、と世間に知らしめる、そういう意図もおましたんやな。

我が家の御寮人となったキヨはんは、神戸の女学校も出た才媛《さいえん》だす。嫁入り道具の中に、世間で流行《はや》りの村井弦斎《げんさい》の『食道楽』などという料理本をしのばせてきたようなハイカラな嫁だけに、女中の手を借りることなく試しに作った料理は私らが見たこともない洋食でおました。

他のことでは、そうでんな、まだ慣れんことでもありますし、しばらくこの手で育ててあげんとなりまへんやろ。私自身、岩治郎から教え込まれた鈴木の家の家風は正しく伝えたいし、何より、オクが贅沢《ぜいたく》をしていたんでは、最前線で働いてくれる者たちに申し訳がたちまへん。洋食の料理は月にいっぺんぐらいにしてもろて、まず、この家を栄えさせるも滅ぼすも女の力量次第であることを、キヨはんにはおいおい教えていくつもりでした。

さあ、これで二代目の殻は整いました。

自分が大きな蝸牛の殻に入らなならん時にはそれを気恥ずかしく面妖《めんよう》なことと思うてましたんに、我が子のこととなると、当然のように、なんぼでも大きな殻を勧めとるんだす。どうも母親いうんは子供のことには愚かになるもんですな。息子に求めるんは、なんぼでも大きゅうなる貝殻に応じられる立派な主人になってほしい、それだけでした。

第三章　出　船　入り船

海原の　景色のどけし　大船の
かぜふくみつつ　真帆あげてゆく

1

金子はんの勇躍が始まっとりました。思えば明治三十年代は、ほんま、金子はんの時代でしたな。

えろう長い出張やな、と思とったら、一ヵ月も顔を見いひんこともありました。ご苦労なこったす、神戸駅を始発とする上り列車で東京へ行き、いろんな業界のお方と面会する、そんなことがふえとったからでした。

滞在先は東京駅ステーションホテルの二階、二間続きの202号室。「金子さんの東京分室」とも呼ばれたこの部屋に、丸の内にある東京出張所の者たちも日参するし、銀行や大蔵省など、東京でしかお会いできん政府のご要人さま方とも親しく会える間柄になっとったそうです。

中でも、後藤閣下とのつきあいはやはりいちばん深く、議会に登院のため台湾から上京なさる閣下の呼び出しを受け、親しく面談するのも東京滞在の折やったそうな。

ある時、上京なさる閣下をわざわざ下関の山陽ホテルまで迎えに出かけた金子はんは、従者を連れておいでやない閣下のために、ボーイ代わりにお供いたしましょう、と途中の徳山まで同行したほどだす。このとき閣下から受けた相談は、

「やっと台湾が穏やかになったというのに、ちかごろ基隆《キールン》の港がさびれて困る」

ということやったとか。金子はんはすかさず進言したんやそうです。

「そんなら、砂糖の製糖所を造ってはどないですやろ」

新渡戸稲造《にとべいなぞう》さんの助力で品種改良されたサトウキビが、やっと台湾全土で生産されるようになったものの、まだ商品価値はありまへん。新渡戸さんはじめ、日本を代表する農学博士が、こないしとる間にも日夜たゆまず最先端の農業技術を研究なさっとられるところだす。そやから、とりあえずはハワイから原糖を輸入して台湾で精製し、これを中国に輸出してはどうかという提案でした。それなら基隆の港は太平洋航路の中継地としての役目をにない、三、四千トン級の大型船が原糖を積んで毎日、複数で

入港することになります。

閣下はこの案を大いに気に入られたようです。いずれ台湾でも製糖技術が向上すれば砂糖も専売にしたい、というお考えもあったといいますから、いやいや、たいしたお方だす。

明治三十五年当時の国内の砂糖消費量は四億斤《きん》と言われ、利権は樟脳《しょうのう》のそれに比べればはるかに大きいのだす。閣下はさっそく議会に、国の資金で製糖所を建設するよう提案なさいます。すごいやおまへんか、金子はんの入れ知恵がお国を動かすなんぞとは。

ところが、これは法案が通りまへんでした。閣下の政敵たちから、鈴木商店を一人儲《もう》けさせて自分も甘い汁を吸う魂胆だろう、とこぞって追及されたんやそうです。もちろん、鈴木の競合相手の商人と癒着した政治家が言うんですから、ほんま、汚い世界だす。

「悔しいことはまだまだおます。——日糖だす。製糖所が他にあらへんために利権をすべて独占しとるんだす。その傲慢《ごうまん》ぶりには、金子さんも腹に据えかねておいでのようや」

私《わて》の解説指南役は田川はんでした。いつもそんなふうに、鈴木の側から眺めた話をわかりやすう話してくれるんはありがたいことだす。

この頃、砂糖会社は関西ではただ一つ、大阪の桜宮《さくらのみや》に「日本精糖」がおましてな。鈴木はそこから仕入れて卸す一番手の問屋の地位におりました。

「そこには、専務の不二樹熊二郎《ふじきくまじろう》という悪名高い男がおりますんや」

田川はんが言うには、長い取引がある鈴木のみならず、すべての卸問屋に「売ってやる」という態度の、傲岸きわまりない男らしいのだす。値段は先方が決めほうだい。しかも、砂糖の商談というのに若い柳田はんや金子はんにいちいちお茶屋で酒席のもてなしをさせ、花隈《はなくま》や福原から芸者を呼ばせてお気に入りの新地の八千代をはべらせておかんと話もうまく進まんという厚顔さだすて。

「機嫌よう帰ってもらうため、毎度の手土産はもちろん、盆暮れの付け届けなど、そら、下にも置かん扱いだす。一昔前のお代官様でもここまでのことはさせまへんやろ」

こんな卑屈なつきあいでも、不二樹はんを通さねば砂糖は一袋として入ってこんのだす。酒も女も縁のないうちの二人の番頭には、苦痛を伴う商売でしたやろな。

「けどお家さん。そこで引っ込む金子さんやおませんで。官が腰を上げへんのなら民の手でやるまでや。とうとう、自力で製糖所を立ち上げるんやと言うてなさる」

不二樹はんのことにはおおいに腹をたてた私でしたけど、そやからいうて、まさか、そこまでの話になるとは思いもよらず、飲みかけたお茶を吹き出しそうになりました。

「ちょっと待ちいな。……今、自分で製糖所を建てる、言いましたんか？」

「そういうことだす」

私ほど驚かんのは、すでに納得がいっとるわけでっしゃろ。

そらそうだすな、不二樹はんがのさばれるんも、こっちら砂糖商が全国を足で回って日糖の砂糖を売りさばいてきとるからこそやという自負がおます。自分の手元に砂糖があれば、なんもこんな卑屈な立場に甘んじとることはないいんだすさけえ。

そないな無謀、もちろん柳田はんはなんとかやめるよう、なだめたそうだすけど、自前の工場を作るんは、負けず嫌いの金子はんにとっては自然な流れやったんでした。

「名誉なことに、わしはこのたび、金子はんからまたその先鞭《せんべん》つける役目をおせつかりまして、どこに工場を建てたらええか、台湾ならどうかと調べに行くことになりました」

満面の笑みで胸を張る男の、なんと誇らしげなさまでしたやろ。新しい事業を興《おこ》す時、男はこないして旅立つんでした。それが困難であればあるほど、そんな無邪気な顔をして。

「たまには神戸に帰ってきてや。あんたの話を聞かんと、浦島太郎になってしまう」

そない言うて笑《わろ》うたんが、私に言えるせいいっぱいの寂しさの表現でした。

「そんなら今日は、置きみやげに、たっぷり、台湾の話をしていきます」

それはまあ嬉《うれ》しいことだす。さっきから何回もお茶を入れ替えに来ては名残惜しそうに耳を傾けていく珠喜も、この際やから呼んでやりました。

「そっちの用事が片づいとるんやったら、そこに静かにおすわり」

「はいっ、もう、全部できとります」

飛び上がらんばかりにして入ってきたんには笑いましたな。好奇心の強いのは子供のならい。それに、こういう広い世界の話を聞いているこの子の目は輝いとります。

富士のお山より高いお山が発見され、明治天皇が新高山《にいたかやま》とお名付けになった秀峰のいただき。その峰に向き合う阿里山《ありさん》へは、領台当初の探検隊に続き、林学博士の河合鉐太郎《したろう》東京帝大教授が調査に入られ、手つかずで眠るゆたかな大木群を発見なさったとか。樹齢千年。そんな巨木の密林やそうだす。静かに聞けと言うたんに、この子はもう黙っておられまへん。

「父《とと》さまと行った丹波の山にも、大きな樹《き》はようけありました。百年、百五十年の樹だす。それでもどないに大きいか。百年たてば、樹でも神様がやどると言うことです」

　突然この場に舞い込んできた惣七はんのおもかげに、私はとまどいました。漆を採りに、娘の珠喜を連れて森に入ったあの人。縹色《はなだいろ》の紬《つむぎ》に柿渋の陣羽織を着た長身が浮かびます。百年、百五十年の巨木が見える見晴らしのええ場所で、そっと腰から煙管《きせる》を取り出し一服する、そんな静かな横顔さえもが鮮やかでした。

　そして次の瞬間、気がつくのだす。それは、目の前の田川はんのおもかげやないかと。

「内地とは樹の種類が違う。そやから寿命も違う。内地より温《あたた》こうて雨も多い台湾の檜《ひのき》はおそろしく大きい」

　のちに明治神宮の大鳥居となる紅檜など、歴史的建造物をになう材木を輩出する台湾のすぐれた樹梢《じゅしょう》について、珠喜に教えてやるんをぼんやり見ました。もしもあの人が生きとったら、これはそのまま現実として見る情景やったんでしょうか。いえ、年が合いまへん、そもそも珠喜は私が産んだ娘やないのでっさかい。

「さて、あんまり引き留めても悪かろ。たまには手紙で向こうのことも知らせとくなはれ」

　まぼろしでしか存在せえへんおもかげでつどう三人。——このへんにしとかななりまへん。私は話を止めました。残念そうな珠喜の顔はわかりましたけどな。

現実を思い出と区別するためにも、私は次にこの若者が帰った時には、その成長と働きにふさわしい良縁を用意したらならんと決めました。そんなことでしか、心にかなった若者とつながりあえん自分の年齢を寂しく思いつつも。

身のほど知らずにも、私はまだこんなことまで思とりました。できるものなら、自分もこの目で新しい工場や、新しいお国の領土を見てみたい、と。あはは、笑われますな。金子はんが単身、行ってくると言うた時にはあないに呆《あき》れたんでっさかい。けど、ふしぎなもんだす。日焼けしたこの男の話を聞いとったら、どこへでも行けそうな気になってくるんですから。

政府につながりのある政商でもないかぎり、ただの民間人が新しく産業を興して成功した例はすくない。その政商たちも、藩閥の縁に群がり、国の税金で作った官営工場を払い下げてもらうという方法しか知らないのだ。それを金子は、一から民間の手でやってみせようというのである。

今や、自前の工場も絵空事でない資金力を持つまでになった鈴木である。資本金の三分の二は鈴木が出資し、残る三分の一を、同業者である藤田をはじめ、関西の砂糖商ら数軒が合同で受け持つのであった。みな、日糖の横暴に悩み、政府のふがいなさにじれる、みずから戦う者たちばかりであった。

その大冒険の実現の地には、結局、北九州の大里が選ばれた。のちに製糖が一大産業になる台湾は、この時点ではまだ内地には太刀打ちできるレベルではなかったのである。大里に決定するについては、金子が東京で親交を培《つちか》った政財界からの助言も大きかった。馬関海峡を挟んで故郷長州とは目と鼻の先に大里を見てきた井上馨《かおる》は、塩分を含まぬ地下水を出すこの地をおおいに褒めた。

「鈴木はなかなかよい目のつけどころをしとる。あの地は石炭の産地を背後にひかえ、工場用にはもってこいの軟水が出るんじゃ」

国家がやるべき仕事を民間の手で。そんな金子の意気込みは、明治政府の元勲の共感をも呼んだのだ。

実際、原糖はハワイや台湾からの輸入にたよらねばならないため、港湾が整備された大里は都合がいい。できあがった製品を消費地の関西や東京方面に運ぶにも便利だった。

社運を賭《か》けた一大事業を前にして、店では皆が武者震いしていた。

鈴木商店では、金子、柳田、そして支配人の西川を加えた三人の重鎮の体制ができ、さらにその下に、四天王と呼ばれる番頭群が控える構図ができあがりつつあった。今回のような大事となれば、店員一同に金子の意志を浸透させ、気持ちを一にしておく必要があることから、各地の支店、出張所からも代表が招集されることになる。よねが顔を出すのは、その面々が勢揃《せいぞろ》いした場であった。

「お家さん、以上のようなことですけど、いかがでしょう」

工場設置の最終方針がほぼまとまったところで、金子が訊《き》く。

いかがも何もない、それまで上座で皆の議論のゆくえをただ見守っていただけのよねに、特別、異論があるわけでない。だから、この時になって初めて口を開くのも、

「結構です」

の一言を言う、そのためだけだった。

この時もまた、それですべてが決定した。そしてひとたびよねが「結構です」と答えたならば、いかなる場合も後になって覆《くつがえ》ることはない。

言い換えれば、たとえこの時決定したことがその実行において難航したり失敗しても、あるじとしては一言の文句や叱責《しっせき》も言わぬ、という証《あかし》でもあったのだ。よねは、あとは責任を取ることに専念するのみと心得ていた。

鈴木商店の、店を挙げてのこの決意を、長く独占的な地位に君臨した日糖側はせせ

ら笑った。

「大里の水にはアンモニアが混じっとるのや。砂糖なんかできるもんかね。そのうち工場はつぶれて、跡にはレンガと石ころだけが残るだろうよ」

あいかわらず芸妓《げいぎ》をはべらせた不二樹は、そううそぶいた。

「そうか。そんならこっちは、そのレンガを、馬蹄《ばてい》銀一枚に変えてみせようやないか」

鈴木商店では、嘲《あざけ》られた分だけ志気が上がる。金子みずから先頭に立ち、大里の工場の汽罐《きかん》の前にすわりこむ日が始まった。本店業務を西川に任せ、徹夜で製糖の成果を待つのである。これは負けられないいくさであった。雄心勃々《ぼつぼつ》、店の意気は、上も下も一つになった。


とは言うても、資金繰りのための書類に次々と押印《おういん》を求められると、私《わて》の心も晴れまへん。いったいこれだけの金がどこへ何のために流れるんか、とにかく鈴木がかってない大勝負に出たことだけは、そのおびただしい書類によって知ることができました。

一大決心で建設した大里製糖所からは、いまだ精製に成功したという報告は聞こえてきまへん。そやのに、借入金を返すどころか、こうしとる間にも利子だけがまた増えて次の借入金を呼ぶのだす。

それでも、一度「結構です」と了承した事業であれば、私の方からあれはどうなったんや、と聞くわけにはいきまへん。成功のしらせがないんは、店の者たちが怠けているからやなく、全力を挙げて対処しとる最中やからに他なりません。あれだけの者たちが知恵を傾け努力を注ぎ、それで結実せんなら、よほどのことに違いおまへん。

そうこうする間にも、あらたな銀行からさらなる借り入れをするための書類が持ち込まれてきます。日糖の不二樹はんが銀行に、大里は失敗に終わる、そして鈴木の愚考はやがて店を滅ぼす、とまで告げて笑ったため、うろたえた主要取引銀行が、焦《こ》げ付く前にと貸付金の回収を言うてきたんやそうです。

「日糖はんも、汚いことをするやないか。敵対する相手の悪評を流しておとしめるなんぞ、まっとうな商人のすることとやない」

本心から腹がたちましたな。そして本心から金子はんらが、どないぞやりとげ日糖の鼻を明かしてほしい、そう祈りました。たしかに、勝ち負けで動く商売の世界では、他を出し抜くためにはどんな手段もありまっしゃろ。そやけどおのれ自身の努力や成果とかかわりない行為での妨害は、許されることやありまへん。

「これで負けるようなら負けてよろし。鈴木《うち》はそこまでして大きゅうなる必要はおまへん」
勝たなくてもよい戦いだなど、あるいは女の狭い了見とあざ笑う者もおってでしたやろ。けど、商人には商人の、どうにも曲げられん意地ちゅうもんがあるのだす。どんな不当なやり方で邪魔をされても、私らは正当なやりかたで真っ向勝負するだけや。筋を通した勝負で正々堂々戦って勝つからこそ、鈴木は天下に胸を張れるんだす。

とはいえ、現実には、イギリスから輸入した高価な製糖機を、悲しいかな、日本人職人たちには使いこなせとらんかったんだす。どういうわけか、できた砂糖はすぐ結晶し、石のように固くなって、売り物にはならへんのでした。

「またこないに届いたがな」

荷車から降ろされる袋の数を帳簿と照らし合わせる在庫係の仙吉の嘆きを聞いていると、大里がどれほどの損失を積み上げているのかがしのばれました。

不二樹はんの卑劣さに怒って大きなことを言うてはみたものの、毎日これだけの在庫を見ていれば弱気にもなります。自前の製糖所を作ったんは、たしかに大きな賭けでしたな。

「待つしか、ないわなあ」

自分に言い聞かせ、あらたな借入金のための判を押した時です。

「心配なさらんでも大丈夫だすて」

いつからそこにおったんか、珠喜が袋の背後から立ち上がりました。その手に木槌《きづち》があるのを認め、驚きましたが、彼女は度はずれな明るさでこう言うたんです。

「こないして木槌で割ってみたら、ちゃんと砂糖なんだす。それも、甘い甘い、ええ砂糖やし。使う分には、まったく支障ありまへん」

なんと、珠喜は木槌で袋の上から叩《たた》いて砂糖を崩しとったらしいんだす。石のような砂糖を、少しでも砕いておこうという考えで。

「別状《べっちょ》おません。あとは形だけさらさらにしたらええとこまで来てるんだす。あとちょっとや」

私の口癖を奪われてみれば確かにそうだす。こんな下の者でも、自分の店の者たちの力を疑いもなく信じとります。ならば案じるより、いつかは吉報をもたらすことを信じる方がずっと楽やおませんか。

そう考えると気が楽になり、私はもうそれ以上大里のことを気に病むんはやめました。

来る日も来る日も、大里では砂糖はあいかわらず石のように固い結晶しかできなかった。

2

金子は、柳田を上海《シャンハイ》へ行かせてこれをさばくことにした。すでに鈴木にとっての版図は、決して国内だけを描いてはおらず、つねに広域な海の外も見ていたという証であろう。

砂糖の専門家であり、海外からの原糖の仕入れにも通じている柳田は、中国での販路開拓のため果敢に働いた。後年、設置された上海支店では彼が初代支店長となるが、漢口、天津、香港《ホンコン》まで、大陸を舞台とする鈴木の商業基盤はこの時、最初の一歩を築いたといえる。

しかし、それだけではさばききれない失敗砂糖のおびただしさだ。

結構です――そう告げた自分の言葉がくり返しよみがえってはよねに後悔を促す。

何が「結構」だったのか、金子が自信をもって決めたことであっても、主人たる自分が「あきまへんな」と却下すべきであったのか。口出しはせん、との固い誓いを破ってでもそうしていたなら、今日のこの苦境はなかったはずだ。

常でもよねは毎月の三社参りを欠かさなかったが、毎日店先に砂糖の袋が丈を競うようになってからは、いっそう熱心に神仏に祈るようになっていた。もはや自分にできることは、こうして祈ることだけであると、自覚していたのだ。

その日も、珠喜とウメに供をさせ、楠公《なんこう》さんに出掛けた。そして、帰りは二人に小遣いを渡し、夕方までにお帰りと言って解散させる。楠公さんからは家まで供がいるほどの距離ではないし、たまには息抜きさせてやろうという配慮であった。

広い境内には煎餅《せんべい》売りや飴《あめ》売りや、傀儡《くぐつ》小屋や見せ物小屋、大道芸など、さまざまなものが店を出し、たいそうな賑《にぎ》わいだった。

よねは新しい神札を一枚求め、講談を一つ聴いた。まだ若い講談師は、ロシア主導で行われた三国干渉を語っていて、聴衆が二重三重になって取り巻いていた。

「ご存じあるか、われら大日本帝国皇軍が、清国《しんこく》と戦い勝って手にした遼東《りょうとう》に、ずいっと横から割りこみ、ぬくぬく居座る厚顔さ。一滴の血も流さぬに、かばかり漁夫の利むさぼるの、露助《ろすけ》の横暴、いかで天が許そうか」

怒声が上がる。拳《こぶし》を振り上げる者もいる。それを、演台を打つ扇の音が盛り上げる。

「無人のシベリア掠《かす》めたあげく、凍らぬ港求めて南下して、朝鮮ひと呑《の》み、わが日本までも狙《ねら》おうとてかッ」

群がる人々の反応は実に素直であった。皆はロシアへの反発をむきだしにした。

「今に見ておれこの屈辱。歴史に不敗の露国といえど、上る朝日の秋津島、正義の剣にかなうあたわず。気迫にまさる神国日本、かならず露助の息の根、止めずべけんや」

カンカン、と扇が打たれる。取り巻く聴衆からはやんやの喝采《かっさい》が起こった。

講談は、庶民が国情を知るのに欠かせぬ情報源の一つだった。外相小村寿太郎《こむらじゅたろう》がロシアのローゼン公使相手に満韓交換について交渉を始めているとの記事が新聞にも載っていたが、講談は、庶民にとってよりやさしい言葉で解説し、論点を絞って訴えてくれる、娯楽も兼ね備えたニュースでもあったのだ。いわく、欧米人たちは、自分たちだけ中国への侵略をほしいままにしながら、東洋人の日本が介入するのを快く思わず、何かにつけ日本をしめ出そうとしている。今や、ロシアに対する日本国民の不満は満ち満ち、いずれロシアとは戦争をせねばなるまい、との思いは、こうして庶民の中に浸透していった。

また戦争かいな……、と、よねは人垣を離れた。先の清国との戦争で傷害を負った軍人たちが、音曲を奏《かな》で、銭を乞《こ》う姿は、この境内にも何人も見られるというのに。

ため息とともに神社を眺め回した。そして、視界に、珠喜とウメが、肩をこづかせあってのぞきこむ鼈甲《べっこう》飴の幟《のぼり》が見えた。

「大当たり　当たりが出たらもう一個進呈」

白地に勢いのいい筆の字が躍り、頭には的を射抜いた矢の絵が添えられている。その下に据えられた大きな葛籠《つづら》には、飴が入っているのだ。二人は中を覗《のぞ》き込み、当たりが出ますようにと手を合わせてから、神妙な顔で腕を入れる。

「当たりや。出た、当たり。これ、当たりやんな、おじさん」

先に珠喜が嬉《うれ》しそうな声を上げて確認し、ウメは自分の飴と見比べながら、ちっ、と小さく舌打ちをしている。

「ほな、もう一個。うち、もう一回だけ、当たりが出るか、やってみる」

ウメが、さっきの飴を袂《たもと》にしまい、もう一度銭を差し出した。

その瞬間だった。よねの頭に、これや、と声がささやいたのは。

「それ、ちょっと見せてみ」

突然二人のそばに現れたお家さんに、珠喜もウメも慌《あわ》て、恐縮し、何か悪いことをしたかとかしこまった。

よねはかまわず、珠喜の手にある鼈甲飴を奪い取って眺めてみた。なるほど、箸《はし》の先に、黄金色に透けて鼈甲さながらに輝く飴があり、それを透かせば、箸に書かれた「当」の文字を見ることができた。

「……あんたら、悪いけど一緒にミセに帰ってくれるか」

何事かを決意したよねの顔はいつもに増して頑としており、せっかくもらった午後からの自由がふいになった二人の失望をくみ取ってやる余裕すらない。

「ミセに帰って、うちら何するんだすかぁ？」

つい不平のこもった声でウメが訊《き》く。

「砂糖やがな。あの、カチンコ砂糖を売るんやがな」

勢いこんでよねは言う。思わずウメと顔を見合わせ、今度は珠喜が訊いた。

「飴屋に砂糖、売るんだすか？　けどお家さん、飴屋なんか、全国に散らばっとって、いろんな神社の縁日を巡り歩くんですで。うちらでは無理や、つかめませんって」

よねが立ち止まり、そして二人を振り返る。その表情の頑《かたく》なさ。珠喜は、よけいなことを言ってしまった、と、思わず口を押さえた。

しかし、よねは珠喜を叱《しか》らなかった。

「その通りや。あんたはちいとは頭が回るみたいやな」

意外にも、よねはにんまりと笑って言った。二人は、常では見られぬお家さんのこの笑顔に、かえって、何が始まるのだろうと不気味に思え、ふたたび顔を見合わせずにはいられなかった。

砂糖を処分するんに、飴屋に売る。そんなことなら、とっくに柳田はんが、これまでの経験を活《い》かしてやってくれとるはずだす。とりわけ鈴木は、昔、煎餅売りをしとった岩治郎が、砂糖を商う道を開いて興《おこ》した店でっさかい、誰かが思いつきましたやろ。

それより私《わて》が今考えたことは、誰も思いつかんはずだす。そない思うたら、なんや、年甲斐《がい》もなく得意になって、笑えてきたんだす。

「この小銭、これから袋の中に入れていくん、手伝《てつど》うて」

オクから持ち出してきた銭袋を板間に置くと、ウメも珠喜も、目を丸うしとりました。

「この銭を、砂糖の中に入れる、言うんでっか？」

そうや、と銭袋を開いて見せました。五銭、十銭、五十銭、砂糖の代価と変わらん一円も入っとります。

「砂糖は口に入るもんやさけえ、銭は紙で小さく包んで入れてな」

二人はまだ腑《ふ》に落ちん顔をしとりました。そこで、説明してやらななりまへんでした。

「岩より固い砂糖に、これまた固さでは劣らぬ銅貨を入れて売るんや。外から見ても、どれに銭が入っとるかはわからんやろ？　けど、当たりが出たら嬉しいでっしゃろがな」

なるほど、と二人の顔が輝くのを見て、これは成功する、と確信しました。

「ええか、使いに出るたび、あんたらも、誰彼なしに、こう言うのや。知っとるか、辰印の鈴木の砂糖には、当たりやったら銭《ぜに》が入っとるんや、と」

知り合いが当たりを引いたらうらやましいんは人の心理いうもんだす。それが無理のない投資の範囲なら、もう一袋買《こ》うて自分も当たりを引き当てよう、とも思うはず。ウメと珠喜の様子を見とってひらめきました。砂糖は腐るもんやなし、多めに買うても、いずれ使うもんやと思えば、当たりを狙《ねろ》て余分に買う気も出まっしゃろ。

小銭を紙片で包み、何百袋と積み上げられた砂糖袋に入れて行く作業は、私と、珠喜とウメでやり始めましたけど、とてもはかどりまへん。

「誰ぞ、手伝いしてくれる者はおらんか」

猫の手も借りとうて、ついそない言いましたら、ウメが在庫担当の仙吉を呼んできました。仙吉は倉庫番の丁稚《でっち》や書生も連れてきてくれましたさけえ、助かりました。なんせぜんぶ手でやるんだすさかい、えらい作業でしたけんど、ようやってくれた、思います。

これを売りに回るんを喜んで買って出てくれたんは珠喜でした。

「絶対、売れますで。うち、なんや、わくわくする」

どこへ持って行くんかと思いきや、まず煎餅屋、外人はんがやっとる西洋菓子屋、それから仕出し屋に旅館、料亭にも足を運んだいうんですから、たいした目のつけどころです。普通の家ではなかなか砂糖なんぞ使いませんけど、こうした商売屋では大量に使います。勝手口を回って、銭入り砂糖はいりまへんか、と意気揚々と訪れる子を、台所をあずかる女子衆《おなごし》はんも珍しがって迎え入れてくれたようだす。

おかげでこの銭入り砂糖、やがて神戸の町で爆発的に売れていくことになるのだす。

「辰の鈴木の砂糖、中に銭が入っとるらしいで」

「うちは五十銭、入っとった」

「一円入っとんのが当たったら、差し引きほとんどただっちゅうことやな」

そんな噂《うわさ》が噂を呼んだのだす。

固いだけに値段のほうも落としとります。ふだんは贅沢品《ぜいたくひん》やからと手も出んかった一般家庭までが、銭も入ってるんならと、喜んで買い始めました。おかげで本店には、どこで売っとるんかと問い合わせ殺到だす。

本店の方では、何のことやと驚いたようだす。思えば、私にこんな勝手ができたんも、固い砂糖の現物が、本店やなしに、私の住んどる家の方に保管されて目の前に積み上げられとったからでした。加えて、大里にこもりっきりの金子はんはもちろん、忙しく出回る柳田はん以下、番頭はんらが、みな、在庫のあるこっちの家には姿を現さんかったことも幸いしました。出過ぎた真似《まね》ではおましたけど、結果よければすべてよし、だす。なんせ、大評判になった鈴木のカチンコ砂糖は、わざわざ固いものを選んで買う人が続出したほどで、在庫はみるみる減っていったんでっさかい。

「信じられまへんな。下手をすれば捨てるしかなかった商品が全部現金に変わってしもた」

ひさびさに壁や天井が見えるようになったミセを見て、柳田はんも上機嫌でした。

「けどな、このことは金子はんに、私がしたとは言わんといてほしいんや」

気になるんはそのことだけでした。純白の砂糖の精製のために寝んといそしんどる金子はんにしてみたら、私の援護射撃も、逆に、がんばりなさらんかという叱咤《しった》激励に取りかねまへん。それではあんまり金子はんがかわいそうだす。

それに、手柄は私やおません。銭を砂糖袋に手作業で詰めた皆のお手柄だす。とりわけ町じゅう回って種火を熾《おこ》した珠喜は褒めたらなりまへん。

「いいえ、いっつも番頭はんらが全国を回ってその手でぎょうさん売り上げてきなさる、そのまねごとができて、それだけで嬉しゅうて」

商家に生まれた血は、教えんでも商売ゆうのを知っとるもんだす。私は、惣七はんから託されたこの子を、いつかは誰か店の有力な者へ嫁がせようと考えとりましたけど、なかなか、この子自身に商売をやらせてみるんもおもしろそうだす。

嬉しいことは続くもんで、柳田はんが大喜びでミセに飛び込んで来たんは、大里から、待ちに待った吉報がやっと届いたからでした。

「お家さん、とうとうやりました。直どん……、いえ、金子はんからの電信だす」

手につかんだ電信用紙を私に渡すのももどかしく伝えるんに、とうとう大里で、雪のようにさらさらとした、上質の砂糖が完成したというんでした。始動してから一年の時間がたっとりました。

やっと天使が舞い降りたか。――がらにもなく金子はんが、その瞬間にそうつぶやいたそうな。純白のつぶを手に、感慨もひとしおでしたんやろ。それは、鈴木のすべての店員たちの夢の成就の時でもあったんだす。

「金子はんが、とうとうやってくれた。これからは、砂糖の品質で勝負です」

卑屈な売り方をせんでも、今後は、その質のよい高級さをもって売り抜けられる。商人にとって、それこそがまっとうな商売のやり方いうもんだす。その当たり前のことが、店員一同、心の底から嬉しゅうてなりまへんでした。


大里で砂糖の精製に成功した陰には、日糖を辞めて大里にやってきた一人の職工の協力があった。その男が、それまでの経験から、固まらせる原因の機械の整備不足を改良してくれたのだった。まさに彼こそが金子にとって天使の到来だったといえよう。

名もない職工のこの協力は、大会社に堂々と立ち向かう鈴木の勇気、そしてまた、日糖自身の奢《おご》りに対する嫌悪《けんお》感が生んだものだった。

これには日糖が仰天した。

まさか成功すまいと楽観していた大里の製糖が、日糖以上の高品質の製品を作り出したというのである。いや、それればかりか、日糖より大幅に安い価格で勝負してきた、と聞けば、耳を疑ったとしても無理はない。

それは、不二樹が湯水のごとく使う交際費の分だけ安いのだと、彼の下で働く者たちからは不平の声が上がり始めた。むろん実際には大里側が自らの利を削り、製糖過程の無駄を極限まで省いたからにほかならない。さらには、日糖に比べれば原産地からわずかに近いだけに原糖も二、三日早く到着し、その分運賃も安いなど、すべてにおいて大里の地の利が幸いしたのである。煉瓦《れんが》を馬蹄《ばてい》銀にしてみせよう。そんな金子の大言壮語が現実となった。日糖は、この小さなライバルの健闘に恐慌《きょうこう》をきたす。

やがて、日糖から、合併を申し出る使者が送られてくるのに、さほど時間はかからなかった。

店では快哉《かいさい》を叫んだ。

「そら見たことか」

「今頃、言うても遅いんじゃあ」

届けられた書状には、たがいに競って闘いに疲れるより、共存をはかろう、との申し出が綴《つづ》られていた。

「どないします？ 金子さん」

問われて、金子は笑った。もちろん、はねのけるのみだ。

「苦労して技術に磨きをかけて、せっかく作れるようになった日本一の白い砂糖を、そうやすやすと鳶《とんび》に油揚げさらわれるように持って行かれてたまるかいな」

金子にとって、それは執念が実らせた成功の白い果実そのものだった。もう一度、店に快哉の声が挙がった。ますます盛んな鈴木商店のその勢いは、まるでロシアとの戦争へと傾く国家の気勢に鋭く呼応するかのようだった。

「おめでとうさん」

金子の凱旋《がいせん》を迎えた時、よねは虫干しの衣類をかたづける大仕事の途中だった。

「おかげさんで、店に迷惑かけんですみました」

金子の全身から、安堵《あんど》と誇りが滲《にじ》んでいた。だがそれはよねも同じだ。今日の日を迎えるまでに押さねばならなかった判子の数を思い出し、やっとあれらの債務から解放されると思ったのだ。

「虫干ししなはったんでっか」

鴨居《かもい》という鴨居に掛かった着物を眺め、金子が言う。

「へえ。あとは樟脳《しょうのう》を入れて、しまうだけだす」

衣類はそう買い換えることのできない財産でもあるから、虫干しだけでなく、ほどいて洗い、張って干し、また縫い直す時に、傷《いた》んだ部分に修繕をほどこすのだ。店の者たちの分をすべてすませるには、いつも三日がかりの仕事だった。

「いつか、こないなお手間はかけんですむようにしてみせます」

真顔で金子が言うのに、よねは、

「また誰ぞ女子衆を増やしてくれるんかいな」

と問い返した。あれから女中の方は、珠喜が学校を上がったこともあって、ウメの他にはこの子一人をたよりとする恰好《かっこう》で、誰も新しく雇い入れることはしていなかった。だが着物を保管する手を増やしてくれるというなら、オクの仕事も楽になる。

「いいえ、そうやおまへん。人の手をふやすんやなく、着物をふやせばよろしいんだす」

手が止まった。彼の奇想天外さには慣らされているとはいえ、今度はまたいったい何を言い出すのやら。

「今は着物が高価で大事やから手をかけて使います。そんなら、その着物を、安う、ぎょうさん、作ればよろしいのやろ」

眼鏡の下の金子の瞳《ひとみ》は、すでに次の事業をみつめていた。近代工業という文明の力によって、安く大量に繊維を作る。――これからは〝糸へん〟だ。

よねはかすかに首を振る。やっと砂糖が目鼻がついたばかりなのに。自分はまた新しい事業のために、次から次へ書類に判子を押すことになるのであろう。

「ほんま、あんたの頭の中は商売でいっぱいだすな」

初めて惚《ほ》れた女より、店を択《と》った金子であった。いや、そう追い込んだのは自分であったのだ。だとしたら、よねはとことん、彼が追いかけるものを見守って行かねばならないのだろう。苦笑しながら着物をたたんだ。

3

これからの時代は〝糸へん〟や。——そう狙《ねら》いを定めた金子はんの目のつけどころは、やっぱり偉いもんやったんやと思います。

樟脳にせよ砂糖にせよ、日本が代表的な輸出品とするんは半農半工の生産品で、まだまだ工業製造品の輸出国とは言えまへん。ほんなら、どないしたら工業国への道は開けるんでひょか。

先進国家を見渡せば、近代工業国家として成長するには、まず糸を機軸とする軽工業から発展していく、というんは歴史が示しているそうな。糸をつむぎ、織る、という繊維製造の一連の工業のことだす。人間が文化的な生活を送るんには、繊維は欠かせん品でしたさけえにな。

繊維といえば、日本ほど上質の絹を作れる国はおませんし、絹にくるまれて暮らす“お蚕《かいこ》ぐるみ”は日本人すべての夢とゆうてもよろしいやろ。製糸工場の女工はんらは、自分が作るその糸でできた銘仙を着るんが一生の夢やそうですし。

ところが金子はんは、その絹の夢を、違うかたちでかなえてみせようと言うのだす。へえ、絹は絹でも、人間が化学という文明の力で作る絹で。

お蚕さんは、百姓が寝んと徹夜で世話せんと絹を出してはくれまへん。日本もゆたかな国をめざすからには、寝んと働かんと食べていけん者をなくさんことにはほんまの文明国やない、と言うんが金子はんの論だす。そのため、まだまだ商品にならん人絹の研究のために、とほうもない支援金を出してやっているそうな。ほんま、そういうことは国家がするべきでっしゃろに。

思えばこの頃には、金子はんの頭にはもう、鈴木商店を拡大発展させることが、ひいては国家を発展させることと同じになっとりました。商工業の力で国力を富ませることも、兵隊が戦って領土を引っ張ってくるんと同様、国家を富ませるための戦いやったんですな。短期戦では精神力でロシアに勝っても、長期戦では、真の産業を持たへん日本はすぐに軍事物資が尽きてしまう。そのためにも、日本はまずさまざまな製造産業を成熟させねばならん、というんは、彼が急務として考えたことやったようだす。

その手始めに、金子はんが狙っておったんは、「西宮紡績」の買収やったそうだす。自分が商う繊維製品は自分の手で作る。それは、樟脳で学んだ教訓でした。鈴木が糸へんに手を出すからには、すでに大阪の丼池《どぶいけ》や船場の老舗《しにせ》がやっとるような、産地から集めてきて各地へ流すという、昔ながらの卸しではのうて、みずから大量に作って常時なんぼでも売りさばく、そんなことを考えたんは自然ななりゆきでした。

ところが不運にも西宮紡績は、大里の製糖工場に熱中しているどさくさに「内外綿紡績（ナイガイ）」にさらわれるように買収されてしまうのだす。

これは金子はんにとっては珍しゅう後悔をひきずる敗北になってしまいます。よほど悔しかったんか、用意しとった融資の金を、はずみみたいに別な工場の買収に回してしまうんだす。お家芸の白でもない、またこれから伸びる糸へんでもない、黒くて固くて無骨なだけの、「鉄」を造る工場。神戸名物「熊内《くもち》だいこん」を産する、見渡す限りのだいこん畑の中にぽつんと建つ、小林製鋼所、のちの神戸製鋼所だす。明治三十六年のことでした。

私も、聞いてびっくりしましたえ。なんせ、その製鋼所、創業一ヵ月にしかならんというのに経営不振に陥り、売却の憂《う》き目に遭《お》うとったんだっせ。技術不足、需要不足、資金不足と、足らんもんの三拍子そろた工場だす。誰もが、なんであんな会社を買《こ》うたんやと、非難半分、ふしぎがったんも無理はおまへん。

なにしろ、金子はんが引き受けた後も、何年たっても赤字は改善されへんかったのだす。

それまでまがりなりにも順調に進んできた金子はんも、さすがにこの製鋼所には手を焼きました。彼自身、あの時は西宮紡績を奪われて頭がおかしゅうなっとったんや、と何度も悔やみ、回想録にも「その日の出来心で浮気をしたようなもの」などと本気で書き残しとるくらいでしたさけえ、これがいかにお荷物やったか、想像もつきまっしゃろ。

銀行からの莫大《ばくだい》な借入金を湯水のようにつぎこんでも焼け石に水。なんで手放さへんのか、私のとこまで忠告に来る者もおましたけど、さあ、手を焼いたものの最後にあんだけ笑《わろ》うた大里のことがあるからか、ただ「チート待て」とだけ言い返す金子はんには、どんなに不出来でも一度自分のふところに抱えたもんをそうそうたやすく手放すことのでけん情の深さがおましたな。

けど、ついには銀行から溶鉱炉の火を消すように申し入れられ、しかたなく売りに出そうとするんですけど買い手もおるはずおまへん。だいたい、売り時ゆうもんの時機を見るんが遅いんや、と銀行からはさらに責められる始末だす。

汗水たらして挙げた成果をすべて製鋼所の借金返済と資金繰りに持って行かれる店員たちには、大きな不満の対象でした。背に腹は代えられず、金子はんは開き直ってこない言い放ちます。

――諸君。西洋国家の先例に照らしても製鋼所は国家的事業で、失敗した例はない。途上の苦しさは、最後に成功した時の喜びをひときわ大きゅうするために耐える必要経費や。

その言葉どおり、手放しそこねたこの製鋼所が、後年には鈴木のトップ部門として他部門を牽引《けんいん》していくんでっさけえ、時代の流れちゅうもんはわかりまへんな。

世界が鉄を必要とする時代まで、このお荷物にずっと資金を食わせ続けた金子はんの、長期戦での勝利でした。いえ、それは表向きの意見で、私から言わせてもろたら、たまたま運がよかっただけちゃいまっしゃろか、と思うんだすけどな。もっとも、この運ちゅうもんも、味方してくれとる時は、それも力、というわけだす。

幸いなことに、しばらく運は私らの側にありました。

小林製鋼所に続き、鈴木は明治三十七年、神戸にある住友樟脳製造所を買収します。台湾に負けまいと再生樟脳を研究しとった雲井通の小さな樟脳部とは違《ちご》うて、これは本格的な製造工場でした。

実は金子はん、あのハタ売りの苦い失敗の時、住友樟脳の肥田はんいう重役さんにも助けてもろうてましてな。外国商館に渡す現物を少しでもええから集めようとしとった時、その窮状を憐《あわ》れんで、神戸の倉庫にある樟脳を、少しでしたけど回してもらえたんだす。

この時の恩義を、忘れるはずはおません。ヿ辰印の鈴木の樟脳の伸びにやられて、住友樟脳が左前になったんを、倒れる前に、まともな値段で買い取ってあげたというわけだす。

これで鈴木の樟脳部も、砂糖に劣らん規模をそなえることになります。

こんなふうに、仕事、仕事で金子はんがちっとも家庭的でないんはあいかわらずでしたけど、お徳どんは黙々と内助を尽し、後に哲学者として東京大学教授となった次男の武蔵はんを挙げたんはこの同じ年のことでした。


鈴木が成長を重ねるその間に、日本という新興国家の歴史は大きくうねろうとしていた。

かねて世論は、本来日本に権益があるはずの満州でわがもの顔にふるまうロシアに憤《いきどお》り、朝鮮をも狙う横暴ぶりに怒りを重ね、さらには、日本本土をもうかがう不敵さを脅威にも感じていた。新聞や街角の講談、演説などが主戦論を唱えて国民を煽《あお》っていたから、日本中にロシアへの反感は浸透している。ヨーロッパの大国三国から干渉を受けて、血であがなった権益を取り上げられても、今は臥薪嘗胆《がしんしょうたん》あるのみと、国を挙げてここまで我慢してきたのが、いよいよ限界に達しようとしているのがこの時期であった。

国のために自分は何ができるか。それはこの時代の男子たる者のひとしなみの思考であった。銃を取ることのできない知識人も、坪内逍遙《しょうよう》など、いずれロシアとはいくさになると予測し、国家間で必要となるロシア語の習得に励んだほどである。もっとも、そのテキストとしてトルストイやドストエフスキーを読破した彼は、それら文学が描く彼《か》の国の精神性の深さに打たれ、これほどの国と戦争をすることの愚を悟ってしまうのであるが。

だが東洋人であること、新興国であることで見下され続けることに、誰もがもうこれ以上我慢を続けることは不可能なところまできていた。歴史の長さ、文化の厚さにおいて、けっして西欧諸国にひけをとらないと自負のある国であればなおさらだった。地道な交渉に努めていた政府当局も、ついに堪忍《かんにん》袋の緒が切れる日が来る。利害を一にする英国との間に日英同盟も整ったからには、すべての機が熟した。明治三十七年、ロシアに対し天皇の名で宣戦布告がなされ、戦争の火蓋《ひぶた》が切って落とされる。神戸ではそれより早く、海軍が旅順港外のロシア艦隊の攻撃を開始したとの報《しら》せが伝わると同時に提灯《ちょうちん》行列が始まっていた。

なにしろ相手はあのナポレオンでも陥落させることができなかった西欧の不敗国である。苦しい戦争になるのは目に見えていたが、それでも戦わねばすまされない戦争であると、皆が納得していた戦争だったのである。

先の日清《にっしん》戦争では兵隊の供給にはさほど悩まないうち勝敗は決したが、さすがにロシア相手ではそういうわけにいかない。職業軍人、志願兵以外にも、一般の男たちが徴兵され満州の戦場へ送られることになった。

徴兵制度では、長男は家を嗣《つ》ぐという役目があるため戦争に行かなくてすむ。しかし、そうでない成人男子は、こぞって国のために海を渡ることになるのであった。もともと商人たちは、継ぐべき田畑のない次男三男が多かったから、鈴木商店でも、徴用されていく者は少なくなかった。

その一人が、田川であった。人も羨《うらや》む長身と頑丈な肩幅。徴兵検査も一瞥《いちべつ》で甲種合格の宣告が下される立派な体軀《たいく》は、二十八歳になる今、皇軍の兵士たるに何の遜色《そんしょく》もみいだせない。

その彼は、台湾に製糖工場を作るかどうかの視察で渡台したまま、今度は材木など台湾貿易のための商館を作る計画が持ち上がり、そのまま在留していたのだ。こうなれば台湾に骨を埋めます、と冗談まじりに近況を知らせて寄越した田川だったが、まさかこんなかたちで戻ってくるとは本人も思ってもいなかっただろう。故郷の土佐に帰る前に、一年ぶりに神戸に上陸し、本店と、よねのところに挨拶《あいさつ》に訪れた。

「無念です。みごとに商館を立ち上げ、お家さんに見に来てもらおと思うてましたんに」

仕事半ばで引き揚げてこなければならない無念。そして、死もまたありうる戦争への恐れ。前にも増して日焼けした田川の顔は、よねの目を見られぬほどに緊張していた。

「別状《べっちょ》ない。あんたが手がけた台湾のミセは、必ず見に行かせてもらうで。ただし、案内はあんたにたのみます。そやから、無事に帰って来てくれんとな」

せめて送り出す側は威勢よくあらねばならぬ、とよねは思った。

南国の台湾とは違い、極寒の満州へ行く彼に、餞別《せんべつ》には、店で手に入れさせた上質の羊毛のケットを贈った。

「どないぞ体をいとうてな」

「お家さんも、なにとぞ、お達者で」

不吉なことは考えないようにした。正義の戦争であるのは疑いもない。きっと日本が勝利するのを、皆が信じていたし、よねも疑うことなく祈るつもりでいた。

座敷を辞していく田川を、襖《ふすま》の外では珠喜が待っていた。お茶を運んだ時に事情を知り、そしてぜひ手渡したいと思ったものがあったのだった。

「待って、田川はん。これ、もろうてくれまへんか?」

いぶかしむその手につかませたのは、赤い守り袋に入った一本の小さな白木の箸《はし》だった。

「楠公《なんこう》さんの縁日で売っとる当たり飴《あめ》の箸。これは、はずれのやつだす。そやから、絶対、鉄砲の弾《たま》も、当たらへん」

箸と珠喜を見比べて、そしてそのあまりに真剣な表情に、田川は思わず笑い出す。

「なるほど。はずれの箸か。わかった。これを持っとったら弾ははずれるわけや」

戦場に、ありがたく持っていくよ、との答えを、珠喜は飛び上がるほど嬉《うれ》しく聞いた。

「祈っとります。絶対、無事でお帰りになるように。ほんで、うちがお家さんのお供をして、台湾に行きますねんや」

もう一度、田川は笑った。日焼けの分だけ、笑うと歯並びの白さが目立つ。

「珠喜が来てくれるんなら心強い。かならず戦争から帰って、台湾に来てもらうよ」

魂を輝かせる言葉、というものがあるとしたら、田川のこの言葉こそがそうだった。

「ほんま？　ほんまにうちも台湾に招《よ》んでもらえるん？」

弾んで訊《き》いた。田川は微笑《ほほえ》みながら珠喜を見、そして、大きくうなずいてくれた。

いつか、田川に導かれて台湾に行く。この時、珠喜はそれを約束と信じた。

彼のことは、今目の前にいる彼しか知らない。どんな家族があるのか、どんな時間が流れて、そしてどんな人生の目標に向かって行こうとしてきたのか、何も知らない珠喜であった。だがこの家の他に身よりのない自分にとって、田川は家の外に存在しているもっとも近しい人であり、外へつながるただ一人の人なのだった。

だからこそ小娘にすぎない自分が、彼の目にどう映るのかさえ考えてもみず、ただ彼に生きてほしい、無事に帰ってほしいと願う気持ちばかりが田川を見守る珠喜を支配していた。

いつまでも見送っていたかったのに、田川が後ろを振り返る。そして、ミセに入れ、と手で追い払う。それでも珠喜は、ミセの外に立ち続けた。

店では、残された者の結束がいちだんと強まりました。あいつがおらん間にあいつの分まで。自分のためではなく人のために働くことを、皆は覚えたようでした。そしてまた、戦争が市場をどのように変えてしまうか、商人の活路はどこにあるか、まだ神戸の一商店にすぎない鈴木が多くを学ぶまたとない舞台になったんでした。

この戦争を契機に、神戸は軍港としても大きな役割を果たします。首都は東京に移ったとはいえ、日本の歴史も世界の歴史も、すべて「西」で動いておりましたさけえ、神戸が西へ向かう玄関口になるんは当然でした。帝国艦隊が何度も寄港する中、日本海海戦で功を立てる東郷平八郎はんもこの神戸港から出航しとられます。

そんな情勢の中、神戸でぐいぐいと成長してきた者がおります。神戸に来たなら必ず立ち寄って行け、そこに行けば国の動きがすべてわかる、とまで言われ、東京から来た軍人さんやお役人が立ち寄らずには過ごさないことから「陸の神戸税関」という別名までつけられた旅館「千歳《ちとせ》花壇」のことだす。

夜ごと、花隈《はなくま》から芸妓《げいぎ》衆が呼ばれ、華やかなお座敷を繰り広げ、数々の密約や商談、政治談義がくりひろげられた、神戸随一の華やかな旅館。それはこの頃、中山手の方にありました。

噂《うわさ》はよう耳にしとりました。初めはここと目と鼻の先の海岸通にある小さな木賃宿やったんが、みるみる大きゅうなって、今のその閑静な場所に移転したんやとか。それでも、その千歳花壇の女将《おかみ》が誰やとは、なかなかわかりまへんでした。千歳の「千」が、その女将の名前から来とる、と教えられた時、初めて、私の頭にあのお千の顔がつながったんだす。

　やっぱり、あれも岩治郎の子。教えられんでも、全国を流れながら苦労して鈴木商店の足場を築いた父親の血が、千歳花壇の成功へと導いたんでっしゃろな。侮《あなど》れんもんだす。

　それでも、何を競い合《お》うとんのやとおかしゅうなりますけど、お千の噂を聞くたび、そんなら私には珠喜がおる、と意地になっとったような気がします。人の情というのはおかしなもんだす。何も自分が産んだ娘でもあらへんのに、手元に置いて一から躾《しつ》けた子はなんやかわいく思えるんだすな。それに、利発な珠喜は、この非常事態に、神戸ならではの小商いをしてきて、私を驚かせたとこでしたさけえ。

「絶対、弾が当たらん、弾よけはいらんかー」

　出征兵の見送りでごった返す宿を回って、商売をやってのけてきたんだす。

品物は、ご存知、┌辰印の銭入り砂糖。あの固い砂糖の売れ残りだす。さらさらの砂糖が完成するまでにほとんど売り切ってしもとりましたけんど、わずかに在庫がおましたんだす。それを、銭の入っとらん「はずれ砂糖」のかけらとして、包んで守り袋に入れたのを商品にしたとは呆《あき》れたもんだす。しかもまあ、これが大当たり。失敗砂糖の在庫を少し分けてくれまへんかと言うて来た時、何をするんやろとは思いましたけど、まさかこんなこと思いつくとは。

もともと単価は知れてましたさけえ、たいした売り上げやおませんでしたが、大喜びで売れた売れたと報告に来た珠喜を、私は褒めたることはできまへんでした。

「あんた、何のためにこれを売ってきたんや？」

たちまちしおれる珠喜でしたが、それでも、小さな声で自分の理屈を言いました。

「そやかて……。カチンコ砂糖、このまま捨て置くより、こないして売ったらお金に換わるし、皆も喜んでくれますやろ」

「どっちが一番目の理由や？」

どうしても金に換えたいんか、それとも、皆に喜んでもらいたいんか。店の者にも息子にも、口を酸《す》っぽうして言うとることとだす。単に利をむさぼるのみの商人《あきんど》になるなかれ。民のため世のため潤沢に品を回す商人となれ、とは。

「そやし、そのお守り、ほんまに弾をはずしてくれるんか？　守ってくれるんか？」

確かな答えがみつからないのに、この問いにだけは、珠喜ははっきり答えました。

「信じる、信じんは、その人の勝手だす。鰯《いわし》の頭も信心からて言いますやんか。信じる人だけ買えばええんだす。みんな、何かにすがってでも、生きて帰ってほしいと思うから買うんだす。何も押し売りはしてまへん」

まるでそれなら私の三社参りも鰯を信じての愚行やと言いたげで、なんや、叱《しか》る気ものうなりましたけど、これだけは言うとかななりまへん。

「何かにすがってでも、という、人の弱い心につけこむ商売はせんときなはれ」

珠喜は納得いかへんようでした。そやから、さらに言葉を重ねなあきませんでした。

「そらそういう商売しとる人もおるやろ。けど、私らはあかんのだす。鈴木は、そういう商売はせんことになっとるのだす」

世の中には、理屈ではない、あかんもんはあかん、というものがおます。それを定めるんは、人としての誇りや、謙虚さや、意地というもんやないでっしゃろか。商売人は儲《もう》けたらよろし。そやけど、少なくとも私らは、儲けることだけを第一とするような商売人にはならん、という矜持《きょうじ》がおました。

珠喜がうなだれたんは、私の言おうとすることがようわかったからでっしゃろ。そやからもうそれ以上は必要おませんでしたやろけど、一言だけ付け加えました。

「よろしいか。鈴木は、本体のないもんを売って儲ける商売はせんのだす。誰が見てもええもん、たいしたもんやと思える物を買《こ》うてもろて人様に喜んでもらう、そういう商売をしまひょいな」

はい、とうなずく珠喜に、私は説教とは別に、商売人としてのその積極性を褒めました。機転と攻撃は、商売人にとって何より大事な資質だす。まさに、金子はんを直どんと呼んどった時代、彼が誰よりまさってその身に備えとった長所でした。

ふと、この娘に商売させてみるのもおもしろいやろな、そんなことを思いました。上の学校にやらなんだんも、早《はよ》う私や店の助けになってほしいと願《ねご》うたからでしたけど、人を喜ばす商売というお題をやったら、さて、何を売ると答えまっしゃろ。私は表に出んと珠喜の後ろ盾になって一緒に商売するのだす。あと十五年若かったなら、この手で私がやっとりましたやろ。あはは、お飾りにせよ鈴木の総帥《そうすい》、お家さんとなった今は叶《かな》わぬ夢だすけんど、珠喜にはなんぼでも可能性がありますのやさけえ。

なんせ、私の説教をよそに、評判になった弾よけ砂糖は、客の方から、売ってくれ売ってくれと、店にやってくるようになっとったんだす。珠喜はそれを見て言いました。

「お家さん。金儲けのために売るんやおません。ほんまに、兵隊さんらに弾が当たらんと、無事にもどって来てもらえるよう、心をこめて売るもんやったら、実体はおますやんな」

小賢《こざか》しい。口でも私を言い負かすやなんて。

もちろん、すぐにこれは真似《まね》され、亜流のいかがわしい弾よけが市中に出回るようになっていきます。けど、銭を入れへん辰印の〝はずれ〟砂糖は、この発案のおかげでまた売り上げを増やしていったんでした。

私の中で珠喜はこんなふうにして、その比重を大きゅうしていったような気がします。

4

「大日本帝国、万歳！」

「天皇陛下、ばんざいっ」

神戸のまちを、おびただしい数の提灯《ちょうちん》が埋めていく。明治三十八年、一年を越すロシアとの戦争がついに終わった。

黒船によって泰平の眠りから覚めてまだわずか五十年ばかりの東洋の新興国が、東郷平八郎率いる連合艦隊により、その黒船で成るバルチック艦隊を対馬《つしま》沖にて迎え撃ち、完膚なきまでに撃沈したのである。終戦講和条約は、その機を逃さず有利なかたちで結ばれた。

もっとも、兵力、物資の補給力、どの観点からみても苦しい戦いで、これ以上長期戦になれば、人の数、兵器の数においてまさるロシアをかわしきれぬと見定めての講和であった。

しかし、そうとは知らぬ国民は、大勝利に酔い、町には人々の歓喜の声が満ちあふれた。なにしろ、極東の小さなこの島国は、アジアのどの国もがなしえなかった近代化をいち早くなしとげたばかりか、ひとたび国際舞台に登場するや、いきなりヨーロッパの不敗国ロシアを倒したのである。当のロシアではこれをきっかけに革命の潮流が動き始める。世界は驚愕《きょうがく》し、嘆息し、日本という国を侮れぬと注視した。いわんや国内では、人々の自信と誇りは天井知らずに高まって、大人から子供まで、国じゅうが祝勝ムードに沸き返った。

陸《くが》に奉天　おとしいれ　海に艦皆《ふねみな》　沈めてし
捷《かち》にふさはぬ　獲《えもの》をば　忘れて今日を　祝ひなん
いざや迎へん　皇軍《みいくさ》を

「お家さん、今もどりました」

店先で珠喜が提灯の中を覗《のぞ》き込み、慎重に火を吹き消す。火の始末はよねからもっともうるさく仕込まれたことの一つである。丁寧に提灯を畳みながら、宇治川筋から神戸駅まで、繰り出した人の数はたいへんなものだったと、なお興奮のさめない顔で報告する。

「そらよかった。これで皆も帰ってきますな」

外には出なかったよねだが、町を行列が行く間じゅう、神棚の灯明を灯《とも》して感謝と喜びとを神々にささげた。よねには何より、店から出征していった者たちの武運が嬉《うれ》しかった。

「きっと、はずれ砂糖のごりやくでっせ」

祭りのようなその人出に加わったことが嬉しいのか、珠喜は跳ねるようによねの後ろに座ると神棚に手を合わせた。

「なんや、お前まで」

「一人でお祈りなさるより、人数がふえた方が神様にもよう聞こえるかと思いまして」

毎日、皆の無事を祈るよねの背後から、珠喜もまた、同じ願いを重ねていたのだった。

「ほんまやな。日本が勝たんことには、あんたのお守りを買うた人が文句言うて来る」

　祈る動機も、珠喜の場合はそんなところだろうと、よねは冗談で笑い飛ばした。まさか特別な一人のために懸命な祈りを捧《ささ》げていたなど想像すらしないし、知ったところでそれが田川とわかれば、常より親しく出入りしている者のこと、優しい気持ちから出たものと褒めたに違いない。よねにとっては、十四歳になった珠喜はまだまだその程度の子供であった。

　やがて、神戸港には、日本海から引き揚げてきた軍艦がぞくぞくと入港してきた。店にも、出征していた店員たちの消息が一人、また一人と知らされてくる。

「皆がもどってきたら、うちの店だけでも戦勝の祝賀会をやりたいもんや」

　無事の知らせが一人聞こえてくるごとによねは灯明を一つ増やし、西川にも提案した。

　田川が、負傷して旅順の野戦病院に収容されていたことは、ずいぶん遅れて知らされてきた。

「何より生きとったという間違いのない知らせやないの。よかった、よかった」

神棚に田川の分の灯明を上げ、よねも珠喜も、ともに胸をなでおろした。

神戸港では、着く船着く船、みな英雄扱いだった。出迎えの家族、ここから列車に乗り換えて帰郷する兵士など、神戸にはおびただしい人々が逗留《とうりゅう》した。そのため、町は極度の宿不足に陥ったが、高級旅館の千歳花壇が引き揚げの軍人兵士のために安価で宿を提供するなど、あっぱれな愛国心だとあらたな話題にもこと欠かなかった。

世間の事態が急変したのは、新聞の号外をつかんだ店員が駆け込んできてからだった。

「えらいこっちゃ。ロシアとの戦後交渉が、えらいことになっとる」

たちまち彼を取り囲む店員たち。そこには、アメリカ大統領ルーズベルトのとりなしによりポーツマスでロシアとの間に結ばれた講和条約の内容が明らかにされていた。号外が告げる文字に、国民はみな、唸《うな》り、叫び、猛烈に怒った。あれだけの犠牲を強いた戦争のはてに、ロシアから取れるはずの賠償金も領有地も、ほとんどなかったからである。

「露助《ろすけ》はすこい奴《やつ》っちゃ。遼東《りょうとう》半島を日本にゆずると言うが、そこはもともと清国《しんこく》に勝って日本のもんになったとこや。露助の腹は痛まんわい」

「そやし、一銭の金も払わん気やと。満州で戦死した弟にどない言え、いうんじゃ」

町には不平不満の声が吹き荒れた。さまざまな場所で、政府の弱腰をなじる暴動も起きた。とりわけ工業都市として台頭してきた神戸には、文字の読めない労働者が多く、教育を受けたひとにぎりの者が新聞を読み上げる周囲に皆で群がって耳を傾ける、というのが常の形態だった。そうして耳から得た情報を、口づてに次から次へ教えていって、民衆はニュースというものを知るのである。

とりわけ、今回のような大きな国際問題では、ただ聞き流すだけではおさまらなくて、あちこちでアジテーションに立つ者が後をたたない。弱腰の政府をなじる声は日に日に大きく、鈴木商店の近辺でも、初代県知事伊藤博文《ひろぶみ》の銅像が打ち壊される騒ぎになった。思えば、のちに鈴木を標的にする民衆の力は、すでにこの時、神戸の地に醸成されていたといえるかもしれない。

しかし、世界を驚かせた日本のこの大勝利は、開国以来の悲願を実らせることには成功した。不平等な関税制度に徹頭徹尾苦しめられてきた居留地だったが、この戦勝を機に、明治四十四年、撤廃されることになったのである。関税自主権の回復。これにより、日本に入ってくる貿易品に、日本自身が関税をかけることができるという、ようやく諸外国と平等の立場を得たのであった。

神戸にもそれが知らされたとき、およそ貿易にたずさわる者で、この戦果に奮い立たない者はなかった。何万人もの兵の命であがなった、何より大きな戦果であった。よねとて同じだ。夫岩治郎が、何度も何度もなげき、癇癪《かんしゃく》を起こしつつもどうにもすることができなかった高い壁。それがいよいよ取り払われたのだ。

「さあここからが本領や」

店員を激励する金子の言葉に熱が入ったのも当然だった。どうがんばってもすでに高い壁の上に立っている敵と戦ってきたこれまでを思えば、同じ平地で戦うこれからの商売で、日本人が勝てないとしたらおかしいではないか。

彼はそれを実践するかのように、新しい仕事に挑んだ。鈴木の初めての海外支店を上海《シャンハイ》に置くべく、柳田が外地へ出張に出たのもこの頃である。

よくも悪くも戦争終結の事実が実感できるようになってきた頃、鈴木の店に、満州を引き揚げてきた復員兵がもどりつつあった。

彼らからもたらされた情報で、田川が、戦場での勇敢な働きを認められて、勲章をもらったことも伝わった。名高い二百三高地の激戦で、日本は乃木大将の子息をはじめ多くの将兵を失ったが、田川は、指揮官を失った小隊でにわかに戦友達を指揮し、貧弱な手榴弾《しゅりゅうだん》の武器だけで敵のトーチカを陥《おと》したばかりか、みごと全員で生還したというのであった。

「さすが命しらずの田川はんやな」

鈴木商店では、港に顔の利《き》く番頭を通じ、いち早く復員本部の情報が入るように心を砕いた。

――お帰り　田川君

よねが西川に提案した歓迎会では、他の店員の名前に並んで、田川の名前も手書きの横断幕の中にあった。この日、神戸港に着く復員船に、彼がいる、と知らされてきたからだ。

床の間の梁《はり》にその幕を掲げ、宴の準備が整った本家の座敷。お膳《ぜん》の用意はよねが指揮し、珠喜たちが数日前から整えた手料理だ。

「来た。帰って来たで」

店先で声が上がる。通りの端に、港まで田川を迎えに出た仙吉がもどってきたのを見つけたのだ。

愛児《まなご》討たれし　将軍よ　うから同胞《はらから》　魂《たま》あへる
友喪《うしな》ひし　つはものよ　好《よ》くぞまさきく　還《かへ》りぬる
いざや迎へん　皇軍《みいくさ》を

皆の思いは弾んだ。店が生んだ偉大な英雄をまさに迎える瞬間だ。

しかし、その背後に田川の姿はなかった。仙吉は小さくなって、

「金子さんが、千歳花壇へ連れてゆかれました」

とだけ答えた。彼は言えなかった。みずから憧《あこが》れさえ抱いていたあの英雄田川が、どれほどの傷を負ってもどってきたかを。

カーキ色の軍服に身を包んだ、六尺を越すその偉丈夫は、たしかに田川に間違いなかった。胸につけた赤い勲章も噂《うわさ》と異ならない。だが、何より息を飲んでみつめたのは、すっかり変わりはてたその容貌《ようぼう》だった。

頬に食い込む銃創の跡は、無惨《むざん》に肉を貫いて縫い目の跡をさらしている。左足を軽くひきずる彼は、歩くたびに上着の左袖《そで》をむなしく揺らした。そこに通すべき腕が失われてしまったことを、仙吉は一目で思い知ったのだ。

あれでは彼も皆に会いたくはなかろう。お家さんや女子衆《おなごし》にも、あんな姿をさらして怖がらせたくない、そう思ったにちがいない。

そうとは知らないよねがその時感じた失望は、田川がここへ来ない、来たがらないという事実とともに、よりにもよって金子が千歳花壇へ彼を連れて行ったということによる。まさか芸者を与える算段などではないだろうが、それはあまりに自分や店へ

の礼を欠いてはいないか。

歓迎会で、よねは、他の数名の店員たちをねぎらった後、そこそこに退き、後の座敷は無礼講とした。

男たちは、夜更《よふ》けまで呑《の》んでさわいで語るだろう。厳しい戦場の話となればなおさらだ。

とすれば、片付けは明日になる。早くもそう先読みした珠喜は、ウメが気づいたときにはもうそのあたりにはいなかった。千歳花壇へ、走ったのである。

長く、待った。よう無事でお帰り。みんな待ってましたんを。――会えば恨み言でなく明るく言いたかった。珠喜は、格式張ったその旅館の前の、きれいに打ち水された石畳の脇《わき》に身を潜めて待った。

甲斐《かい》あって、店から送り出されてくる金子が、見送りの女たちをからかういつものひょうきんな声が聞こえる。珠喜は、植え込みからそっと頭だけ伸び上がって、明るい門先の方を窺《うかが》い見た。

だが、金子に続いて出てきた兵隊の姿を見て、はち切れそうな珠喜の歓迎気分はふきとんだ。

脚が、腕が、顔が……。薄暗がりの中で見える男の身長だけが変わらないせいで、間違いなくそれが田川とわかる横顔を見守りながら、珠喜はあふれる涙をどうすることもできなかった。

　つはものの　　武勇なきには　　あらねども
　真鉄《まがね》なす　　べとんに投《な》ぐる　　人の肉《しし》
　往《ゆ》くものは　　生きて還らぬ　　強襲の
　鋒《ほこさき》を　　しばし転じて　　右手《めて》のかた
　図上なる　　標《しるし》のたかさ　　二零《れい》三

　軍医部長として旅順での戦いに臨んだ森鷗外《おうがい》が、そんな壮絶な詞霊をささげて戦いのすさまじさを綴《つづ》ったことを珠喜は知らなかったが、提灯行列に沸いたあの勝利が、今、目の前の、田川の腕、脚、血肉をもってあがなわれたものであったと思い知らされる。

　せめて声を上げたりしないよう、珠喜は両手で自分の口をおさえた。

「そんなら田川君、ゆっくり休んでくれ。お家さんにはよう言うとく」

「面目ないことです」

　静かに頭を下げながら言う声も変わってはいなかった。それだけに、外見の変わりようが大きすぎた。

「けんど、お家さんが、それでも店にもどれとおっしゃったらどないする？」

田川はうなだれた。人並みに働けるかどうかもおぼつかぬ体になってしまった自分に、それは過分なまでの配慮だった。他の店なら、とうてい使いものにならぬと踏んで、お払い箱になるのがおちだったろう。

流れる沈黙。田川は、店にはもどらないつもりで、今日の歓迎会に来なかったのだ。

「君とは、やっとこれから一緒に大きいことができると思うたんにな」

金子にしてみれば、田川は土佐という同郷の絆《きずな》で懐刀《ふところがたな》のように信頼していた男である。きっと彼なら、いつもの豪快さで、ほんなら一つでっかく行きますか、と笑いとばしてくれると思ったのだろう。

だが、田川は笑わず、喋《しゃべ》らず、ただ唇をゆがめただけだった。彼は、この戦争の前後で、外見のみならず、その内側の深淵《しんえん》まで、皆がとまどう変貌をとげていた。

「軍が、傷痍《しょうい》軍人のために、台湾の北投《ペイトー》温泉に療養所を作っとります。補償も出るそうですし、しばらくそこに行くことにします」

「そうか。台湾なら、君の庭やしな」

だが、やはり金子はあきらめきれないのだろう。療養に出向く男に語ったところでしかたのない台湾の商売事情をぽつりと付け足す。

「台北《タイペイ》近辺の山は、支那《しな》人にほとんど乱伐された後で、せいぜい茶畑にするんが関の山らしい。やっぱり阿里山に乗り出すことになるのやろな。総督府は、いよいよ『樟《しょう》脳《のう》寮』から先、阿里山に連なる鉄道の工事に認可を下ろすようや。そやから鈴木も、出征前にお前に調べてもろとった新しい商館、本気で作ろう、思うとる」

戦争がなければ、店のさらなる拡張のために第一線で活躍してくれるはずの人材の、事実上の戦線離脱。だがそうは認めたくない金子は、きっと彼が、前人未踏の台湾へ送り込まれた時のあの緊張をよびさまし、ふたたび攻めの姿勢で生きてくれるものと信じたかったのだろう。

「ほんなら、達者で」

二人の会話の一部始終を盗み聞きながら、珠喜はすべてを納得していた。戦争がどれだけ激しいものであったか、兵隊たちがどれほど過酷な戦いを強いられたか。そして、勲章一つで、失ったものを相殺《そうさい》しようというお上の意図も。

無言で頭を下げる田川に、本当は駆け寄っていって声をかけたかったが、誰にもその姿を見せたくないという彼の意に反することになる。ぐっとこらえた。

「お国のために、戦争ではのうて、今度は商売で、またわしと一緒に手柄争いをやる気になったら、いつでも連絡してきてくれ」

土嚢《つちぶくろ》　十重《とへ》に二十重《はたへ》に　つみかさね
屋上《やのうへ》を　おほふ土さへ　厚ければ
わが送る　榴霰弾《りうさんだん》の　甲斐もなく
敵は猶《なほ》　散兵壕《がう》を　棄てざりき
剰《あまつさ》へ　嚢《ふくろ》の隙《すき》の　射眼《しやがん》より
打出《うちいだ》す　小銃《こづつ》にまじる　機関砲
一卒進めば一卒僵《たふ》れ　隊伍《たいご》進めば隊伍僵《たふ》る

石畳に落ちる彼の影そのものが詩であった。生死を分かつ苦しいいくさをくぐりぬけ、傾きながらも生きてこうして歩みを運ぶ、命の重みをその影はうたうのだ。

料亭の門脇の暗がりにしゃがみ、金子が行きすぎるのを待つ。涙はなおも止まらない。それでも珠喜は動かずにいた。

「さあ、田川はん、お食事の用意ができとりまっさけえ」

女将《おかみ》であろうか、金子を見送った後、中へといざなうやさしい声がする。

右、左、わずかに体を揺さぶりながら、戻っていく田川の足音を聞いていた。

泣きじゃくる珠喜から、田川はんのことを聞きました。どんな姿になったいうんか、想像してみましたけど、私《わて》には、どないしても思い浮かびまへん。

「別状《べっちょ》ない。北投温泉は、ラジウムの、よう効く温泉やそうな。顔の傷や脚の悪いとこはすぐに治ってしまいまっしゃろ」

言いながら、失われた腕のことは考えんようにしました。

「そんで、治ったら、呼び戻して、田川はんにしかできん仕事、してもらいまひょ。また金子はんが、なんや新しい商売するそうやさけえ」

しゃくり上げる珠喜を慰めるつもりで言うてましたんに、胸がきゅうっと痛《いと》うて、私まで悲しいような気分になるのだす。戦場で心身ともにすり切れて帰った田川はんを、どないも慰めてもやれん自分がむなしゅうて。

きっと私らなんぞの想像を絶する厳しい戦争やったんでっしゃろな。何度決戦を試みても、その強固なロシアの要塞《ようさい》の前には累々《るいるい》と屍《しかばね》を積み、全滅を重ねるしかなかった戦場の地獄が伝わってくるようでした。にわかには信じがたいことですけど、あの底抜けに明るい田川はんが、店に顔も出せんほどに暗《くろ》う冷とうなってしもたんでっさけえ。

それは、ぬくぬくと内地におった私らが、軽々しく慰めることなんぞできん、まるで底なしに深い森の闇《やみ》のようでした。

こんなんで、お国が勝ったと言われても、喜べまへん。勝った、いうんも、今となっては、あれだけ戦勝に沸いたことが夢やったみたいだす。

しばらくたって、珍しい台湾の北投温泉の絵葉書が届きました。田川はんからだす。

「ご挨拶《あいさつ》もなしにこちらへ来てしまい、申し訳ございません。もう店のために働ける体ではなくなり、陸軍のサナトリウムでしばらく療養いたします。事後報告になりましたこと、重ねてお許しください。田川万作」

もちろん、すぐに返事を出しました。いつでも店は貴方《あなた》のために席を空けて待っていること。台湾は、鈴木商店の礎《いしずえ》、内地ではできん大きな仕事の可能性があること。早くようなって、私らを台湾に案内してもらいたいこと。小さな葉書の面積の中に、詰め込みました。

「珠喜。これを、投函《とうかん》してきてえな」

今は瞳《ひとみ》の奥に満州の凍《い》てつく夜を閉じこめたような暗いまなざしでも、いつかあの人らしい、国を憂《うれ》い、国を思う土佐人の熱がもどりますように。

「なあ。誰か、傍で優しゅうしてくれる嫁がおればよかったもんを」

男と女、一緒に体を寄り添えば、そのぬくもりが心の傷も癒《いや》してしまいますやろ。誰かそういうやさしい女子《おなご》を、彼のために。そう願う気持ちが、つい口を滑りました。

これは母親の気持ちですな。

自分の中の温かな気持ちに一人ぬくもり、私は迂闊《うかつ》にも、いちばん身近でそれを耳にする珠喜の反応に気づいとりまへんでした。そういうこまやかなことに気を回す余裕もないほど、世間を覆《おお》う日露戦争後の不況は、見るも無惨《むざん》なものでした。町には失業者があふれ、倉庫には品物がだぶついとりました。鈴木商店がこの沈滞した空気をなんとか打開できたのは、広く海外と売買をする貿易が主であったからで、米や小麦など、国内で余った品は、上海《シャンハイ》を基点に戦争の影響を受けないアメリカやヨーロッパで売りさばき、乗り切ったのだす。

折から、戦後のきびしい不況を睨《にら》んで桂太郎首相が帝《みかど》のお名の下に出されたおふれが私らを励ましたもんだす。『戊申詔書《ぼしんしょうしょ》』ゆうて、教育勅語に次ぐ重要詔書として、儀式の際には必ず奉読されたおふれだす。岩蔵の学校の卒業式でも、奉読されたのだす。

詔書の中身はこうだす。……今日の国際社会は、東西の国々が互いに国交を結んで親しゅうすることで文明の恵みを受けられるし、わが国も国運を発展させられる。けんど、日露戦争後まだ日は浅く、さらに気を引きしめななりまへん。上下、心を一にしてまじめに仕事に打ち込み、……ここからは私の好きな文句だす、「華を去り、実に就き、荒怠相誡《いまし》め、自彊息《じきょうや》まざるべし」。

つまり、贅沢《ぜいたく》をせず、地道に歩み、怠けず荒《すさ》まず常に自らを戒め、たえず努力し励んでこそ、この歴史ある国のさらなる繁栄が望めるだろう、と。

これはまさに、質素倹約、実直を人生訓として生きてきた私の人生訓そのままでした。

「ほんま、お母はんらしい」

二代目は笑うのだす。

「これ。立派な詔書に、その態度はなにごとだす」

私はいっそう力をこめてこの息子に言うたもんだす。

「分《ぶん》を知ることだす。百姓には百姓の、商売人には商売人の。私には私の、あんたにはあんたの。つまらんように見えても、ちゃんと天から与えられた分ちゅうもんはあるのだす。それを知り抜いて、自分の仕事をあなどらず、きちんとまっとうすることや。岩治郎はん、よろしいな?」

そこまで言えば、笑って引き下がる息子だす。父《てて》なし子として育つんやから、この子にも弟の岩蔵にも、人一倍、人として男として、そして主人としての心得を、うるそう言うてきたのだす。

もっとも、アメリカの大学まで出た偉い息子に、どこまでこの母親の言うことが伝わることやら。

岩蔵も、中学から書生に出したおかげで、だいぶやんちゃもおさまり、兄に倣《なら》って、これからアメリカのボストン大学へ留学が決まっとりますが、どないぞ、弟の分を知って、兄を立て、兄を助けるように立ち回ってほしいもんだす。

とりわけ、新しい当主にも問題は尽きひんのだす。愚痴を洩《も》らせば人様は、生まれながらの二代目いうんは、どこの家でもそういうもんやと慰めてくださります。苦労知らずで育ち、自分はがつがつ働かんでも、優秀な番頭が八面六臂《はちめんろっぴ》の活躍で店の名を揚げ事業を広げてくれるんならなおさらでっしゃろ。

ある日、私が珠喜ら女中に命じて、使《つこ》うた食器の繕いをしとった時だす。

「お母はん、陶器の壊れたもんは、そないに惜しんだところで寿命です。また新しいのを買いなさったらどないです」

欠けたもんはしょうがおません。けど、ぱっくり二つに割れたもんは、陶糊でつなぎ、金で繕うたらまだ使えるのだす。漆職人の家で育った私には、器用な手先さえあれば雑作もないことで、これも〝始末〟の一例です。息子にはそれを一言、言うとかななりまへん。

「表に出す客用は、誰にも恥じん立派なものを使うとります。けど、裏でまで贅沢したらあきませんやろ。オクではこないして始末せんと」

私らがこないして家族そろってゆったりおれるんも、店の者が西へ東へ走って働いてくれればこそだす。それを無駄に贅沢しとったんでは合わす顔がおまへん。

そう考えると、息子が次々買ってくる高価な骨董《こっとう》の品、あれはいったい何ですやろ。私はそのことを注意したいくらいでした。気がつかんうちに本店の重役室には、欧米向けの派手な図柄の九谷の大皿、また応接室には鼈甲《べっこう》や趣味の狩猟にでかけて得てきた雉《きじ》の剝製《はくせい》などなんかがふえとりました。うまいこと言うて商売人に乗せられて買わされたもんに違いおません。鈴木の旦那ならと値段も足元見られとんやないでっしゃろか。

その前日にも、これどないです、言うて、届いたばかりの花入れを見せてくれたんだす。古い中国のもんやそうで、ほっそりとした鶴首《つるくび》は、ようまあ人の手でこないな繊細なもん作ったなあというほどみごとだす。彼はこういう綺麗《きれい》なもんが、ほんまにいとおしゅうてならんようだす。

考えてみれば、そんなふうに趣味の道に走るしかない息子でした。店に入り、神戸製鋼所の監査役などの重職の座には就いとるものの、この当主には、額に汗してその手でなすべき仕事がおませんでしたんや。全部、大番頭がしてくれますさけえに。

大番頭の号令のもとに仕事が進む構造の中では、彼はただ頂点を飾る「御しるし」にすぎんのです。大きな工場の買収も、大量の売買の契約も、およそ男子が大商店で手がけたいと志す仕事のほとんどは、苦労のつらさ成功の甘さを味わってきた、最前線で働く店員たちのものでした。若い当主に与えられたんは、そうした仕事の事後報告と、承認のための捺印《なついん》、それだけでした。

庇《かば》うわけやおませんけど、持ち込まれる書類に目を通すだけの仕事に、命をかけられる人は少ないでっしゃろ。二代目もそうだす。最初は店の仕事を覚えるためや、と私や兄さんに言われて鹿爪《しかつめ》らしゅう座っておりましたけど、半年もたつと、続きませんん。

店には出掛けん日が多うなっていきました。

もとより、東京や米国に遊学し、紳士としての教養も社交も身につけてきた息子だす。なすべき仕事もないまま時間をもてあませば、店の外で遊ぶしかおませんやろ。

結婚して二年、おかげさんで二代目とキヨはんとの間には早々と子も授かっとりました。私にとっての初孫なんは言うまでもおまへんけど、鈴木の将来を盤石にする三代目の誕生だす。金子はん、柳田はんが、これでお家は安泰と、泣いて喜んでくれた女の子は、千代子と名付け、そらもう家の中で、生きたお人形さんのように皆でかしずいとるようなことだす。けど逆に、彼にとってはこれで自分が家でなすべき役目は果たしたとでも思たんですやろか。

時折、私《わて》は真顔で金子はんに直訴したもんだす。

「金子はん、たのむさけえに、あの子にお金を持たさんとって」

遊ぶ資金がなければ、なんぼ放蕩《ほうとう》な息子とて、おとなしく店に居着きますやろ。けど、金子はんは笑ってとりあいまへん。

「大将には、世間に出てひろくつきあいを深めてもらうんも仕事のうちや。どこに商売の縁がころがっとるか、しれまへんからな」

それが彼の、忠義なんだす。人は分に応じた仕事をするもんやというんが彼の持論でした。

実際、商工会や商店組合など、地元企業として親睦《しんぼく》を深める場には、二代目はことあるごとに顔を出しとったようだす。私が言うんも妙だすけど、温厚で、しかも洗練された青年実業家でしたんやさけえ、どこに出ても、すこぶる注目される人気者やったんはありがたいことだす。

誘われれば、神戸の財界人の間で流行《はや》り始めたゴルフにも加わりましたし、六甲に鳥撃ちにも出掛けます。もちろん花隈芸者をはべらせた席でも、お座敷慣れした彼は、誰よりその場を盛り上げる巧者であったようだす。

「こういうことは、わしらではできまへん。御大《おんたい》みずから出むいてくださるだけで、相手も得心する。そのための交際費なんぞ、心配なさらんとってください。そんなはした金、今の鈴木には痛くも痒《かゆ》くもありませんよって」

店のこと、主家のこと、息子たちのこと、すべてをひっくるめて鈴木商店の未来に気を配ってくれる金子はんのその言葉は、私らには身にしみるありがたいものやと思わななりまへん。息子が立派な紳士として、財界、経済界で重んじられる姿を喜ばぬ母親なんぞ、おらんでしょう。けど、私は、毎日遊びほうける息子を見るために今日までがんばってきたんでっしゃろか。……気は晴れまへん。

私を曇らせることはもう一つおました。あれだけ盛大な婚礼を執り行った二代目の嫁のキヨはんが、二十二歳の若さで亡《な》くなったのだす。

ただの風邪やと思うてたんに、咳《せき》があんまりひどいもんやし、寝とり、と床を延べさせて休ませたら、高熱は引かず、三日ののちに息をひきとりました。もちろん神戸で一番のお医者にうちの車をやって往診してもらいましたけど、医学なんぞ役に立たんもんだす。あっけないほどのキヨはんの死に、私は人の力なんぞ信じられまへんでした。

そやかて、残された千代子があまりに不憫《ふびん》やおませんか。まだ幼《こま》すぎて、母親が死んだこともわからんのだす。お母ちゃま、起きて、お人形さんで遊んでと、線香の消えぬ枕元《まくらもと》で、もうどこか高いところに行ってしもた母親の袖《そで》を揺するんが哀れで哀れで。

これからの鈴木家を託すべき御寮人を失ったことでは、いかな義理の仲とはいえ、私の哀《かな》しみも同じだす。けど、世間さまは、ええことは言うてはくださりまへん。わが家のような大きな家に嫁いで道楽な夫と連れ添うには、キヨはんは相当ご苦労なさったのやろ、そのせいであっさり亡くなったのやろ。そんなことを、まことしやかに言うのだす。

いや、やっぱりお家さんが厳しゅうて、辛抱でけんかったんやろ、などと言われるんは、姑《しゅうとめ》ならば誰もが体験することでっしゃろけどな。

姑との軋轢《あつれき》は、私にもおぼえのあることでした。最初に嫁いだ姫路の家で、なんぼ兄に原因があったとはいえ、結局は舅姑とのことが原因で実家に帰った私やからだす。また、台所についてはイシとのぶつかりあいも忘れはしまへん。それだけに、私としてはキヨはんに、あんな思いはさせんよう、できるだけ気を使《つこ》うたつもりでした。何とゆうたかて、私にはミセがおますのやし、オクに執着する気は毛頭おまへん。徐々にキヨはんに委《ゆだ》ねるつもりでおましたし。

こんなことならあの時こうしていたら、ああしなかったらと、家の中の何を見ても悔やまれることは尽きまへん。

幼い千代子は、今後は私が母親代わりに育てななりまへん。この子は鈴木家の長子、私にとっては初めての孫、それも、男腹やった自分では抱いたことのない女の子だす。そらもう可愛《かわ》ゆうて可愛ゆうて。

母親がおらんでも大事に育ててみせまひょ。それがキヨはんへの、至らんかったことへの罪滅ぼしかもしれまへん。私は、母親を知らずに育つこの子の不憫さの分だけ、甘い甘いおばばに成り下がるのだす。

そんな私の心中を知ってか知らずか、二代目は呑気《のんき》なもんだす。いったい、家のこと、子供のこと、どない考えとるんでっしゃろ。うっとりと陶器を眺める横顔を盗み見ながら、私はほんの少し後悔しました。昔、夫が亡くなった時、皆の反対を押し切ってどないしても店を守ろ、と決めたことを、だす。

この子のために、石にかじりついてもこの店を、と思うてきたんが、今ではあだになっとるんやないか。そんな気がしたのだす。あのままほそぼそと後家の暮らしを続けたなら、この子も今頃、贅沢なんぞ知らん勤め人にでもなって、ささやかに暮らしとったんやおまへんやろか。

子宝にも恵まれ、商売は神戸で一番の伸びを示し、大勢の者にかしずかれているこの私が、それでも幸せを感じられん理由。それはたった一つ、母親として息子を案じる気持ちやとは、人にはどないも言えん寂しいことでした。

だがよねにとっての大問題は、よねとその家族の住まう本宅が須磨《すま》に新築され、引越しをすることだった。

キヨを失い火の消えたような家の空気を、なんとか仕切り直させようという金子の配慮であった。

「こないに立派なお屋敷を、か」

当初、二代目から図面で概要を知らされ、金子の持参した契約書に判子を押したよねではあっても、実際に形を現してくる建物の大規模なことに、さすがに驚きを隠せなかった。

「何を言うとられます。鈴木商店のあるじのお住まいだす、この程度の家には住んでいただかんと恰好《かっこう》がつきまへん」

目を細めながら金子が言う。

「事業が成功するたび、鈴木はどんな店や、どんな一族が率いとる、と、世間の注目も集まります。その時、ボロ家で質素にいらっしゃるよりは、大邸宅で暮らしてもろとる方が、何かと信用もできる、いうもんだす」

主人への、これ以上の献身はないだろう。彼は単純に、自分に仕事を与え働き場所を与えてくれた主人に恩義を感じ、それに見合う奉公をして報いようとしているのだった。まさに封建時代の、ご恩と奉公の概念である。

「家だけやおませんしぜん、しぜん、お家さんがどのようにしてお暮らしか、いうところにも世間の目は集まります。どないぞゆったり、お好きな趣味でもたしなんでお暮らしください」

立派な御殿に住み、上等の着物を着て、趣味の習い事など好きなことをして暮らす。それが、今や大商店となった鈴木のお家さんたる者のつとめであると彼は言う。

「ありがたいことや、なあ、直どん」

久々に金子を昔の呼び方で呼んだ。商用で西へ東へ歩き回ってむくんだ足を洗った盥《たらい》、大きな釜《かま》の飯が一膳《ぜん》ずつの粗末な夕飯。おおぜいでひしめくように暮らした最初の店から思えば、なんという発展だろう。それも、これも、彼ら誠実な店員の働きのたまものだった。よねは、今、ありがたく、彼らの努力の結果を受け取るべきだった。

しかし、金子はどれだけ女主人の心の内を知っていただろうか。

これで店は決定的に自分の手から遠くへ切り離されてしまう——。

贅沢にはもともと関心のないよねである。自分はこまごまと働き、家族のために尽くすことが何より好きなのだった。お家さん、と皆からかしずかれ、偉そうに君臨するのは性に合わない。完成しつつある大邸宅を前に、よねが感じるとまどいは、いったい自分がこれからどうすればよいのかという、そのためなのだ。

金子はまだまだよねに権威付けを行い、皆の頂点に立つべき者としての器を求めることだろう。それはある意味、金子の見栄《みえ》でもあった。

男は、自分が何のために命を賭《と》して働くか、その動機こそが欲しいのだ。そして動機は、きらびやかで豪壮なものであればあるほど、男の功名心を満たしてくれる。

だがこの場でそれを指摘するのはばちあたりなことに思われた。有能な番頭のおかげで、自分は座したままこのような御殿へと祭り上げられる。そのことに不満を唱えることなどできないだろう。いや、むしろ感謝を何かで表すべきだった。

「おおきに、な。金子はん」

主人に頭を下げられて、金子の目が細くならないわけはない。だが、よねの礼には続きがあった。

「そやけど、うちらが御殿に住むんなら、その大番頭も、ふさわしい家に住まんと恰好がつきませんな」

主人だけが大きな蝸牛《まいまい》の殻におさまり、家臣が昔のままの借家住まいというのでは、あるじは自分勝手な愚か者よと笑われることだろう。

「いや、わしに家なぞ、もったいない、……」

まさかよねがそんなことを言い出すとは思ってもみず、金子は怯《ひる》む。

どれだけ鈴木が黒字を出して大きくなっても、彼が一切、私腹を肥やさなかったのは有名な話だ。恰好をかまわぬのと同じく、住まいも食事も、最低限のものがあればよい、というのが持論であり、そんな彼を見かねて、周囲が取り繕う、というのが常だったのだ。

「同じ理屈でっしゃろ。主人一族がぼろ家に住んで店の信用にかかわるんなら、その大番頭が借家に住んでは、やっぱり鈴木はたいしたことない、と見られますえ」

思わず金子は平伏した。彼の忠誠心には裏も表もない。だが、彼には今、その気持ちに、さらに上乗せしなければおれないほどの負い目があったのだ。——お千である。

あれほど固くよねに反対された女と、金子は今、毎日と言ってよいほど会っている。

むろん、商談や接待で千歳花壇を使うことから生じた縁で、艶《つや》めいた仲ではない。今や千歳花壇は神戸で一の店であり、接待ならば、相手が他の店では納得しない。それに、暇を出された当のお千は、よねを恨みもせず、鈴木のために特別便宜をはかるような気遣いすらある。だからこそ、店にはもどらぬ田川を一夜の宿として託すこともできた金子だ。

それでもよねにしてみれば不快だろう。それは最初にお千からも言われていた。

——うちはお家さんに暇を出された人間だす。そんな女がやっとる店へ、おいでになってもよろしいんやろか。

今のお千は、かつての、規模の小さな個人商店で女中をしていた女ではない。自身の店をかまえ、政財界に贔屓《ひいき》も多く、夜の女市長、とまで呼ばれるからには、おいそれと色事を仕掛けられる存在ではないのである。また、もともとカタブツで知られる金子にしても、主筋からお徳という妻を迎えた今は、地元神戸で妙な噂《うわさ》を立たせるわけにはいかなかった。

これは手近な男と女というのでなく、男と男であってもまれにしか出逢《であ》うことのできない、互いに敬いあえる商売《ビジネス》の関係にも匹敵する、と金子は感じていた。けれども、それをお家さんが理解するかどうか。それを考えると、金子の口からとても報告はできずにいる。

そんな自分に、よねは家を持てという。たしかに筋は通っていた。主人一家に大きくなれと望むなら、自分もまたいつまでも丁稚《でっち》時代のままではいられなかった。

本宅に遅れて数年、金子も、須磨の一ノ谷に屋敷を構えることになるが、潔癖な彼はそれを私物とはせず、あくまでも鈴木商店の社宅を借り受けるかたちにした。それでよねの言う、大番頭としての恰好だけは取り繕ったというつもりであったのだろう。

この頃、よう夢を見たもんだす。あの時の、火事の夢だす。

権利書、実印、位牌《いはい》に通帳。大事なものを風呂敷《ふろしき》にくるみ、そして外へ出ようとして、ふと、踏みとどまる私がおるのだす。

これだけか。――そんな声が脳裏をよぎっていったからでした。

胸に抱えた風呂敷包み。火の手が迫って、すべてが焼かれるかもしれへん時、これだけが、たったこれだけの品が、私《わて》にとって守らなならんものやったんか。そんな思いに取り憑《つ》かれ、部屋を見回します。

鏡台がおます、箪笥《たんす》がおます、針箱があって、蒲団《ふとん》もおます。けど、そんなもんにちっとも執着せえへん、自分のこの潔さ《いさぎよ》は何でっしゃろ。

いや、潔さ、いうんとはちゃいました。自分には、何が何でもこだわって守り続けようという、そんな大事なものは、この風呂敷包みの他にはは、もうないのだす。見上げれば、ごうごうと火を噴く隣家を背に、店の大屋根にまたがり、水を運べと指図する直どんがおります。店を、神戸を、そしてこの国を率いて、世界の海に乗り出す鈴木の総帥《そうすい》。ああ、全部を持っとるのは、ほんまは金子はんやないか、と気がつきました。

彼を認め、信頼し、すべてをゆだねて、それで悔いはありませんでした。おかげで鈴木は着々と大きゅうなってきたんだす。けど、人間いうんは欲張りなもんだす。商人の家に生まれ、商人の妻となり、この手でその店を引き継いだ自負が、今なお、自分が店にかかわり何らか役に立てると思いたいのだす。どうしようもない矛盾のはざまで、私はあの頃、いちばん苦しんだような気がします。

それをはぐらかすには、新しい仕事に没頭するほかありまへんでした。家《や》うつりだす。

もっとも、新築の家には一から新しい家財道具をそろえ、栄町の家はそのまま置いておくつもりでした。今までどおり倉庫代わりの場所もいるし、私や家族が不意に神戸で泊まる場所も必要でしたさけえに。

「とゆうて、この家を古い汚いまま置いていくことはできまへんやろ。せめて建具だけでも新しゅうしていかんと、長年住んだ家に申し訳ない」

私にとっては嫁いで来た家、最初の店、そして、子供たちが遊んで大きくなって、そして夫が商売の礎《いしずえ》を築いた家でした。畳は返し、襖《ふすま》も張り替えて、大事に置いときたいやおまへんか。

とりあえずの私の仕事は、襖の張り替えを珠喜ら女中に教えることだす。

古い唐紙を水を使ってすべてはがし、骨だけにして乾かす作業、それから、下貼《したば》りの紙の重ね方から糊《のり》の溶き方、刷毛《はけ》の使い方、仕上げの唐紙の貼り具合に霧吹きまで。樟脳《しょうのう》の箱には、張り替えの日を見越してふだんから貯《た》め置いた紙がたっぷりおます。一人前の主婦の技量とは、どないして家の中のもんを適材適所に再利用するか、ということに尽きます。それを〝始末する〟と言うたもんだす。なんやしぶちんみたいな言葉になってしまいましたけどな。

そうやって作業に没頭しておりましたのに、ふと気づいたら珠喜の手が止まっとります。注意しよかと思うた矢先、あの娘がぽつん、と言うたんです。

「お家さん。……台湾には、いつになったら行かれますん？」

田川はんのことか？　そう聞き返すより先に、この娘の頬を、ぽろり、と伝い落ちる涙のつぶの大きさに、私は、はっと息を飲みました。

「お発《た》ちになる時も、あの大きな背中が丸うなっとりました。大事な戦友を、最後の最後で亡《な》くされたんやそうだす。腕は、辛苦をともになさった部下を庇《かば》って銃弾を受けはったんやとか。戦場ではろくな手当もしてもらえんと、あないなことに……。けど、心の傷は、それ以上に相当深いんだっしゃろなあ」

友喪《うしな》ひし　つはものよ　好《よ》くぞまさきく　還《かへ》りぬる

いざや迎へん　皇軍《みいくさ》を

鷗外はんの歌が、呆然《ぼうぜん》とする私の胸にこだましました。

珠喜は田川はんが故郷の土佐には帰らんと台湾へ出発するという日、港まで見送りに行ったらしいのだす。そして、勇気をふりしぼって声を掛けたというんに、あの人は、最後まで、以前のようには心開いてはくれはらなんだそうだす。その凍り付いたような態度に、珠喜はかわいそうに、すっかり失望させられてしもたようだす。

思えば、惣七はんに似ているばかりに私が田川はんをずっと気に掛け続けたように、珠喜にとっても父親そっくりな彼を、無意識に慕《しと》うとったとしても無理ないことだす。

そういう意味では、私らは同類でした。同じ男の幻影に、驚かされたりはずんだり、そしてまたこないしてがっかりさせられる。私は珠喜に、深い同情を抱きました。

「珠喜、泣きなさんな。台湾よりも、この神戸であんたの喜ぶような、おもしろいことやりますえ」

ほんの思いつきにしかすぎませんでしたが、金子はんが与えてくれたこの豪邸は、私らだけのものやおません。店の者一同のものでもあるんだす。私はそこで、屋敷のお披露目がてら、皆を招いて盛大に慰安会を催すつもりでした。

須磨は平安の昔、都びとにとっての流刑地《るけいち》だった。吹きすさぶ潮風に松の枝が鳴りやまぬこの浜で、みやこで罪を得て流されてきた公達《きんだち》は、小さなわびずまいで寂しく暮らした。昇りくる月を見ては涙し、海原を見ては物思いに沈み、あるいは、琴を弾いては都を思い、笛を吹いては、みやこに残した愛する人々を思いながら。

「花ももみじもない、殺風景なとこや、とくそみそに書かれておます」

よねが笑って言うのを聞いて、珠喜は暗くなった。須磨がどんなところか、知るよしもない。もとより、どんなところであってもお家さんに従って行くしかない身ではあるが。

「せめてこんなもん、買《こ》うたらあきませんか?」

生田神社参拝に同行した時、珠喜が門前の植木市でねだったのは小さな桃の一株だった。

「こんなもん買わんでも、庭の樹《き》やったら植木屋がいろいろ工夫して植えてますやろ」

「桃の木は、その家を見守る樹やと聞きました」

誰に、と聞かなかったのは、それが惣七の言葉であるとすぐによねにはわかったからだ。最初の婚家の、うなぎの寝床のような細長い家にも、母屋《おもや》と奥の離れの間に小さな裏庭があり、そこに桃の木があった。漆をなりわいとする家のこと、樹木に対する思い入れはひとしおで、おそらく彼は父親の知恵として娘に語ったものだろう。

拒むでない、かといって賛成するわけでもなく、よねは財布を手渡しただけだ。珠喜はいちばん枝振りのよさそうな若木を選び、運転手に運ばせて帰った。若木は、母屋と離れをつなぐ渡り廊下のそばに植えられて、日々、皆が生活の中で眺めることになった。

「そやけど、思うたほどには寂しいとこやおませんなあ」

移って来て初めて、珠喜は、遠い平安のみやこ人が、いったい何を基準にここを殺風景と評価したのかいぶかしんだ。みやこを知らずに育った身では無理もないが、山の緑と海の青とが接する晴れやかなこの高台は、成功した事業家たちが、本宅とは別に、ゆったり別荘を構える土地として人気が高かった。大阪で成功した者は御影《みかげ》村や住吉村など、後に〝阪神間〟と呼ばれる山の手を好んだが、神戸で成功した回漕《かいそう》問屋や外国商館の経営者などは、海と島とが雄大な展望をなす須磨や塩屋あたりに、家を構える者が多かった。さらに波打ち際《ぎわ》ちかくには、名だたる家の夏の別荘が軒を連ねているのも須磨の特徴だった。

中でも、裾《すそ》で妙法寺川と合わさる天上川のそば近く、皿池、今池、ふたつの池のほとりに位置する鈴木本家は、一万坪の広さを持った大邸宅だった。

屋敷の規模が大きくなったことから、働く人員もあらたにふやされ、女中は、よねにひときわ近く仕えて取り仕切るウメや珠喜ら「上女中《かみ》」に加え、新しく掃除や使いから仕込んでいく「下女中《しも》」が増員された。また男手がどうしても必要だから、男子衆も一人、採用になった。さらに、その広大な敷地の警備のために、門扉横には垂水《たるみ》派出所から派遣された請願巡査のための小舎《こや》が設けられており、鈴木宅の警備のためだけに警官が常駐することになった。

旧暦の八月十五日、よねは自分の誕生日でもある中秋の名月の夜を選んで、慰安会を開くことにした。個人商店のよいところで、月見をかねて、店員全員が本宅に集まり、皆で賑《にぎ》やかに食事し、慰労の宴を開くのである。

長屋門を模した本格木造の門構え。門扉《もんぴ》の内側に現れる白砂を敷き詰めた広大な馬車道。母屋の普請《ふしん》はもちろん最高の材を使い、母屋と東の棟、そして離れの二棟が渡り廊下で繋《つな》がっている。

ことあるごとに店員たちを招く機会があることを見越し、大広間は三間続きで構成されており、襖絵はもちろん、欄間の細工も手は抜かない。床の間を飾る軸や香炉を選び抜いて購入したのは二代目の仕事だった。美しいものに目のない彼は、嬉々《きき》として美術商とのやりとりに励んだものだ。むろん洋間は、アメリカ帰りの彼の目にかなうヴィクトリア朝様式の家具が一式、ニューヨーク代理店を通じて取り寄せられて収められていた。

庭は庭で、皿池から引いた水で作られた瀟洒《しょうしゃ》な泉水のまわりにみごとな枝ぶりの松や台杉の緑を連ねさせた日本庭園と、芝生を植え込んだ広い西洋式の庭とが、広大な敷地を余さず占めていた。

置いてある時計ひとつ、家具やカーテンひとつ取っても、店の者たちがこれまで見たことのない高価な舶来の品で、細部まで手抜きのない豪奢《ごうしゃ》な造りは、わが主人はこんな立派な家に住まう人々なのかと、皆を感激させるにはじゅうぶんな効果があった。

以降、よねの誕生日は、店員たちが年に一度、豪壮な本家の内に招いてもらえる特別な日になるのだが、彼らにとっては、ここで見聞きする本家の豊かさ、立派さこそが、自分たちが仕える偉大なものの実体であり、誇りのよりどころとなった。金子のもくろみは、みごとに的中したのであった。

「魚は届いたんかいな。それに、お膳《ぜん》はぜんぶ揃《そろ》いましたんか」

「広間の縁側は開け放ってや。向かいの池ごと、須磨の山なみを借景にするのやからな」

「縁側に飾るススキがあれでは寂しいで。もう二、三本取って来てくれんか」

人寄りがするのは、珠喜らオクの者にはたいそうな手間ではあるが、よねにとっては久々に活躍できる、またとない行事であった。こういう日には、よねの信任も篤《あつ》い柳田の妻むらや、金子の妻徳が襷《たすき》を掛けながらオクの手伝いに入ってくれて、よねはもっぱら指図をするだけだった。それでもひさびさに皆の中心で動き回れば、いきいき弾んだ。

「お家さん、本日はお招きありがとうございます」

西へ、東へと多忙な金子も、この日は柳田とともに万難を排して訪れた。

「おおきに。それにしてもあんた、あいかわらず小汚いなりしてからに」

金子が脱いだ形の崩れたソフト帽を目ざとく認めてよねが指摘した。どこか出張先から急ぎもどってきたのであろうが、まだ暑いさなかに、帽子は冬のウール地であった。身なりを整えることにうとい金子が、まさかこれからの季節を先取りしたとはとうてい思えず、おそらくそれは金子の執務室に年がら年中置いてあるものだろう。

「あんたはかまへんのやで。どうせ皆は、金子はんはそういうお人やと知っとりま。けど、気の毒なんはお徳はんだす。あんたがちいっとも家に帰らんことなぞ世間は知ってはおらんのやさけえ、お徳はんが家でそないなりをさせよるんかと思われる」

「お家さんにはやられっぱなしですわ」

昔のままに気兼ねなく大笑いした後、よねはそっと金子の袖《そで》を引く。

「これ用意しといたさかい、いっぺんぐらい、お徳はんに土産や言うて持って帰ってあげなはれ」

おせっかいとは思うが、紋服の反物を、お徳に似合いそうな藍鼠色《あいねずみいろ》で染めさせたものだ。

金子はあいかわらず妻子をかえりみることなく仕事に没頭するばかりで、土産はおろか、家に持ち帰るべき給料すら、執務室の引き出しに何ヵ月分も入れ忘れたまま、ということがざらだった。そのうえ、これと見込んだ若者を次から次に書生として家へ連れ帰っては住まわせるので、お徳は三男二女の実子の他に、常時、二、三人の若者を食べさせねばならず、家計を切りつめたその生活は、鈴木の大番頭の妻でありながらお徳自身を着飾らせることはなかったのである。

よねは、他の者たちにも同じ調子で何か小言を挨拶《あいさつ》代わりにして回った。金子同様、こっそり品物や金を渡してやる者もある。

主人に顔を見覚えられている、自分のことを知っていてもらえる、親しくかまってもらえる。それがどれだけ彼らと自分の距離を縮め、また励みとなるか、よねは知っていた。

大所帯になり区別がつかなくなった店員の顔を、よねがすべて覚えることができたのは、こうして親しく言葉を交わす機会があったからといえる。

うな原に　ひかり通ひて　須磨の浦
　うしろの山も　つきさやかなり

この日のことはあとあとまでもよく思いだし、そんな歌に表したよねである。慰安会は大成功だった。

その夜、庭の端から昇った月は、鈴木商店の勢いを示す望月《もちづき》だったかもしれない。月はその後少しずつ欠けていき、いざよい、天の中空にたゆたって、海のおもてに一本の輝く道を開くが、この夜は、まぎれもなくひとつの時代の象徴だった。

もしも先代の岩治郎が生きていたなら、この宴会のさまを見て、きっと渋い顔をしただろう。店員、丁稚《でっち》は、できるだけ食わせずに働かせるもの、こき使うもの。そしてくたばったなら、いくらでも新しく取り替えがきくもの。そう割り切っていた彼だから、今夜のように無礼講ではしゃぎ、飲み食いするありさまを一瞥《いちべつ》したなら、あほか、とよねに怒鳴り散らすに違いない。

ええですやんか、とよねはつぶやく。こうして遊んだことで、また明日から働く英気が養われる。そして家族の心も団結し、いっそう店への忠誠心を高めてくれる。もうあんたの時代やおませんよって。そうつぶやいて、よねは、はたと現実に返る。

今は二代目岩治郎の世だ。もう、自分の時代でもなくなっているのかもしれない。だが、キヨを亡くしてやもめになった二代目を、見守る母であり続けることに終わりはなかった。

「二代目に、早《はよ》う後添えをもろたったらどないだす？」

落ち込むよねに、そう提案をして気を晴らさせたのは柳田の妻、むらだった。

本家が須磨に移転し、金子も一ノ谷に家を構えたこともあって、柳田一家も、よねと隣り合って暮らした栄町を後にし、外人の住まいが多い閑静な中山手通に新居をかまえていた。それぞれ地位や立場というものができ、以前のように市井《しせい》のおかみさんのような交流はなくなっていたが、律儀《りちぎ》なむらはことあるごとによねを訪ね、話し相手になった。

二代目の再婚については、実は夫からさまざま聞かされている情報もある。

「詳しいことはわかりまへんけど、徳ぼんのことや、もうお気に召したお方がいらっしゃるんやないやろか」

もはや近代。親が決めた相手と無理矢理一緒にさせるより、自分の好きな娘をもらうのが後々のためかもしれない、とは思う。まして、最初の結婚は、家と家との釣り合いを重んじ、彼の後ろ盾ともなるご大家の娘を選んだことがかえって心うち解けぬ原因になったのかもしれぬ。

とはいえ、鈴木商店二代目の妻、やがて御寮人と呼ばれることになるその地位にふさわしい女でなければ、承知できないだろうという思いもある。

「おむらどん、ちょっと調べてみてくれんか」

以前、金子のことでも失敗しているだけに、息子のことでは失敗したくなかった。自分がしゃしゃり出て、ことをおかしくすることだけは避けたい。

むらは機敏に動いた。調べてみると、たしかに二代目には、東京遊学時代に、心を通わせた娘がおり、今なお文をかわして縁をつないでいるらしい。

柳田は、よねの命を受けて、東京まで聞き合わせに行った。土井兎三《とみ》という、財産家の娘で、女学校も卒業しており、何より、二代目の心を射止めたことでわかるように、当代ふうの美人であるということだった。

「そんなおなごがおるのやったら、なんで先の結婚の時に言わなんだんや」

よねは鼻白んだが、むらはその理由も訊《き》いてきていた。

「それが、徳ぼんが言い出せん間に、他で縁談が進んで、嫁にゆかれてしもたそうで。……諦《あきら》めるおつもりで先のご結婚に踏み切ったたったんでっしゃろ」

「てことは、出戻りですかいな」

この自分もそうなら、お千も、そしてその兎三とやらも、この時代、女が一度結婚に失敗していることは決して珍しいことではなく、女の価値を損なうことにはならない。

「その娘はんで、よろしねんな？」

二代目は、母に呼び出された時、またしても日頃の行動についての小言だろうと、多少ふてぶてしい態度でいた。母を尊重し敬う気持ちは誰より強いものがあったが、成人した今もなお子供扱いされ、あれこれ注意されるのは、実のところ気が滅入った。だが、今の話はそうではなく、彼の意向に添う話のようだ。

「二代目岩治郎はんがみずから選んで幸せになる、言うんなら、私に異存はおませんで」

「ほんまですか」

思わず背筋が伸びた。

学生時代、友人と銀座の甘味屋にいたところへ、歌舞伎《かぶき》観劇の帰りに立ち寄ってきた美しい婦人たち。兎三と妹の慰子《やすこ》とを連れた母親はその友人の叔母で、挨拶をした瞬間から、彼は心奪われていた。性格上、文を届けるほど積極的なことはできなかったから、せいぜい、友人を介して数度会っただけの、淡い思いであった。

小さい頃から、お前さまはいずれ二代目を嗣《つ》ぐべき身だからこうあるべき、と何から何まで厳しかった母。母だけではない。西田の伯父も、藤田のおじさんも、世間はいつも自分に、こうあるべきと逃れられない網を掛けてきた。だから、いずれ結婚も、家や店のためにするものと思っていた。そして何もできないでいるうち、兎三はさらわれるように嫁に行ってしまったのだ。

それが、また独り身になっていると偶然知ったのは、東京へ行った時のこと。同じ友人の口から彼女の近況を知らされたのだ。

こんな回り道をしただけに、二代目には、母の理解がうれしかった。

ろう。

「ぼん、よろしおましたな」

母との間で立ち回ってくれる柳田の存在がなければ、こうはうまく進まなかっただろう。

「おおきに。富士どんのおかげや」

子供の頃からの、〝ぼん〟と店の兄やん、という間柄で、二人は喜び合った。

話が決まれば、やはり鈴木の主家の祝い事は、店そのものの祝い事となる。二度目であっても、やはりめでたいできごとだった。

二代目の浮かれぶりに、よねにはあっけない気がした。キヨの記憶がこれほど簡単に薄れ行くのがはかなくもある。人間、生きて、存在して、そして日々をつなぐということの重さを、よねはあらためて知った気がする。父が新しい妻《めと》を娶ることなど何も理解しえない三歳の千代子を抱き寄せ、あんたは長生きをするんでっせ、とつぶやくばかりだ。

さっそく二人の大番頭が、結婚までのさまざまな儀式に、嬉々として出向いていくことになる。父親がわりを自負する彼らは、ふだん辣腕《らつわん》の商売人でありながら、こと鈴木家のぼっちゃん方のことでは、ひたすら気のいい月下老人だった。

土井家へ父親がわりに初めて挨拶に行く時、柳田は、東京出張中の金子と示し合わせ、おおいにはりきる。ところが二人は、土井は土井でも違う土井家を訪ねて入って、あまりに話がかみ合わぬのでやっと家間違いに気づいたという笑い話が残っている。

「土井にもふたつおまして、黒土井、白土井があるそうな」

柳田の報告を聞いて、よねは思わず突っ込んだものだ。

「二代目が選んだんはどっちの土井なんやいな」

「黒土井だす」

ふうん、と黙り込んだよね。それほど色黒なのか、と腹をくくったが、婚礼の日に初めて対面した兎三は、すらりとした細面の、誰もが言葉を失うほどに美しい女だった。嫁入り支度も、天下の鈴木商店二代目への輿入《こしい》れとあって、先の結婚に劣らないみごとなものが揃えられていた。

「どうぞよろしくお願い申し上げます」

目を見張るばかりの豪奢《ごうしゃ》な黒縮緬《ちりめん》の裾《すそ》模様の振袖《ふりそで》に角隠しをした花嫁は、姑《しゅうとめ》となるよねに、深々と頭を下げた。気だてのよい娘であるのが、よねには息子の何よりの手柄に思えた。

今度こそは末永く円満に。心からそう願うよねの膝《ひざ》で、幼い千代子が、お嫁さん、きれい、と言ってはしゃぐ。自分の義母となる女性の輿入れだとは知るよしもなく、ただ美しいものに目を奪われ惹《ひ》かれるところは、幼くともすでにこの子が女であると語っていた。よねはひそかに、あんたにはもっと豪奢な嫁入りこしらえをしてやりますで、そうつぶやいて抱き寄せるのだった。

披露の宴は、親戚《しんせき》はもちろん取引先や店員のすべてを招き、三日三晩続けられた。新築まもない本家での祝宴だけに、後々の伝説にさえなったほどだ。

この日を境に、よねは思いきって、母屋《おもや》を新婚の夫婦《めおと》にゆずって、離れに居を移すことにする。こんな決断を下したのも、キヨの時には、まだ若いことを理由に、すべてを自分の指揮下に置いたことがわざわいしたのであろうかとの反省からだ。これはオクの全権を譲ることでもあったから、珠喜一人を自分付きとしたほかは、女中たちの差配も兎三にまかせることになった。自分には贅沢《ぜいたく》すぎるこの御殿も、若く美しい御寮人を迎え、ようやくふさわしい家となることだろう。

「これからはあんたがこの家の主婦だすえ。どうかこの家をよろしゅうにな」

兎三は、いきなりこんな大事を告げられ、驚きの声を呑《の》んだ。自分に務まるであろうか、との差し迫った不安からだが、よねは、やってみなわかりまへんやろ、と笑みを浮かべる。

「お義母《かあ》さま、ありがとうございます。至りませんが、そのお役目、せいいっぱい務めさせていただきます」

一生懸命さの伝わる兎三の返事は、よねの胸にもこころよかった。かつて同じように、最初の結婚の傷を負い、新しく受け入れられたこの家で、一生懸命にオクを守り務めようと志した若き日の自分の姿が重なって見える。あの時、自分とあれこれぶつかり、しのぎを削ったイシのことも、今ではなんとなつかしいことか。

キヨの時には自覚しなかったが、どこかで自分は、嫁の若さを妬《ねた》ましく思ったり、故意に厳しく家事を教える先住者としての意地もあったのかもしれない。イシとはまったく立場は違うとはいえ、今になれば彼女が自分に向けた気持ちがよく理解できた。思えば、女はこうして、家の中で磨かれ諭され育っていくものだ。

がんばりなはれ。よねはそっと兎三に向かってつぶやいた。

すべて譲ってしまったと思えば、家に流れる風や空気までが軽やかに感じられた。鈴木家はこれで安泰だ。そして自分の役目は、やっと終わった。

新しく移った離れへ渡る廊下には、この家へ移ってくる時に植えた桃の木がある。生田神社の植木市で買った時よりはるかに丈は伸び、初夏の今は緑濃く葉を茂らせている。

よねは、ふと、その桃の木の上に、やたら明るい月があることに気がついた。膨らみかけた上弦の月。樹や空や月を眺めるなど、久しぶりのことだった。家、家、家と、この手で守るべきもののために汲々《きゅうきゅう》として暮らしていた時にはこれほどゆったり月を眺めることなどできただろうか。時間が、違う濃度を持って流れ始めた気がする。

そして、ふとあるものが目に映る。――庭の奥に、誰か、いる。

「誰や。まだ寝んのか?」

それは珠喜だった。

「すんません、……お月さんが昼間みたいに明るいんで、夜の舟もおつなもんやと思うて」

立ち上がったその手には、傍の笹《ささ》の茂みからちぎった葉があり、泉水の水の上には三つ、四つ、……揺られて動く笹舟が見えた。外の池から引き込んだ泉水にはささやかな流れがあり、笹舟を、月に照らされる水面《みなも》にとろとろ動かしていくのだ。

水は、外に流れ出、川に合わさり、そして地上を流れて海に出る。須磨の海は内海だが、それでも大船を乗せ、外洋につながり、台湾にも至る。台湾に……、と思いが行き当たったのを知って、珠喜は一人、苦笑していたのだった。ことあるごとに、台湾に去った田川がどうしているか、思いを馳《は》せた。いつかお家さんと一緒に彼の仕事を見に行くのだと約束したが、今ではこうして見上げる月よりはるかに遠い情景だった。なのに、今でも会いたい、話したい。田川がどこで何をしているかもわからぬというのに。

こんなに思いは満ちているのに、どこに漕《こ》ぎ出していくこともできない粗末な舟。それが自分ではないか。

舟は、珠喜には珠喜の思いをかきたてたように、よねにもよねの思いをめぐらせた。

「これは、うちの舟か？」

唐突にそう訊かれ、珠喜は面食らった。それはどういう意味だろう。

よねはかまわず廊下を降りて近づくと、同じく笹をちぎって舟を作りだした。

「子供の頃、姫路の船場川でようこないして遊んだもんや」

思いがけないよねの言葉。お家さんが昔からずっとこのままの姿であったはずはないのに、そんな幼い子供時代があったというのがふしぎに思える。

「船場川やったら、うちもよう遊びに行ったとこです」

同じ故郷を持つ二人は、おそらく同じ景色を思っている。釣りに興じる男の子らを遠巻きに眺め、水車や笹舟で遊ぶのが女の子たちの相場だった。頭の中で、まるで自分の幼な友達の中に、お家さんもいたような錯覚がして、珠喜はとまどう。

月光がみせる幻覚か。あわてて珠喜は笹をちぎった。

「なんぼでも、お作りしまっせ」

なんぼでも？　問い返して、よねは笑った。

「そうか、うちは自分の庭に、なんぼでも舟を浮かべられる身分になったのやな」

遠い日、自分が神戸でいくつもの船を統《す》べることになるだろうと占った男のことを、久しぶりに思い出した。あの男の言った船がこの笹舟ならば、自分はもうこの人生で得るべきものは得てきたのだという気がした。

水面を月が照らしていく。静かな夜だ。揺れる水上の月に、やがて笹舟が追いつき、割って進んだ。しばらく、それを眺めていた。

5

須磨に移ってからも、私《わて》は栄町の本店に毎日通うんをやめまへんでした。二代目に、私の役職——合名会社鈴木商店の代表社員としての責務をいっぺんに譲ってしまわんかったんは、銀行やら取引先への信用上、私の名前があった方がぐあいがええというんで、まだ引退というわけにはいかんのでした。

山の緑と青い海のはざまで穏やかに時間が流れる須磨は、たしかにええとこでしたし、新しい家も、私にはもったいないほど立派な家で、近所からは「鈴木御殿」と呼ばれとるのも聞こえてきました。

けど、ばち当たりなことに、栄町のあの賑《にぎ》やかさとはかけ離れたこの穏やかさは、私には馴染《なじ》まんもんでした。いや、ありがたすぎて、自分が鈍《なま》ってしまう気がしました。なんせ、生まれた時から商店の賑わいの中におり、ずっと商業の活気の中で暮らしてきたんやさかい、町の喧噪《けんそう》に執着したんも無理ないことやと思います。どないに恵まれた御殿におっても、骨の髄から商売人のこの私には、やっぱり須磨は流刑地《るけいち》やったんかもしれまへん。

それに、兎三《とみ》さんを嫁に迎えたからには、家に女の主人が二人もおるんは、どない仲良うやってもぶつかることも出てきます。

幸い、私には社長としての独自の収入もあることですし、この際、家計は兎三はんにまかしてしまうんが潔《いさぎよ》い引《ひ》き際《ぎわ》、いうもんでした。

店には、神戸にまだ十台しかない自家用自動車で通いました。運転手は住み込みの和田という男で、毎日、黒い車のボディーに指紋ひとつつかんくらい磨きあげては、

「お家さん。今日も空が晴れて、海がきれいだすなあ」

ハンドルを握りながら、坂道の下に広がる須磨の海を彼なりに解説してくれるんを、

「ちいとお黙り。店に向かう時は静かにおらして」

とたしなめななならん私でした。ここらで育った人間には、やはり海は、何より誇るべき風景やったんでしょうな。たしかに、じっと静かにみつめていたい海でした。

今日も、玄関前の白砂の車寄せには、ボンネットを黒光りさせた車が待機しとりました。〝荷物持ち〟として、誰か女中を一人連れて行くんが常やったんですが、荷物いうたかて、実印や銀行印をまとめて入れた信玄袋ただ一つだす。結局、旧宅を掃除させるためでした。ほんまは私のお付きは珠喜だすけど、留守には留守の用事もありますことで、店へは皆を輪番にして伴うことにしとりました。家は、人が住まんようになったらたちまち廃墟《はいきょ》になります。そのため、時折こっちで泊まるようにもしとりました。そやのうても、いつでも私らが住んどった時同様に風を通し、きれいにしとかななりまへん。

「すんまへん、遅うなりましたー」

〝荷物持ち〟の珠喜が滑り込んできます。腕に抱えた草花は、店に飾るために、裏庭で丹誠込めて育てたもんだす。まだ慣れへん自動車の後部座席、私の隣にちんまり腰掛けた珠喜を、しげしげと見ました。

「今日はあんたやったかえ?」

なんやここのところ、この子ばっかりついてきとる気がしたんだす。

「へえ。二階のかたづけ、うちがやりかけてまだ終わってまへんので」

そない言うならしかたおまへん。けどほんまのところ、こんな子やったって、隠居所のような須磨の海山より、活気のある栄町の方が楽しいんやないでっしゃろか。

店に行ったところで、私の仕事なんぞ、ほんの数時間で終わってしまいます。

私が姿を現すと、お茶の一つも出さならんし、淹《い》れ方がまずいと文句も言う。私のかさが高いんはようわかっとります。けど、忙しゅうて金子はんや柳田はんがそう店じゅうこまかいとこまで目を光らせるわけやおません。西川はんが支配人として皆から慕われてはおりましたけど、煙たい人間が他におる、いうんは悪いことやないのだす。西川はんとて、仕事を通じて時には親しくなったり、くだけた空気にもなれば、つまらんことで叱《しか》ったり注意したりはしとうないはず。その点、私なら、いつも店員との距離は一定だす。気もひきしまりますやろし、時には志気も高まりますやろ。

金子はんは、こんな私を、

「お家さんにはお好きにしてもらえ」

と皆に言うて、ちゃんと立ててくれとりましたし。

一日も欠かさず店に出勤するんは私の覚悟でもおました。創始者たる者の務めとは、要は、達者でこの世に存在することなんだす。私は死ぬまで、仕事して生きとりたいんです。いや、そうせんことには申し訳ない、いうんが本音でした。

働かざるもの食うべからず、と言いますけんど、御殿でちんまり座っとるんは、罪悪感さえありました。息子みたいに、遊んどるんか仕事しとるんかようわからん、という近代的な社長職には、どうも馴染まんん昔気質《かたぎ》は、いまさらどうにも直せんもんだす。

帰る自動車の中で、よねは思わず鼻歌を歌いそうになって、そしてぐっとおさえた。今日は店で、いつもの仕事以外に思わぬ収穫があったのだ。だが、歌うなど、まったくもって自分らしくない。

そうしてこらえたのにもかかわらず、車の中には、鼻歌が通り抜けていった。目を動かせば、それは隣に座った珠喜であった。流れ行く車窓の景色を追いながら、ふんふんふんと、小さく弾んでいるのがよくわかる。

この娘は喜怒哀楽の感情をよく顔に出す。表情に乏しい愚鈍な娘よりは見ていて楽しいことは事実であったが、今日はまた何が原因で浮かれているのやら。

なる。

「なんぞええこと、あったんか」

我を忘れている人間を、そっと隣で醒《さ》めて眺めていればよいものを、つい知りたく

珠喜は飛び上がらんばかりに慌《あわ》て、

「そらもう。二階の掃除が終わったからだす」

言いつくろったが、実際、珠喜は心臓が飛び出すかと思った。今日は本当はウメの当番であるのを代わってもらってまで、店に来たのである。ウメには、仙吉との逢《あ》い引《び》きに出掛ける時の代わりを引き受けた。むろん、そこまでして本店に来たのは二階の掃除のためなどではない。

旧宅の掃除はそこそこに、本店に出向いて行った先は砂糖部だった。神戸によねのお供で訪れるたび、何度か通って、店の勝手はわかっていた。大里の成功により、この年、いよいよ鈴木商店は上海《シャンハイ》にも支店を出し、柳田がその統括者として出向している。

だが珠喜が知りたいのは、その新しい支店のことではない。

——あのう、ちかぢか台湾への連絡便はおますか？

担当の店員は、お家さん付きの上女中の来訪に、てっきりお家さんのご用だと思い

こむ。まさかこんな小娘が台湾に用があるとも思えないからだ。

——毎日出とるが？

——そんなら、明日の便にこれを。

手渡したのは、台南《タイナン》出張所に宛《あ》てた封書であった。

長く北投《ペイトー》温泉の陸軍療養所にいた田川が、金子の熱心な呼びかけでふたたび鈴木にもどることになったと知ったのは一月《ひとつき》前のことだ。お家さんが出した葉書の宛名《あてな》を盗み見て、彼が台南の出張所で働き始めたことを知ったのだ。こっそり自分もはがきを出した。彼の復帰が嬉《うれ》しくてならなかったのだ。当然ながら返事などもらえるはずもなかったが、それでも、彼がこうして神戸につながっている事実が目に見えるようになり、どれだけ嬉しいか知れない。再度、手紙を書いて、その喜びを伝え、励ましたかった。珠喜はすっかり、彼を案じる家族のような気分でいたのである。それはおそらく、店の者を一人一人案じるお家さんの影響だろう。店の中でももっとも気の毒な境遇にある田川を折につけ思いやるよねの心は、そのまま珠喜の思いであった。むろん、よねは他の者たちにも同じだけの気を懸けており、珠喜が田川だけを見守るのとは少々違っていたのではあるが。

大人びてはいても若さが滲《にじ》む硬い文字の並びはお家さんの手跡ではないが、お家さんなら代筆もありうる。差出人の名を記さなくても、須磨から、と言って取り次がれるその封書は、すぐに誰の手紙かわかるにちがいない。

本文は、掃除と称して旧宅の二階に上がった時にしたためた。そこには以前のままに坊ちゃん達の文机《ふづくえ》があり、硯《すずり》と筆も備わっていた。

内容は、須磨の様子を綴《つづ》っただけの、何の意味も持たないものだが、何度も何度も下書きをした上、清書も何度もやり直した。文字を書くのは不得手でなかったが、女が男に文を書くという行為は珠喜を興奮させた。あんなにすさんだ彼の心に、楽しい話を届けたいという、ただそれだけの動機であったにもかかわらず。

――よっしゃ。確かに預かった。

担当の店員が受け取ってくれた時、珠喜は快哉《かいさい》を叫ぶように、おおきに、と叫んだ。

「ほう。そらよかったな」

人にとっての喜びのものさしは、実にさまざま、異なるものだ。本当の理由を知らないよねは感心する。掃除が完了したという程度のことでも鼻歌が出る。人とは気の持ちようでこの人生を喜びながら生きていけるものかもしれない。そう考えれば、もうよほどのことでは何かに喜ばなくなっている自分が、とても損をしている気分にすらなってくる。

それでも、今日、店で得た情報は、よねをひさびさに嬉しい気分にした。

一つは、はからずも珠喜と同じ、田川にまつわることだった。

金子の配慮で、台南の出張所で彼を受け入れたと聞いてから、だれか彼に寄り添う伴侶《はんりょ》となってくれる娘はいないか、探していた。片腕が不自由なら、そのことも了解の上で、文字通り彼の左腕となってくれるような優しい娘を。——難問だったが、幸いなことに、実家の近所から、夫が戦死して後家になった女をすすめてきた。身もとはしっかりしているし、なにより、同じ戦争の痛みを知る者ならば、きっとうまくいくにちがいない。

土佐の彼の親元に打診すれば、とうに家を離れた次男坊、店でそこまで気遣ってもらえるのは何よりの幸せと、すべてよねに一任する意の丁寧な手紙も届いていた。

お国のために働いた者が、幸せにならぬ法はない。どうか田川が幸せになるように。心の重荷が下りた思いのよねに、さらにもう一つ、心はずませる出逢いがあった。それは、この珠喜にかかわることだ。

「あんた、年はなんぼになりました？」

まだ気が早い。いや、そろそろ。自分の胸の中の不確かさを拭《ぬぐ》いたくて、よねは訊《き》いた。

「十七です」

ほう、と嘆息が洩《も》れる。この娘が柳田に連れられてこの家に初めて来た日から、すでに十年もたっていたのか。

「そうか十七になっとったか。年が明けたら十八やな」

当たり前のことをつぶやきながら、よねは、だとしたら早すぎない、と考える。

「そろそろ嫁にも行ける年やな」

言うと珠喜は耳まで真っ赤になって、

「そんなん、まだ、考えられまへん」

怒ったように下を向いてしまった。だがよねはまんざら冗談を言ったのではない。

あの青年はたしか二十歳。棚倉拓海《たくみ》、学卒で米穀部に入り、まだ日は浅いが、めきめき業績を上げているというのは、西川の保証つきだ。

まずそのさわやかさがいい。金子を筆頭に恰好《かっこう》をかまわぬ男どもが多い中、きちんと髪に櫛目《くしめ》も通し、身なりに気を配った様子も好ましい。賢く冴《さ》えた目もよかった。

両親とは早くに死別し、金子の書生となった後、その援助で神戸高等商業を首席で卒《で》てきたという経歴も感心というほかはない。

見込みのある若者をみつけると、金子は自宅に住まわせて書生とし、衣食住の保証はもちろん、夜学にも通わせ、優秀な者は一時店を休ませてまで、学費を全額負担し東京に遊学させたりするような太っ腹な男だった。「本と人間の価値は最も安い」というのが彼の信条で、実際、それら子飼いの者たちが後に金子をささえ鈴木を担《にな》っていく第一線の仕事人へと育つのである。

とはいえ、そのたび妻のお徳は彼らを養うためにどうやって家計をやりくりしようかため息をつくのだが、金子はおかまいなしだ。すでに何人かの人材が巣立っているが、時には、甘すぎる金子の扱いをいいことに、花の東京での遊学中、もらった金を遊里で使い果たして墜《お》ちていく者もいた。だが、拓海は、金子とは土佐の同郷だけに、いっそう自分を律して学業を修め、金子の厚意に報いているという。

そんな気概ももちろん気に入ったが、よねにはよねの、女親的観測もある。身寄りがないのは、珠喜も同じ。その点だけでも、わずらわしい婚家のつきあいからは解放されており、珠喜が暮らしやすいだろう。自分自身、岩治郎にわずらわしい親戚《しんせき》づきあいの必要がなかったことは、最初の姫路の婚家と比べてどれだけ気楽だったことか。第一、釣り合いを重んじるこの時代の結婚だが、有能な二人が互いの身一つを資本にあらたな人生を始めるのは、またとない縁のように思われた。

「いっぺん、あんたのお父はんの墓参りに行きたいもんや」

行って、墓前でこのことを相談したかった。この子が来た日、柳田から預った養育費は、嫁ぐ日のためにと、手つかずで置いてある。娘の未来を託して自分のところに寄越した惣七ならば、よい男のもとに嫁がせることをきっと喜んでくれるとは思うが、本当に自分一人で推し進めてしまってよいものか、墓の前で許しを乞《こ》いたい。

一方、よねの言葉で珠喜が真っ赤になったのは、誰にも内緒で田川に文を送った後だけに、結婚という言葉がすぐさま田川に直結してしまったからだった。

折から車は、町を出ていく境のあたりで止まっていた。荷車が道をふさいでいるからで、まだ自動車が通るのが珍しい細い道だけに、じろじろ見物人も集まってくる。

「なんやぐずぐずと。うちが降りてどかせてきます」

それ以上車の中にいたら茹《ゆ》だってしまう。そんな気がして、珠喜はみずから車を降りた。

どうかしている。田川のことは、懐《なつ》かしい父の面影に似た人として慕ってはいた。胸はずませる台湾での見聞を話してくれる時、たしかに珠喜は息もつかずに彼だけをみつめていた。いずれ誰かのもとに嫁に行くなら、田川のような男がいい。そんな思いは、少女から娘へと成長していく珠喜の中で、静かに、ゆたかに、醸成されていたらしい。それはあるいは、恋に恋するようなものだったかもしれないが、若さ特有の一途《いちず》な熱が彼への思いを特別なものにしていったことは間違いない。珠喜は人だかりに向かいながら考えた。以前、お家さんは、彼のそばに誰か優しい女が付いて世話をしてくれたら、とこぼしておられた。その役目、自分ならできるのに。

両手を振り上げ、物見高い通行人を懸命に散らす珠喜の姿を車の内から眺めながら、よねは苦笑し、やっと気兼ねなく鼻歌を鳴らした。

店に毎日通うて、たまにそういう胸の沸き立つようなことがあるかと思えば、なんでわざわざ店になんか来たのやろと落ち込む日もあります。

たいがい、それは、息子の顔を見た時でした。

その日、二代目の秘書の青木元太が、金子はんのところへ、若旦那《だんな》からと、金をもらいに来たのだす。

「金子はん、待ち。その金、私《わて》が持って参じます」

二代目が恥をかかんようにと、すでに金庫から相当額の札を出してきとった金子はんを制して青木に向き直りました。

「あんた、案内しなはれ」

へえ、と身を縮こめながら青木はさかんに目で金子はんに救いを求めておりましたが、私が言い出したらどないもならんのは金子はんとてよう知っとります。たのみの金子はんに、ご案内せんかい、と命じられれば、おずおず先に立って行かななららんのです。

「あんたも男でっしゃろ。鈴木に来たんは何か大きな商売をしよ、いう気やったやろうに、何ですいな、こんな、幇間《たいこもち》みたいなこと」

それをさせとんのが我が息子とはいえ、彼のためにもこういうことは終わらせななりまへん。第一、家にきれいな妻がおるのに、それをほうって、連夜遊びふけるとはなにごとでっしゃろ。兎三はんは、二代目の子をみごもっとるというのに。

息子が帰ってこんたび、私は申し訳のうて、その分、兎三はんを大事にしてやるのだす。私のような学のない義母でも、よう敬い、つくしてくれる、できた嫁だす。あの子を泣かすなんぞ、許しまへん。

私はよほど怖い形相をしとったんでしょうが、自分でも、さらに顔がひきつったんを自覚したんは、青木が案内した先が千歳花壇やと知ったからだす。聞けば、二代目は、ここの特等部屋に毎日芸者を上げて居着いとるのやとか。青木なんぞは、そのおこぼれをもろうておもしろおかしゅう過ごして来たんに違いおません。

表に私が名乗って立つと、取り次ぎの女はころげるように奥へ呼びに入っていきます。

けど、出てきたんは二代目やなしに、なんとこの旅館の女将《おかみ》、そう、あのお千でした。

「これはこれは、鈴木のお家さん。こんなとこにわざわざお出ましいただくとは」

髷《まげ》を高く結い上げ、ふっくらとした真綿の結城《ゆうき》に身を包んだお千は、うちで女中をしとった時とは見違えるばかりの貫禄《かんろく》でした。へえ、思わず私がひるんだほどに。

そやけど、こんなことで躊躇《ためろ》うてどないしますねんな。さあ中へ、と促されるんを断って、私は三和土《たたき》に立ったまま礼を言いました。

「当店の二代目がえらいお世話になっとるそうで。秘書が代金、取りにきましたんを、お届けに上がったんだす。いかほどになってまっしゃろ」

お千はその場に裾《すそ》を払って膝《ひざ》をつき、私と目線を同じくすると、やんわり笑って言いました。

「そんなもん、いつでもよろしぃのんに。逃げも隠れもせん鈴木商店の二代目はんや。いちいちお代取り立てるほど、けちな商売してまへんのえ」

それは私に向こうを張っとるんか、それともそう聞こえるんは私が意地悪やからで、お千はただ素直に代金などいつでもよいと言いたかっただけなんでっしゃろか。たぶん後の解釈が正しいんでっしゃろな。それでも私がまだ警戒を解けんとおったんは、見違えるばかりのお千の容貌《ようぼう》に、夫岩治郎が愛した女のおもかげを思ってみたからかもしれまへん。

「けど、この秘書が、わざわざ店まで取りに来ましたんえ」

言うと、お千はまたにこやかに微笑《ほほえ》み、

「ああ、それ。……旦那はんいうたら、賭《か》けに負けておしまいになったんや。昨夜、ここでお店の会合がありましてな」

まるでその場を思い出すかのようにくくと笑《わろ》うたんでした。なんでこの旅館が流行《は》っとるんか。お千を見とったらしぜんとわかりました。うちの店におった時は、愛想なんぞ邪魔なだけでしたけど、ここはお千の、誰をもひきこむその柔らかさが魅力になって繁昌《はんじょう》しとるんだす。それに、お千は、女の目から見ても美しゅうなっとりました。きっと、周りの視線が女子《おなご》のたたずまいを磨いたんですやろな。

そのお千が話してくれることには、鈴木商店がここで接待用の宴会をする時、そろって酒の飲めん金子はんや柳田はんは、まがりなりにも場にうち解ける柔軟さはあるものの、カタブツの西川はんは、さっぱりらしいのだす。いっつも商談がすんだらさっさと帰ってしまうんで、座敷の空気もどことのう白けてしまうんですて。それでええやないの、と私ら女は思います。けど、男はんの世界では、それは無粋ということになるのだす。息子は、そんな西川はんを、つきあいの悪い奴《やつ》やとからかい、芸妓《げいぎ》らに賭けを申し出たんやとか。つまり、誰か、西川はんを商談の後まで引き留めたなら、室町《むろまち》に連れて行って帯を買《こ》うたる、言うたんですて。

「そやけどあきまへんでした。やっぱり西川はん、帰っておしまいになりました」

そんなら息子の勝ちだすやないか。

「いいえ、それが、……きっと豆花やったら西川はんを引き留めるやろ、と、若旦那、お召しになっとる着物を、さらにお賭けになったんだす」

着物がなければ帰るに帰れまへん。息子はしかたなく自分の着物を買い取ることにしたと言うのだす。お代は、芸妓の帯。

ほんまに、呆《あき》れた話だす。賭けに勝ったいうのに、結局帯を買《こ》うてやらなあかんとは。堪忍袋の緒が切れ、私は後ろに控える青木に思わず声を荒げてしまいました。

「これ。店にもどって、私の車ここへ回すように言うてきなはれ」

お千も驚いたところを見ると、二代目はまだ部屋で寝とるんと違うんでっしゃろか。

「世話かけましたな。店で、ちょっと主人の裁決を仰がんとあかんことがおますんで、連れて帰らせてもらいます」

お千に命じられ、慌《あわ》てて座敷へ駆け上がって行く仲居を見送り、ふたたび私とお千は二人きりで向き合いました。それは一種、張りつめたような空気でした。

「いつも鈴木商店さんにはご贔屓《ひいき》にしてもろて」

知りまへんでした。私が判子を押すべき決済の書類には、いちいちどこで接待したか宴会したかなんぞ、細かいことは書かれてまへんさけえ。けど、接待するにも、神戸で一番と名の聞こえた千歳花壇なら、鈴木が使わんわけにはいきまへんやろ。田川はんが復員した時やったかて、急な宿として世話になったことでもわかります。

「金子さんにも、よう可愛《かわい》がってもろうとります」

胸をえぐられるような気がしました。このお千を嫁にもろうてくれと頭を下げて来た日の金子はんが思い出されたからだす。あんな顔を見たんは、後にも先にも一度きり。おそらく、座敷で二人、再会した時、なんぼ酒の飲めん金子はんでも、つい懐《なつ》かしさに、そんな昔話もしたんとちゃいますやろか。

「そんなら、この意地悪婆《ばばあ》のことも知っとりますな？」

隠すことはおません。今は金子はんにはお徳はんというでけた嫁さんがおって、賢いお子ら五人も授かっとるんだす。それは私がお千を払いのけたからこその幸福やということに、私は胸を張りたいほどだす。

「お家はん、気を遣《つこ》うてくださらんでええんだっせ。うちかて、選ぶ自由はおます。こう見えて、うちを援助したいと言うてくださる旦那衆は少のうおませんのやで。もちろん、金子さんはええお方やけど、……」

そこまで言ってくすくす笑《わろ》たんは、あるいは私に対する気遣いやったんでひょか。

「いや、そんなん言うたら怒られますな。けどほんま、うちはこれでよかったんだす」

見てくれはあんなんでも、あれだけの男だす。ここまで商売を伸ばしたお千が、金子はんのほんまの値打ちを見抜けんはずはないのだす。

息子を守るために店を追い出し、金子はんの願いもきかず、私は冷たい鬼や、とずっと自分を責めてきました。けどそないせんと、家も店も息子も守れんかったんや、そんな言い訳で、やっと気持ちの均衡を取ってきたんだす。

そやのに、今のお千の言葉は、長い間の私の引け目を、一瞬にして溶かしてしまう力を持っとりました。過去に起きた不遇を少しも責めず、恨まず、今が幸せと言い切るその心持ちが、なによりこの日の成功の元になったんでっしゃろなあ。

「順序が逆になったけど、あんた、ほんまにここまで、えろう繁昌でようおましたな」

思えば大人げもなく、私はそんな風にねぎろうてやるんも忘れとったんでした。お千は驚いたようですが、すぐに、おおきに、と頭を下げました。

「ここまでになるんに、いろいろ苦労もありましたやろ。たいしたもんだす」

しみじみ言うと、お千は激しくまばたきました。

「お家さんのおかげだす」

その返答に、思わず固まってしもたんはほんまだす。

よもやそんなことが言えるなど、ほんま、さすがというべきだすな。あくどい者やったなら、血縁をねたに、なんぼでも金をせびりにも来たでしょうに、あの時こっきり、文字どおり手切れ金として受け止めてくれたんは、せめてもお千の人柄によるもんでした。これも、死んだ岩治郎が残してくれた血ですやろか。そう考えたら、私は言わんとおれませんでした。

「死んだお父《と》っつぁまが、あんたをずっと見守ってくれてなさるんやろ」

二度と岩治郎を父とは呼んでくれるな、いうんが最後の約束でした。そやのに、今、同じ私がお千の父親のことを持ち出したんだす。お千は窺《うかが》うように私をみつめました。

そして、ただふかぶかと頭を下げて、

「おおきに。ありがたいお言葉だす」

それだけを言いました。

なんや、長い間、喉《のど》の奥につかえて飲み下せんかったもんが、すとんと溶けて腹におさまっていく、そんな気がしました。

ちょうど、背後のかどぐちに、車が着いたようだす。

「ほな、車の中で待っとりますさけえ」

もうそれ以上、話しとったら、私がなさけない女になりそうでした。上がり口の板の間に、つかんで来た金をまるごと置いて、今度は私が頭を下げる番でした。

「やっと二代目を嗣《つ》いだかて、ご覧の通りの息子だす。あんた、これからもどうぞよしなにな」

誰も知らへんこととはいえ、ここで遊びほうけるわが息子は、お千にとっても腹違いの弟になるのだす。私は、自分のふところから飛び立って行った若鳥を、こうして世間に託さなあかんのでした。

「別状《べっちょ》おまへん。二代目は、立派なお方だす。お家さんはなんも心配なさらんと」

そない言うてくれるんがお千やいうだけで、誰に慰められるよりも救われる私だす。

車にもどりながら、ひさしぶりに死んだ主人を思いました。あんた、ええとこに安全柵《さく》をめぐらしとったんですな、て。

二代目はふてくされて出てきました。もう子供やないのに、大鈴木商店の主人やのに、お母はんが迎えに来るなんぞ恥ずかしい、そやからいつまでもお母はんはえらい女子《おなご》やと噂《うわさ》されるんや、……。酔い覚めの青白い顔でつぶやく愚痴は、駄々っ子も同然のなさけないもんでした。

「お黙りなはれ。こうしとる間《まあ》に、東京から知らせが来たらどないするんだす」

嫁の兎三はんは出産のため、先月から東京の実家へ往《い》んどるのだす。月は満ちているはずで、私も千代子とともに、あの子に次ぐ孫の誕生の知らせを今日か明日かと待っとるのだす。そやのに肝心の父親が遊びに行って家におらん、なんぞ、電話口でも言えたもんやおませんん。

けど、嫁がおらん間に、息子の心を入れ替えようなど、どだい無理な話やったんですな。道理をわきまえ、賢い母、賢い主人であろうとすればするほど、私は息子の行動に安心できず、心の狭い女親であるおのれの正体と向き合い闘わねばなりまへんでした。これは、私に負わされた業《ごう》というもんでっしゃろか。

はい、息子をひきずって帰ったところで、いたちごっこだす。

「珠喜。ウメ。二代目はどこや。呼んできて」

その夕べ、東京からの電話に、須磨の家はわきたちました。兎三はんが、無事に女児を産んだのだす。のちに、柳田家に嫁に行って、両家の絆《きずな》をいっそう強固なもんにする架け橋になる政江だす。

「それはそれはお手柄や。すぐに二代目と代わりまっさけえ」

電話口でも喜色満面のお岳父《とう》はんが目に浮かぶような吉報を、早《はよ》う二代目がじかに受け取るべきだした。けど——女中たちに呼びにやっても、もうそこら近所に姿はないのだす。

「すんまへん。あいにく、店の方へ行ってしもうとります。昼から急に裁決をあおがなあかんことができたとかで……」

苦しい言い訳が、第一子誕生の喜びに沸く相手にばれへんかったんは幸いでした。こんなことまで尻拭《しりぬぐ》いせななならん、母とは、なんと哀《かな》しくむなしいもんでっしゃろ。

男児いうんは、どれほどいつくしんで育てても、いつかは母のもとを巣立つもんなんだす。そして自分で築いた巣からさえ、時としてこないして飛び立とうなるんでっしゃろ。

自由を求める人の心を、なんぼ母でも、縛り付けとくことはできまへん。この屋敷は、私がおる、いうだけで、やっぱりあの子にとっても流刑地《るけいち》やったんでひょな。

「ほんま、しょうのないお人や」

子供は母に夢を与え、大義を与えてくれました。それが生きる歓《よろこ》びそのものやった、あの子らの幼い時代が懐かしゅおます。わが子をそのふところに囲い込み、飢えんように、寒うないよう濡《ぬ》れへんように、彼らをはぐくむ母には、どんな苦労も苦労にならへんのでした。いや、それどころか、どれも、自分が確かに生きとるという実感を与えてくれたように思えます。そして今また、嫁と築いた巣の中で幸せに暮らしてくれるよう願う苦労。

母の役目を終えた私は、一人の、ただの無学な女だす。火事になったら風呂敷《ふろしき》包み一個だけしか守るべきもののない、取るに足りひん人間なんだす。

そやのに、須磨の御殿はあまりに広く大きく、息子を呼ぶ私の声をむなしく響かすだけでした。

そんな時、落ち込む私をさらに突き落とすことが起きます。同郷の姫路から来てずっと隣人として心賑《にぎ》やかな話し相手になってくれた柳田はんのご妻女おむらどんが、三人目の子の出産で命を落とすんだす。女にとって、出産が命がけの時代でおました。まだ三十代の若さでした。

むらの死は、よねに深い打撃を与えた。

家のこと、店員たちのこと、決断に迷う大きな問題に直面すると、いつもたのもしい相談相手を務めてくれたむらである。新妻の兎三にとっても、よねとの間に立って何かと助言をしてくれた大先達であり、全幅の信頼を寄せる友人でもあった。それだけに、病床を見舞う折にはわざわざ高名な八卦見《はっけみ》にたのんでその回復を祈願したほどなのだ。

むら一人欠けていなくなったそのことが、女たちに、まるで自分の右腕をもぎとられたような喪失感を与えたのも想像できる。

死因は、三人目の子にあたる女児を産んだ後の肥立ちがよくなかったためだった。この時代、女はその生涯で多数の子を孕《はら》んだが、母も子も、死の確率は今と比べようもなく高かったのだ。

むらを弔う儀式が過ぎゆく中で、すっかり気力を落としたよねを、日々身近にいるからこそ、珠喜は見ていられない気分だった。田川がどうしているか話題にし、それとなく神戸に出張でもどる機会をお家さんから作ってもらおうか、それともお家さんに渡台をすすめてみようかなど、胸高鳴らせながら企《たくら》んでいたのに、とてもそんなことを言い出すどころでない。今は御寮人が家の中のことを一切取り仕切っておられるから支障はないけれど、毎日体だけ車に揺られて神戸に通うのが仕事というのは、あまりにもお気の毒だ。本当は、もっと溌剌《はつらつ》と体を動かすお方であるはずなのに。

何か気晴らしになることをしてさしあげたいと焦《じ》れるところへ、田川から初めて自分宛《あて》の手紙が届き、珠喜は狂喜した。

「宛名に珠喜とあるからお前やろうが、……」

女中に届いた手紙が台湾からというので、郵便を受け取った門番はたいそう不審がったが、珠喜は堂々と言い負かしてそれを受け取った。

「目下の店員が、直接お家さんに宛てて手紙を書けるわけあらへんやないの。こないして、近くにおる者の名前を書くんが、学のある者の礼儀というもんや」

秘め続けてきた田川への思いを他人に知られて嗤《わら》われたくはなかった。ただ手紙一枚ででも、彼との糸がつながっている、それだけでこんなにも幸せなのだから。周囲への配慮は実に慎重なものだったが、苦労してもなお価値のある手紙。田川の文字は、その人柄どおり木訥《ぼくとつ》で、しかも短く、締まった文章だった。いつも神戸のことを知らせてもらっていることへの礼があり、お家さんへのいたわりがあり、そして、せいぜい尽くして働くようにと忠告もあった。

それはどれほど大きな励みであったろう。とりわけ、彼が最後に記した一行は、珠喜の心で強烈に光った。

──大きな船の入る基隆《キールン》の海の色は緑です。海は、眺めるだけで人の心をなごませます。神戸の、銀色のおだやかな海が、懐《なつ》かしいです。

そうや、海や、ここには須磨の海がある。

思いつくや、珠喜は頬を輝かせた。海こそが何よりお家さんの慰めになるのではないか。

「お家さん、明日の朝はお楽しみがありますさけえ、今夜は早《はよ》う寝てくださいな」

そのたくらみは、珠喜を自然と浮き立たせた。まるで田川とともにこの計画を進めているかのように思われて、珠喜は心の中で田川に手紙を書いた。明日はお家さんを驚かせるつもりです。どうぞ力を貸してくださいな、と。

「いったい何やいな」

いぶかるよねを、朝にはただうきうきと微笑《ほほえ》みながら浜へといざなう。

海の幸に恵まれた須磨の暮らしに馴染《なじ》むにつれ、珠喜はよねの魚の好みはすっかり把握し、きまった漁師を出入りさせて買い入れてもいる。漁師の辰三《たつぞう》は黒光りするほどに日に焼けているが気だてのいい男で、メバルや鱧《はも》など旬《しゅん》のもの、新鮮な蛸《たこ》に石鯛《いしだい》など、瀬戸内ならではの姿のよい魚に絞り、朝の漁を終えるといつも木箱にその日の収獲を入れて、鈴木家の勝手口へと直行してくるのだ。

その辰三に、珠喜は協力を頼んだ。お安いご用、と二つ返事で引き受けてくれたそのたくらみを、よねは珠喜に連れ出された磯辺《いそべ》で目にすることになる。

およね丸、と墨で書かれた幟旗《のぼりばた》を立てた漁舟が、波打ち際《ぎわ》でよねを待っていたのだ。

「これ、うちの舟かえ？」

まず目を引いたのが幟に記した印の意匠で、よねを表す「米」の文字を、骨格になる「十」の字の頂点を結んで囲む菱形《ひしがた》にして描いてあった。なるほど、こうして眺めると「米」の字は幾何学的だ。

「ほんに、うちの舟やがな」

呆《あき》れながらも、よねの顔には子供のような笑みがにじむ。辰三は、たのんでおいた釣り竿《ざお》も調達してきて、大漁めざして行きまっせ、と景気のいい声を上げる。釣りは子供の時以来、そして海釣りは初めてだが、大好きなことは手を助ける。

天気にも恵まれ、海は磨き上げた銅鏡のように凪《な》いでいた。辰三はのどかに舟を漕《こ》ぎ出し、魚の回遊する地点へと運んでくれる。よねは釣り竿に餌《えさ》を取り付けることにもすぐ慣れ、竿を入れれば次々魚の釣れる景気のよさに、ついには顔を崩し声を上げてはしゃいだ。

ここちよや　浪《なみ》なき海に　舟うけて
　うらやまれつつ　釣り垂るるかな
巧まずして、そんな歌が生まれてくる。

「大漁ですな、お家さん」

辰三も珠喜も上機嫌だ。よねは何日ぶりかではればれと外の世界を楽しんだ気がする。空を見上げた。そして岸を眺めた。なだらかに裾《すそ》を引く六甲の山並みが緑に煙り、こんな美しい陸地はあろうかと思われた。——神戸なのだ。

自分と同じ播磨《はりま》生まれのキヨも、むらも、この地に嫁ぎこの地で死んだ。それも、晴れては曇って、凪いでは荒れる、地上の気象と同様、うつろいゆく自然そのもの、森羅万象の理《ことわり》というものだろう。

ゆるやかな波の揺れが、自分もまた地上でたゆたうちっぽけな浮き船なのだと感じさせる。いずれ自分もこの地で果てるだろう。ならば、地上で与えられた自分の時間を、筒一杯まで生き抜いてみせることだ。

太陽に目を細め、珠喜が言った。

「須磨はええとこですな」

波間にいると、よねにはその昔、ここの続きの屋島の海で、岸の敵方に向かって扇を掲げ、射抜いてみせよと手招きをした平家の女官のことが思われた。彼女らにとって、瀬戸の海は、源氏に追われて都落ちしていく途上の仮の宿りの通過点にすぎない。それなのに雅《みやび》な心は朽ちることなく、明日をも知れぬ運命さえも、そうやって敵の弓の名手とつかのま楽しむ心地をみちびきだした。そのおおらかさは何だったのだろう。

舟ばたを、とっぷん、とっぷんと波がゆたかにささやいていく。

店に執着し、家に、息子に執着し、それだけを人生の目的として生きてきた自分の人生が波間に揺れた。この海も、空も、風も、岸の眺めも、普通の女房だったならとうてい味わえぬ世界であった。よね、五十七歳。平凡な商家の女房が、こうして大海原の舟の上にいる。あらためて、どんなところに暮らそうとも、流人には流人の幸せがあることをかみしめる。都落ちの平家の女官たちの心をなぐさめ、開き直って滅びをまともにみつめさせた、それもこの海がなせるわざだったのだろう。

もう息子のことにはかまうまい。店のことにもこだわるまい。もう終わってよいのだ。潮風に優雅にはためく幟はそう告げる。これからは違う目標をかかげて舟を進めるのだと。

「若い頃、占いで、私は船を持つんやと言われてな」

空を見上げる。古い話だ。だが、あの占いが、もうこれ以上のものを意味していたとは思えない。こんな小さな舟ではあるが、自分は占いどおり、「ふね」のあるじとなったのだ。

舳先《へさき》ではためく「米」の印をもう一度見た。するとその先、波打ち際に、ぽつんと立ってこちらを見ている男に気づく。形の崩れた帽子で、一目でわかるその男は、おそらく商用のついでに本家に立ち寄った金子だろう。よねが海に行ったと聞いて珍しく思って見に来たのだ。

「金子はーん、どないだすー、ええでっしゃろー」

はしたないほどの大声で珠喜が浜辺に向かって大声を出す。金子が、帽子を浮かせて応《こた》えた。

「じっき帰りまっさけえー」

金子は大きく手を振って返した。おそらく、海に遊ぶよねに、彼も満足しているだろう。主人に楽をさせたい。喜んでもらいたい。それは彼の何よりの願いであったからだ。

彼がこの時、よねを乗せたその舟を飾る幟の印に、鈴木商店そのものの印、ダイヤモンドの社章の意匠を思いついていたことは、よねも珠喜も後になって知ることだった。

店や息子のこと以外に、何か自分の楽しみをみつけなあかん、と思い立つんはすぐでした。それまでの私の楽しみゆうたら、この家に嫁いで以来ずっと付けとる当座帳ぐらいのもんで、半紙一枚、鍋一個買《こ》うても洩《も》らさず記した几帳面《きちょうめん》さは、二代目に言わせれば、

「それは楽しみというより習慣やおませんか」

ということになってしまうんですさけえ。ひとまず、短歌を習うことから始めました。自分で言うんもおかしいんですが、もともと百人一首は得意だした。女正月に店の女房たちとカルタをしても、私《わて》にかなう者はなかったほどだす。ひたすらうちこむ短歌は、のちには西宮の吉井勇先生に師事を許されるまでに上達します。

励みになったんは珠喜でした。舟あそびを楽しませてくれたように、たえず行動をともにすることになったこの娘とは、歌を練るんも一緒でした。

春には、屋敷の前の池のほとりに桜が咲くのを眺め、時には花見でにぎわう須磨寺まで、弁当持ちで総出したこともおます。夏には夏で、早起きの私も、露にうるおう一面の原につゆ草の絨毯《じゅうたん》を踏み、頭をめぐらせては、大海原に浮く船を眺めて過ごしたもんだす。

皆を呼んでねぎらうための遊びも、歌を作る者には貴重な体験の場となります。また、誘うてくださるお方があれば、遠く富士やお伊勢はんや厳島《いつくしま》など、珍しい土地にも出掛けました。もちろん、珠喜は私の身の回りの世話のために連れて行きます。

おかげで珠喜は門前の小僧、歌にもえろう詳しゅうなって、

「宇治はしを……、渡れば広し五十鈴《いすず》川、といくか。いや、涼し、といくか……さて」

一つの言葉をめぐって悩んでいる時など、横からいともたやすく、

「広し、とした方が、お伊勢さんに着いてぱあっと広うなる感じがようわかりますな」

実に的確に指摘してくれるのだす。

　宇治はしを　渡れば広し　五十鈴川
　　すすがぬ先に　こころは清し
たしかにこの方がおさまりがええようだす。

あの子はなかなかええ感性があり、先生からお褒めにあずかる歌をいくつも残しとります。

　聖俗の堺《さかい》をへだつ五十鈴川　ここを渡れば我もあたらし

これなんぞ、同じお伊勢さんの歌ですけど、また私の感じたこととは違《ちご》うて、ようできとると感心しました。

連れがあると、歌はよけいおもしろうなるもんだす。珠喜は上等の歌作の友でした。

わりこもち　何はなくとも　この花の
　さかりながめて　あそびくらさん
はる来れば　都こひしと　うかれきて
　散るまで花に　遊びくらしつ

あはは、遊ぶ歌ばっかりですな。

へえ、歌という仕事がでけたおかげで、やっと遊ぶことが楽しゅうなってきました。

庭で店に飾る草花を育てても、雑巾《ぞうきん》をいくら縫っても、我ながら手際がようて、たちまち作業を終えてしまい、とうてい埋まることのない時間がなおも家の中に充満していたもんですんに、こうして歌を作れば、あっというまに時間が過ぎていきます。

一日が長く、またなすべきことなどたいしてないと感じていたのに、ええ歌を作るんには、時間がなんぼあっても足らんほどでした。

それに、私には、あとからあとから若い者の縁を世話する、大事な役目があったんだす。

まずはウメを、かねて将来を交わし合った樟脳部《しょうのうぶ》の仙吉に添わしてやらななりまへん。それから、田川はんに所帯を持たせてやることも、忘れとったわけやおませんのです。そして、そう遠くない将来、私は、こうしてともに歌を作る仲間の珠喜をも、嫁がせんとあかんのでした。それが、惣七はんとの、約束でしたんやから。

6

よねは不機嫌だった。

台湾の田川から返事が来て、先日送った縁談の釣書を、封も開けずにそのまま送り返してきたからだ。丁重な手紙が添えてあって、お家さんのお気持ちは何よりありがたいと思うが、自分はまだ嫁を娶《めと》る自信がない、などと書かれている。

「何が自信や。ええ年した男が。自信いうんは、嫁をもろうて初めてできるもんや」

つい声に出してなじってしまうのは、自分の親切心が無駄になったことへの憤《いきどお》りに他ならない。

店に問い合わせ、台湾での田川の様子を聞いてみたが、彼が台南《タイナン》の出張所に大きく貢献する仕事をしているのは間違いのないことだった。森林鉄道の敷設《ふせつ》が阿里《あり》山を漸次、進んでいくにつれ、先を争って材木を切り出しにかかった他の商社に先んじて、鈴木商店だけが地元の労働者を大量に雇い入れることができたのも、おそらく台湾にくわしい田川の活躍にちがいない。

　それでも自信がない、とはいったいどういう理由なのか。できることなら、よねは直接、彼に会いに行って聞きたいくらいだ。

　田川は、この手紙を出した後で悩んだのだろう、追いかけるようにもう一通の手紙が届いた。そこには、彼の決意のようなものが素朴な筆で綴《つづ》られていた。自分は台南出張所での仕事を天職として台湾に骨を埋めるつもりだから、神戸にはもどる気はないし、こんな不自由な体の男の嫁になるのに、内地を棄てて来るような酔狂な女が現れないかぎり、縁談のことは捨て置いてくださいますように、と。

「ほんま、台湾へ嫁に行く娘なんぞおりますかいな。王侯貴族の妻にしてやる、ゆうても二の足踏みますで」

　よねの独り言を聞きながら、微笑《ほほえ》んだのは珠喜だった。店の中で誰より偉いお家さんに、ここまではっきり意思表示ができる男は、田川ぐらいではないか。

「なんや、あんたまでおかしそうに。……さあ、これや。本店まで、使いに行っててんか」

八つ当たりとも言える勢いで珠喜に言いつけたのは、米穀部に届ける手紙で、宛名《あてな》は棚倉拓海となっている。

「ボルネオとの交易がえろう盛んになってきて、その足がかりになる拠点を調査に行くのやそうな。大事なお役目やから、本家に招いて、壮行会をしてやりたいと思うてな」

何食わぬ顔で告げたよねだが、実はこれを機会に、拓海と珠喜を引き合わせようとのもくろみだった。田川の件はひとまず作戦の練り直しだが、よねは同時進行でいくつもの話をすすめなければならなかったのだ。

幸い、若い拓海は田川よりはずっと素直で、未来のあるあんたにぜひ薦めたい娘があるのやけどな、と切り出したよねに、お家さんからじきじきにとはもったいない、と恐縮した。そのうち会いに行かせるさけえに、と匂《にお》わせておいたから、珠喜が訪ねていけばわかるだろう。その身一つで鈴木で育った拓海には、よねの息のかかった娘との縁が、どんな価値を持つかわからぬはずはあるまい。

そうと知らない珠喜は、わざわざ拓海を探して訪ねて行くことになる。途中、彼の居所を訊《き》いた相手からは、さまざま、彼がどんな男か知らされることになりながら。

「棚倉……？　ああ、金子はんの書生やった秀才か」

「神戸高商を首席で出たっちゅう、あいつやな」

「何かといえば又新《ゆうしん》日報に投稿して、よう採用されて載ってた男や」

それらの声を、まるで福笑いの目鼻を並べるようにつなぎあわせてできあがった男は、神経質そうな、小難しい理屈をこねる男であった。皆が口に載せる若造という語感からは、自分とさほど変わらぬ年格好も見えてくる。

それにしても、簡単には所在のつかめぬ男であった。本店に机を並べる米穀部から栄町の倉庫、次いで、港の荷揚げ場まで、たらい回しのごとくに、たった今までここにいたという彼の行き先を次々告げられ、追いかけていかねばならない。

じっとしとらん男やな。――まだ残暑の残る九月の午後は、珠喜にたっぷり汗をかかせ、だんだん気持ちをいらだたせていく。

最後に教えられたのは住吉川のほとりの農家で、大きな桃の木を目印に訪ねていけばわかる、と告げられた。百姓ではあるまいに、なんでまた商社の男が田圃《たんぼ》になど。一時間以上も駆け回らされた反動で、珠喜はつい、人に訊くにも尖《とが》った口調になってしまう。

「ここに、棚倉拓海さん、おってですか？」

桃の木のそば、畦《あぜ》には二人の男がしゃがみこんでおり、青い穂を実らせた稲を指さしながら、何やら話しこんでいたのだった。

「俺やが」

立ち上がった男は、珠喜が想像していた印象とはまるで違った。確かに、田川などに比べると線は細かったが、体つきも、面構《つらがま》えも、珠喜の想像よりはるかにしっかりしている。上着を脱ぎ、白いシャツ一枚になってはいても、そのたたずまいからはきちんとした様子もうかがえた。一方、彼につられて立ち上がったのは、菅笠《すげがさ》をかぶった老いた男で、股引《ももひき》に腰からげをした絣《かすり》は旅のいでたちのようでもあるし、そのまま畦に残って案山子《かかし》の役目もできそうな精悍《せいかん》さだった。二人でいったい何をしているのか、訊きたい気もしたけれど、とにかく用事をすませて帰りたい。

「はい、これ。お家さんからの書状をことづかってまいりました」

これが、珠喜が彼に会った最初になる。

無愛想になってしまったのは、あちこち訪ねて回って疲れていたし、日の照りつける田圃の畦は容赦ない暑さだ。それに、会った印象が、彼と自分が同い年であるという思いこみをぬぐわなかったせいでもある。

「あんたは?」

手紙と珠喜を見比べながら、いったいどこの誰が何を届けに来たかを知ろうとする拓海の態度は当然のものだった。しかし同い年と思えば奉公の長い珠喜は高飛車になる。

「うちを知らんの？」

挑むように胸をそらす。

「珠喜、いいます。須磨の本家の、お家さん付きだす。よろしゅうに」

この店の最高の存在であるお家さんにもっともそば近くお仕えする者。珠喜の矜持《きょうじ》は、まだ店でたいした働きもできない新入りよりも自分が上だと誇らせる。

「あっちこっち、回って来ましたんえ。あんた、店におらんと何しとんの」

まるで、思う場所にいなかったことがいけないことであるかのような、非難がましい口ぶりだった。勢いに押されたのと、これがお家さんが言っていらした女かと得心したのとで、拓海は、悪くもないのについ下手になる。

「そらすまんかった。米名人に、予想を立ててもろうとるところでな」

「米名人？」

つい無遠慮に、案山子男を眺めおろす。すると拓海は、

「そうや。知らんのか？」

さっきの珠喜の口調を借りてやり返す。いくら重要人物でも、店の者がオクの者を

知らないように、オクの人間もまた店の人間を知らないのと同じことだ、とでも言いたげだ。珠喜はつんと顔をそらす。やっぱり小賢《こざか》しい男や、と思いながら。

「教えておこう。矢作《やはぎ》一徳はん。鈴木商店の米名人や」

菅笠の下で、案山子男が黙礼する。拓海の偉そうな口ぶりは気になったが、珠喜は思わず、その日に焼けた、無表情な老人に視線を吸い寄せられた。ただの案山子やない。そんな印象が駆け抜けていったからだ。

聞けば、一徳はこうしてあちこちの田を見回り、その年の米の収穫の豊凶を予測するのであるが、その予想は、かつてはずれたことがないという。

「どうやって占うん？」

「占い？　そんな非科学的なもんとは違う」

強い調子で否定するのは拓海である。

「稲穂の生育の良否を分ける夏の田圃を見さえすれば、矢作はんにはわかるんや。それだけの長い経験と勘とがあるからな」

「どこを見るん？　どうやったらわかるん？」

お前に教えたところで何にもならぬ、普通ならそうはねのけてもよいところだが、拓海は苦笑しながら答えてやる。

「稲穂の実の入り方を見るんや。この時期、実が入っていなければ、ええ米は穫《と》れん」

思わずしゃがみこんで青い稲穂を手に取る珠喜だ。好奇心の強いたちは隠せない。

「わかるわ。うちは百姓やないけど、お山の木も同じことや」

漆を採りに出掛けた山で、父惣七がよくそう言っていた。自然の実りはおてんとさまのご機嫌次第。暖いか寒いか、雨は降ったか降らなんだか、夏の日差しはたっぷり照ったか足らなんだか。人間の力の及ばんところで決まるのや、と。

「触ればわかりまっしゃろ。今年の穂は、どこの田圃も、えろう軽い。夏に水がなかったからや。それに、もうすぐ、台風が来る」

無口な案山子が初めて口を開いた。ふだんは限られた者以外とは喋《しゃべ》ったことがない男だけに拓海は驚いたが、手の中の稲穂を懸命に計っている珠喜は、天地に問いかけて答えを聴く一徳の弟子たる資質があるらしい。

もともと一徳は明石藩の蔵役人をしていた下級武士の家の出で、鈴木家個人の田圃を耕している小作人の取次をしており、よねなら顔も見知っている男であった。毎年、二百十日には必ず今年おさめられる米の量を報告してくるが、あまりにぴたりと当たるため、金子がその不思議な才能を見込んで、米穀部へと連れてきたのであった。彼の予想に従い、買い付けの量を増減すれば常に一定量の米を確保でき、市場の価格を左右することなく商売ができるのである。

もっとも、高商で近代経済学を学んだ若い店員たちは、彼を古い時代の非科学的な遺物と見て相手にしなかったが、拓海はそのみごとな的中率に、是も非もなく弟子の気分で彼の行く先々に付き従っているのであった。

「わかるか？　豊作の時は米が余って値段が安うなってしまう。そやから、前もって外地への輸出をふやしておくんや。そんで、凶作の時は米が出回らんで高《たこ》うなるから、ボルネオなどからラングーン米の輸入を増やしておいたら別状《べっちょ》ないやろ」

どうせわからないだろうと決めてかかった居丈高な説明だった。

珠喜は、あらためて二人を眺めてみる。若造などと思いこんで来たものの、今はすっかり、たいへんな仕事をする者たちだと、二人を見る目は尊敬の念に変わっている。

なるほど、それで今度はボルネオへ、外地米を仕入れに行くというのか。珠喜はようやく拓海の仕事を理解した。お家さんが、彼らのために壮行会を開いてやろうというのもうなずける。それは鈴木にとっても大切な仕事だった。

するとなんだか励ましてやりたい気持ちにもなり、生来のおせっかいが顔を出す。

「慣れへん外地は、いろいろ準備も大変でっしゃろ。南国は藪蚊《やぶか》も多いらしいさけえ、淡路島の蚊取り線香、ぎょうさん持っていったらええと聞きましたで」

以前、田川から聞いた話の受け売りだ。

だが拓海は、なるほどな、とうなずき、珠喜をあらためて見なおした。それは、誰も教えてくれなかった知恵だったのである。しかし珠喜の関心はもう次に移っている。

「ボルネオって、どこです?」

なんと表情の豊かな女だろう。興味に満ちた瞳《ひとみ》は片時も曇らず、なにより驚いたことに、この女は、物怖《ものお》じもせずまっすぐ自分の目を見て尋ねるのだ。そんな女を他には見たことがない。だから、拓海は、逆におどおどしてしまう。

「ええと、……ここ。ここや」

これでは自分の方が格下だが、ちょうど上着のポケットに常時入れている地図がある。メルカトールの海図であるが、それを広げてやれば、珠喜は腕と腕とが付かんばかりに拓海に寄り添い、食い入るように覗《のぞ》き込む。しかも、長く地図をみつめた後で言った言葉は、

「ふうん、台湾は、こんなとこやねんなあ」

そんな、予想もしない反応だった。だから拓海もつい、

「ボルネオは台湾の先、ヨーロッパとアジアの中間点にある、大事なとこや」

これから自分の行く地を誇ってしまう。まだ自分も行ったことのない土地だというのに。

珠喜は地図の上のボルネオを見て、そして言った。

「ここであんたは、お国のために米を売ったり買ったりしなさるんやな？」

あれだけの説明で、珠喜が自分たちの仕事を正しく理解していることに、拓海はわずかに驚いた。だからむきになって、付け加える。

「米だけやない。ボルネオからはほかに、ゴム、麻、石油、それにボーキサイトの鉱石と、さまざまな天然資源を日本にひっぱってくるんや」

こんなに懸命になっている自分が、拓海は我ながら不思議だった。国際情勢やこれからの商売についてなど、難しい題目で先輩店員と議論を戦わす時でさえ、こんなに熱くなったりはしないものを。

なのに珠喜は余裕で微笑《ほほえ》み、まるで目下の者を包むかのように柔らかく言うのだ。

「ご苦労さんやなあ。お国の基になる、大事なお商売や」

そしてねぎらうように何度もうなずくと、お邪魔しましたと踵《きびす》を返して出ていく。

後には、あっけにとられたような拓海が残る。

なんだ、あの女は。しばらくたって、やっと呪縛《じゅばく》が解けたかのようにあたりを見回すと、拓海は隣で一部始終を見ていた一徳に訊いた。

「今のん、誰です?」

名人は笠の下から目を上げると、小さい時から知っている娘のことをあっさり答えた。

「本家の上女中《かみ》の、珠喜やがな。お家さんの、お気に入りや。しっかりしとるやろうが」

なるほど、それで一徳も彼女には口をきいたのか。

お家さんからの手紙に目を落とす。そこには、自分を含め数名の、ボルネオ行きをおおせつかった者たちの名があった。

須磨の屋敷で、月見を兼ねての壮行会。——おもしろい。それなら、またあの女に会える。

お家さんもなかなか粋なご配慮を。——拓海は、ひとり微笑みながら、手紙をしっかり畳み直した。


へえ、私《わて》は、長年の勘で、この二人やったら相性がええやろと読めとりました。

親のない二人やから、親の意向を気にせんでええのだすけど、そうでなくとも、明治も四十年代に入っとるのだす、昔みたいに、男女が互いを一度も見んと結婚するゆうような古いことはせんとこ、と思とりました。ご覧のとおりの古い女ですけど、これでもじゅうぶん二人が互いを見る機会を与えたつもりだす。やがて本家で壮行会をやるつもりでしたさけえ、あらためてそこで私が二人を引き合わせよう、そんな段取りを頭の中で組んどりました。

そやのに、拓海はんがすぐに、珠喜に文を書いたと知った時はびっくりしましたな。若さですなあ。またその文を、すぐに私にみつけられてしまうほど上の空やった珠喜も、やっぱり若いんだす。

君こそは遠音《とほね》に響く　入相《いりあひ》の鐘にありけれ
幽《かす》かなる声を辿《たど》りて　われは行く盲目《めしひ》のごとし
君ゆゑにわれは休まず　君ゆゑにわれは仆《たふ》れず
嗚呼《ああ》われは君に引かれて　暗き世をはつかに捜《さぐ》る

私が用事で呼びつけた時、見られまいと慌《あわ》てて隠したんを忘れるなんぞ、なっとりまへんな。そやけど、座布団《ざぶとん》の下からこれをみつけた私はびっくりでした。

拓海はんのまっすぐさを表す、ええ字でした。そして、胸にふかくしみこむ、すばらしい詩でした。私はしばらく見入ってしもうたくらいだす。

「これ、珠喜。なんや座布団の下に、襖《ふすま》の下張りになりそうな紙がおまっせ」

からかうのもかわいそうでしたけど、飛び上がって文を取り戻す様子は、なんやほほえましゅうて。恋は、私には望むべくもない、若さの特権だすな。

まあ、若い者のことは、ほうっておいてもええのだす。拓海はんにはたびたびボルネオへの往復が命じられることでなかなか神戸でゆっくりはしとられまへんやろし、結婚は、それなりの地位に就いて仕事をするようになってからでも遅いことはおまへん。私やったって、珠喜をそない早《はよ》うに手放すつもりはおませんでしたし。

いいえ、そんなふうにおおざっぱにかまえたことが、後にわざわいを残すことになるんです。この時珠喜が何を思うてぼんやりしとったんか、突き止めておけば後の悲劇は起こらなんだもんを。——後で悔いてもしょうがおまへんけど。

それより急がなならん、と判断したんは別のことやったんだす。そう、おむらどんを失ってやもめになった柳田はんに、後添えをもらうことでした。

店の中で柳田はんほど重要な地位を占めてくると、その妻が彼を扶《たす》けて補う度合は大きいのだす。家族的な雰囲気が色濃く残る店でっさかい、折につけての慰安会は家族も子供もともに招いての店内行事になっとりましたし、それだけに、妻たちも心を一にする機会がたんとあったのだす。そんなたばねは、自然、大番頭の金子はん、そして柳田はんの、それぞれ妻女が任を負うてくれとりましたのやさけえに。

私は、おむらどんの実妹を直らせることに賛成でした。すでに小学生になっとる息子らにも、実の叔母なら義理の仲が生む摩擦も少ないでっしゃろ。今なお、おむらどん以外の存在は考えられへん気分ですけど、しょうがおません、せめてもっとも近い血縁やったら納得もできます。

ただ一つ、問題があって、ずいぶん柳田はんは悩んだらしいのだす。実は、おむらどんの妹は、私と同じ、およねという名前やったとかで。

そんな私は気にしませんのに、二人して挨拶《あいさつ》に来た時にはすでに改名されとりました。柳田はんにしてみれば、まさか自分の女房を、長年主人として見上げ奉《たてまつ》ってきた私と同じ名前で呼ぶわけにはいかんかったんでっしゃろかな。そういう律儀《りちぎ》な男だす。

「これよりは、のぶ、と申します」

どうぞよろしゅうに、と頭を下げた女子《おなご》は、おむらどんよりも小柄で、そしておむらどんよりいくぶん神経の細い、従順な女子でした。

私をはばかって改名させられた新妻を迎え、女だけで執り行う鈴木家の「女正月」の集まりを開いたんは、旧暦の正月のことだす。

欧米との取引をなりわいにする鈴木商店では、商売の上では西洋暦を取り入れ、一日が仕事始め、二日には初荷が旗を立てて勢いよく運び出される一年の出発の日となります。その代わり、休暇は旧暦どおりで、十五日前後に藪入りとして、遠い故郷の者にも親の顔を見に帰るようにさせました。皆が田舎に帰る日は、店全体の年賀の会を本家で持ち、新しい気概と結束をもあらたにするんがならわしでした。これは正規の店員の集まりでっさかい、女房方にはオクを手伝いに来てもらい、盛大な宴会を催します。私から、店員一人一人に、働きに応じたお年玉を手渡すんもおなじみになっとりました。

そして藪入りが明け、皆が店にもどって新年の節目の気分が去る頃に、今度はよう働いてくれた女房方たちだけ集めて、ささやかに餅《もち》など焼いて、汁をいただき、ゆっくり「女正月」の一日を過ごすのだす。

ちょうど、おのぶはんを皆にご披露するんに、またとない機会でした。

子を産んだ者、舅姑《しゅうとしゅうとめ》を見送った者など、それぞれの家の中の働きに対して、ここでもお年玉をあげることにしとります。そんな中でも、新入りの嫁さんには、特別な贈り物がありました。

「さて、お徳どん、それをおのぶはんに」

上座から申しつけると、金子はんの妻のお徳どんが、機敏にうなずき、塗りの大盆を運んできました。

「おのぶはん、おめでとうさん」

生来の忍耐強さを表すように、あんまり表情を変えんお徳どんだすけど、盆を覆《おお》った袱紗《ふくさ》を抜いてみせた時は、おのぶはんに向けて、とても優しい笑みを浮かべておりました。これでお前様もうちらと同じ、仲間入り。まるでそない語りかけるような笑みでした。

当のおのぶはんは、いったい何事やろかと、目を白黒させとりました。盆には、着物の反物が載っとったからだす。

「手にとってみなはれ」

しっとり重い、紋服のための真綿紬《つむぎ》。生成《きな》りで織り上げた地に、私の女紋の横見桔梗《よこみききょう》を染め抜いたもんだす。おのぶはんは改めて周りを見回しとりました。店員の妻たちが皆、この日、そろって着ている藍鼠色《あいねずみいろ》の紋服がこれなのでした。

「あんたもこれで立派に、鈴木商店の女だす」

実はお徳どん、前に、金子はんからの土産として、こっそり私から渡した紋服を、それは重宝してくれましてな。店に来る時、私のもとに来る時、何ぞ事《ごと》、という時はいつもその着物でした。それで思いついたのだす。店の妻たちには、こうして私から着物を作ってやろう、と。

　それなら、この日のような集まりに出席する時も、何を着ていけばええか迷うことなく、これさえ着て来ればよろしいのだす。いざ女たちも表に、という時、女の習い性で着物にかかずらわっとったんでは、それで時間を食うてしもて、ほんまの働きはできまへん。また、最近では、高学歴の女が増え、衣装を競うような傾向もなきにしもあらずやったんだす。けど、着物をこれと定めておけば、身ひとつで来てくれればよいのだす。そのため、新しく妻となった者には、皆、同じものを与えるんを決まりとしとりました。

　そやから、これを手渡されるとき、やっと鈴木の店員の妻であると認められた、ということになるのだす。

「ありがとうございます」

　皆が微笑みながらおのぶはんを見とったんは、かつては自分にも同じように、私から紋服を手渡された日があったことを思っていたからやないでっしゃろか。

　まとめの言葉は、お兎三はんにまかせました。

「おのぶはん、旦那《だんな》さんがええ働きができますよう、ひいてはこの店がますます盛んになりますよう、しっかり勤めてくださいな」

この頃では、御寮人としての威厳もそなわってきたお兎三はんだす。鈴木の女は、まさしく増え、栄えていくようでした。

「たのんだで」

偉そうに一言付け足しましたが、この日から私もお兎三はんも、おむらどんがいた時と同じようにおのぶはんをたより、また逆に、おのぶはんのことを気に掛けもしました。

とりわけ気を揉《も》んだんは、柳田はんのお子らのことだす。

おむらどんは三人の子供を残して亡《な》くなりましたが、命と引き替えに残した嬰児《えいじ》は、母親の後を追うかのように数ヵ月で夭逝《ようせい》したんだす。後には二人の子供が残りましたが、長男の義一っちゃんは、私にとっても、家が隣どうしやった栄町時代、無邪気にもよう遊びに来てくれたんを、羊羹《ようかん》などやって、私なりにかわいがった子供なんだす。

たしか、私が夫岩治郎を亡くした時の、岩蔵と同じ年頃になるんやないでっしゃろか。

そない思たら、片親を失った子らの心細さは他人事《ひとごと》には思えまへん。

「それで、義一っちゃんはどんな具合や？」

この小学生になっとるのやさけえ、もう事情もわかっとりまっしゃろ。それまで、この叔母とは年もわずか八つばかり違うだけで、姉のように親しくしていただけに、今日よりは母と呼べというのも酷なことで、周囲の突然の変化をまだ受け止めかねているんとちゃいますやろか。

「ご心配かけてすんまへん。いろいろ考えましたんやけど、御影《みかげ》小学校の、西山先生のところで預かってもらえることになりまして。次男の彦次も、神戸幼稚園に通うとります」

結果的には失のうたとはいえ、おむらどんが残した乳飲み子に、瓶に入れた牛乳を一生懸命飲ませてなんとか育てようともがいた父親だす。なにより子供の気持ちを一番に考える親心は、いつも悲しいくらいやさしいもんだすなあ。

「そらよかった。ええお方がおってくださって、幸いやったな」

私まで自分のことのように胸なでおろしたもんだす。我が子が巣立った今、柳田はんや金子はんら店員の子は、孫も同然、それだけにただかわいいのだす。

そんな折、金子は世間が仰天するような投機をやってのけた。彼から報告を受けた時、よねはすぐには諾とも否《いな》とも発する言葉がみつからなかった。このことが公《おおやけ》になれば、それこそ世間はあっと声を上げるだろう。

なんと、彼はあの大里の製糖所を、――大会社日糖への挑戦として立ち上げ、手塩にかけて育てて苦心のすえに競《せ》り勝った、あの汗と涙のしみこむ大里製糖所を、当の商売敵である日糖に売却するというのである。

「なんでまた……？　絶対に合併はせん、と言うてたのやなかったか？」

やっとのことで驚きをしずめたよねは、思わずそう訊《き》かずにはいられなかった。

「へえ。合併やおません」

日糖からの合併話は、あれからずっと引きも切らなかった。日糖ではこの間、大阪桜宮の日糖と東京の日糖とが合併し、さらに巨大な大日本製糖になって大里に圧力をかけてもきていた。しかし、金子は、合併ではなく、もちろん吸収ではなく、一切合財、製糖機からバケツ一個にいたるまで、洗いざらい売ってしまうという方途に出たのだ。

売却額六百五十万円。

実印を手に、よねは一瞬、手がふるえた。

「売ってしまいますが、その返礼として、大里の砂糖の販路だけは鈴木が握る、というんが条件だす」

なんと抜け目のないことよ。よねはまだ声も出ない。

これにより、鈴木商店は、一躍、千万長者に列することになったのである。明治四十二年のことである。

よねすら驚かされたように、この時の騒ぎはたいへんなものになった。なにしろ、資本金五十万円で出発した合名会社鈴木にとっては、六百五十万円は店の資本の十倍を越える金である。

一方、名実ともに日本一の製糖業たることを自任する日糖にとっても、大里の技術と信頼を手中にするのは、だめ押しともいえる大きな企業財産だった。

双方にとってめでたいこの取引の成立を記念して、京都祇園《ぎおん》の中村楼で盛大な宴会が催されることになる。ずらり五十人もの名妓《めいぎ》が並んだ宴席の豪華さは、当代、他に例がないほど圧巻だった。

企業の縁組みにも等しいこの大事業を祝って、それぞれの側で、仲介に立った者へ一万円の御礼をしよう、という話が盛り上がる。だが東京と関西、その感じ方が異なっていたのはおもしろい。東京側の仲介人の鈴木久五郎という成金の事業家は、

「一万円なんぞのはした金、もらわん方が立派じゃないか」

と言って感謝状だけもらって帰った。儲《もう》かっている成金というのは、本当に型破りなことをする者が少なくなかった。

一方、関西方の世話人は、すさまじく景気のよい東京側を横目に、

「さいでっか。そやけどわしらはせっかくやし、お言葉に甘えときますわ」

ちゃっかりと一万円は持って帰ったのだった。

同じ景気のいい話でも、西と東、それぞれ特徴が出るものだと笑いながら、よねは、この喜びの中に、大里を手放したことへの感傷がかすかにのぞくのを隠せない。それは、まだ固い砂糖しかできない時に、みずから苦心して不良品を売りさばき、ともに苦労した記憶があるからにちがいなかった。

自分が働いた形跡は、どうせこうして消えていく。本店も、大里も。やはり自分の務めは、そうやってまぼろしのように手にしては消えていく商売《ビジネス》という潮流に、定かな位置を示して進む船の船長となりきることなのだろう。

町はこの話で持ちきりだった。皆が鈴木商店の決断と豪気に驚き、快挙とさわいだ。

「これはもう、祭りでっせ」

毎日店へと通う車の中で、よねは、車窓を流れる物音のすべてが、時代という名の祭囃子《まつりばやし》に思えるのだった。

「次は、あんたらや」

ミセでもオクでも、めでたいことが続くこの時期、呼び出されたのは仙吉だった。

ウメと所帯を持つにはあまりに給金が安い仙吉だったが、宇治川で駄菓子屋を営む親の家に同居して暮らすというのを、それなりに援助してやるほかはない。よねはウメには、できれば仙吉と一緒になってからも須磨に勤めに来てほしかったが、二人は、遠慮がちに返事を濁した。それもそのはず、ウメの腹にはすでに子供が宿っていたのだ。

「身重の間はまだしも、身二つになったらどうにも役にたちまへんさけえ」

ウメはさかんに恐縮して頭を下げた。

「祝言《しゅうげん》よりも子が先とは、そら、順序が逆やないかいな」

渋い顔のよねではあったが、それでも鈴木の店に忠誠を注いでくれる二世代目の誕生はめでたいことだった。

祝言のこと、出産準備のこと、よねはのぶに命じていろいろと気を配る。そして感じたことは、むらが生きていればすっかり任せてしまえたが、のぶではやはり、いろいろ粗《あら》が目に付くことだった。しかたないと割り切りつつ、いまだにむらと比べる自分を戒め、できればのぶの他にもたばねの役目が務まる女がほしい、と考えたりもする。

これだけ店員がふえれば、その妻たちもさまざまで、高学歴になればなるほど、中には鼻持ちならない出しゃばりもおり、よね一人の手で彼女たちを抑えていくのは一仕事だ。年々、年の開きが大きくなれば、よねのやり方を古くさいと言う傾向も出てくるだろう。

なにしろ本家の行事といえば、正月に社員全員が須磨を訪れて年賀を述べる新年会に始まって、女正月、雛《ひな》の節句、端午《たんご》の節句に、月見を兼ねたよねの誕生祝い、菊見に合わせた運動会と、四季を通じて人寄りのする機会が次々めぐる。おそらく、次に紋服をたまわることになる新妻は、ウメだけではなく、何人か一緒ということになるだろう。店員たちの家族も増えていく。そのつど、どういうふうに取り仕切るか、妻たち一同に号令をかけ、相談しあってよねのもとに上がるのは、ずっと、むらの仕事であったのだ。

初仕事とも言えるウメの祝言の段取りを、万事そつなく手助けしてくれたのぶに、よねは次なる仕事はすべてまかせてみようと思い立つ。

「なあ、おのぶはん。そろそろ珠喜を嫁に出そうと思うとるのやが」

次へ、次へ、と先延ばしするうち時は忙《せわ》しく過ぎていき、数えてみれば珠喜は十八歳を数えようとしているのであった。よねの頭にはまだ、初めて自分の前に連れてこられた少女の印象しかないが、世間では、これと見込んだ拓海もすぐにあんな詩を送ったほどに、年頃の娘特有の、百合《ゆり》の花のごとき華やぎがそなわりつつある。

自分が手元で育てた娘だ。手放すことを意味する結婚は、嬉《うれ》しいような寂しいような、複雑な思いをよねにもたらし、今まで積極的に進める気持ちになれないでいたが、息子と違って、女の子はずっと母親のそばを離れないものだとも聞く。嫁がせてもできるだけ珠喜は自分と密接に行き来があるよう、拓海との縁談は始めから条件を整えておく必要がある。

金子の結婚にも、今は亡きむらが相談相手になってくれ、おおいに働いてくれた。お気に入りの娘であればこそ、よねはなんとかこの縁談をうまく進めたく、のぶの力を借りようとしたのであった。

「わかりました。気張って、まとめさせてもらいます」

むらなら遠慮がちな中にもしっかりと、うちにできますやろか、けどせいいっぱいやらせてもらいます、とたのもしげに受けたものだが、なんとかしてお家さんの期待に応《こた》えようと力の入るのぶは、気の毒なほど緊張に凝り固まっていた。

ここに、よねの失策の種はひそんでいた。

できるかどうか慎重だからこそ、むらはあの手この手、さまざまな場合を想定して考え抜いた。夫にもよく相談し、切り出す言葉の一つ一つにも慎重に気を配った。粘り強く相手と話す老練さもあった。だからこそ成功した。

だがのぶは、まだ夫にも遠慮があり、これを機会に姉以上に認めてもらおうとの気負いもある。姉の後任を務める宿命を負わされた若いのぶに、同じ働きを期待するのは、はじめから無理な話だった。

「すみまへん、お家さん、……あの話、珠喜はんに、断られました」

いきなり謝られた時、よねは言葉もなかった。こんないい縁はないというのに、子供の使いではあるまいに、あきまへんでした、ですむと思っているのか。

「なんでや。珠喜は、拓海はんと性《しょう》が合わん、と言いましたか」

そんなはずはない。あの日座布団《ざぶとん》の下からみつけた文。拓海にその気がないなら、あんな手紙は書かないだろうし、あんな美しい詩を贈られて、珠喜が心を動かさなかったはずはない。

「いいえ。けど、笑い飛ばすばかりで……」

結局それはのぶが舐《な》められているだけではないか。よねの語勢も強くなる。

「かまへん。そんなら私が直接話してみます」

最初からそうするべきだった。あの跳ねっ返りには、頭から抑えて話をするほかない。

それにしても、いくらお家さん付きとはいえ女中一人、説得できないのでは、のぶも困ったものだ。よねは、口をへの字に曲げたまま、珠喜を呼んだ。

「あんた、おのぶはんの話、聞かんかったそうやな」

話はいきなりだった。この縁談のどこに不平があるか、というくらい、よねには自信のある話だけに、その口ぶりも居丈高だ。

「へえ、うちには、考えられへんお話でしたさけえ」

長年そばにいたせいで、お家さんの気配がよろしくないのは肌で伝わる。珠喜はかしこまりながら、慎ましく言った。

「なんでや。なんで考えられへんのや」

「そやかて、……」

実の母娘《おやこ》以上に長く、そして近しく暮らした仲だ。何でも包み隠さず言ってしまえる。

「私には、ええ話やと思えますで。あんた、棚倉拓海はんの、どこがいやなんえ?」

「そんな、いややなんて、……」

「そんならなんでや」

切り込むよねの言葉は間も置かない。

照れてるわけではない、もったいをつけているわけでもない、そして、拓海が嫌いというわけでもないであろう。なのに、珠喜の中に、拓海には傾かぬ芯《しん》が見え隠れする。だが、その理由は何なのだ。

「ボルネオへ一緒に行けと言うわけやおませんのやで。約束を先に整えて、あんたもそれなりの花嫁修業して、支度も整えよ、言うとりますんや」

しかし珠喜は答えない。口を真一文字に結んで、ただうなだれている。

わかってはいたが、ここまで強情とは。これではのぶも手を焼いて当然だった。

「何え？　あんた、そんなら拓海はんより、誰か好きな男でもおる、いうんかいな」

それは黙り込んだ娘をなんとか動かそうと言ってみただけにすぎない。

なのに、よねは、自分の言葉が思いがけなく核心を射抜いたことを知るのだった。

はじかれるように顔を上げ、涙のいっぱい溜《た》まった瞳《ひとみ》で、まっすぐ自分を見上げて訴える、珠喜の表情のその迫力によって。

「うちは、うちは、……」

その先を言えば、涙がたちまち溢《あふ》れてしまうだろう。その危うさの一線で踏みとどまり、かみしめた珠喜の唇は震えていた。

「台湾へ、行きとうございます」

その瞬間に、まっすぐにこぼれて落ちた大粒の涙。よねは、心臓をつかまれたような気がした。

この娘、恋をしとる……。

7

恋、やったんでっしゃろか？

後になって、何べんも何べんも、この時のことを振り返りました。

私《わて》はただ驚いて、何も言えんかったんです。

まだ手放しとうない、まだこの縁談でさえ早い、私の頭にはそない思うてためらう部分がおましたんに、この娘の心はすでに誰かをいちずに思って涙に凝縮させる、そんな、女になっとったんだす。

田川はんは、たしかにこの私でさえも心動かされたほどに、惣七はんにそっくりでした。あの子の目にも、幼くして死に別れた父親が重なっとったことですやろ。自分の知っとるいとしい男を重ねて見たんが罪とは思いまへん。けど、年の功で、やがて惣七はんと田川はんとは似てはいても同じ人でない、とわかっていった私と違い、幼かったこの娘は、自分の理想をそのおもかげに塗り込めて行ったんですやろな。

はっきりそない言うたるべきでしたんやろか？　あんたの恋は、それは、ありもせえへん幻やと、言うてやればよかったんでっしゃろか？

面前で、声もなく泣く娘に、私は息もできんほどに凍りつき、そして、どんな言葉も言えんかったんだす。ただ「もうええ、お下がり」と声をかけ、自分の視界からこの娘を消すことによってこの混乱を鎮《しず》めるほかには。

教えてください、私はこの娘に、どない言うてやればよかったんでっしゃろか。

あの娘が、たった一通の手紙だけ残して、家の中からおらんようになると知っていたなら、私はどんな言葉を尽くしても、あの娘にあきらめさせましたんに。

――お家さん。今まで育てていただいたご恩、珠喜は生涯忘れません。お心にそむき、今、自分の気持ちのままに家を出る不忠を、何卒《なにとぞ》お許しなされてくださいませ。

理由は書かず、ただ謝りの言葉だけを連ねたその手紙を、私は何度読み返しましたやろ。

そやけどたったこんだけの文章で、いったい何をわかれと言うんですいな。

まったくもっていまいましい、めったと遊びには出ん私が、古いなじみの後藤屋はんのおかみはんに誘われ、たった三日、京都へ行った留守の間のことだす。いつもはおともに欠かさんこの娘を、この時だけは、なんや顔も見とうない気分で、置いていったんだす。

「兎三《とみ》はん、珠喜のこと知らんか？」

台所を差配している嫁のところへ飛んでいきました。

「え？　珠喜ですか？　さあ。そう言うと昨日から見なかったような……」

ただごとでないのを私の様子から察し、兎三さんもいろいろ訊《き》いて回ってくれました。他の女中たちにも、門番にも、私の車の運転手にも、それから、下男を走らせて漁師の辰三にも。

「いいえ、お姑《かあ》さま。誰も、見なかったと言ってます」

部屋からも荷物は忽然《こつぜん》と消え、誰にも見られず、珠喜はいなくなりました。

「どうしましょ。……あの娘に限って、おかしなことはないとは思います。きっと何かあったのに違いありません。しばらく、待ってみたらどうでしょう」

悪い夢でも見とるようでした。いったい、あの娘と私の間に、何が起きた、いうんです？

あんなに毎日一緒で、あんなに長く一緒やった、この家の柱や壁より私にとって身近な存在が、たった三日のうちにかき消えてしまうなんぞ。

あの娘を捜し回る間は、私の心はふぬけでした。その証拠に、あの時、何を食べ、何を着て、そして何をして日々が過ぎたことか、思い出せまへん。食事も着物も、ぜんぶ身の回りの世話はあの娘がしてくれとったことでしたから。

ウメの後に雇い入れた女中が、おいしいまぐろが手に入りましたと、誇らしげに鉄火巻を食膳《しょくぜん》に出してきた時、初めて、あの娘がもうそばにはおらん、という事実が身にしみました。前の海に瀬戸内の美味《おい》しい白身魚がぎょうさんあるというのに、何が哀《かな》しゅうて臭いまぐろなんぞ食べなあきませんのや。珠喜なら、そんなことようわかっとるはずだす。箸《はし》を付けんとおりましたら、その娘は縮み上がってその赤い魚、下げて行きましたわ。

ほんまに、珠喜は何が気に入らんで出ていったんでっしゃろか。そしていったい、どこで、何をして、暮らしとるんでっしゃろか。もとより、帰る家も親もない子だす。お金はあるんか、食べとるんか、考えれば気になり、食事もすすみまへん。

何日かたって、砂糖部の者から、珠喜がおらんなる前日に、お家さんからの荷やと言うて、行李《こうり》を一つ、運び込んできたことがわかりました。

「それ、どこへ送ったんや」

「へえ。台南《タイナン》の出張所宛《あて》だす」

驚きのあまり、声も出まへん。

いつこんな大胆なことを決めたんでっしゃろか。あの娘は、台湾へ出奔したのだす。

――へえ、田川はんのもとへ。


娘同然に思い、精魂こめて育てただけに、珠喜を失ったよねの衝撃は相当なものだった。

居所がわからない間は、ただただその身が心配で、警察に捜索願を出そうとまで考えていたが、どうやら台湾へ行ったらしい、とわかると、ひとまず安堵《あんど》した反動か、今度は珠喜の身勝手な行動が許せず、激しい怒りに身を揉《も》んだ。

「それやったらそうと、なんで私に一言、言うて行けんのや」

当たられる役は、のぶだった。もともとのぶを信頼して珠喜の縁談を託しただけに、この話そのものを語れる相手は彼女しかいない。

「な？　そない思わんか？　私はなんも、無理強いなんぞせんものを」

よねの扱いに慣れぬのぶは、ひたすら迎合し、

「ほんま、そうだすなあ」

などと相槌《あいづち》を打てば、

「あんたは呑気《のんき》でよろしいな」

とまた当たられ、だからといって何も言わずに平伏していると、

「黙っとらんと、なんか言うてくれたらどないだすいな」

前より手厳しく当たられるのだ。

ええい、もどかしい、とよねはいらだつ。この気持ちをすっぽり埋めてくれる話し相手は、やはり珠喜本人しか考えられない。

人が心の底から惑い悩む時には、ふだんは思いも寄らないところに足が向くことがある。この時のよねがそうだった。

いつものように楠公《なんこう》さんを拝んだ帰り、よねがふらりと立ち寄ったのは千歳花壇だった。

「これは、お家さん、今日は旦那《だんな》様はこちらへは、……」

二代目のゆくえを探して来たのかと、お千はすばやく対応を考えめぐらせたが、

「いや、そうやないのや。今日は私が遊びにきました」

はなからうち消されれば、とにかく座敷に案内するほかはない。

みじめなことだ、飼い犬に手を噛《か》まれるとまでは言えないにせよ、可愛《かわい》がっていた

者にないがしろにされた腹立ちは誰にでも話せることでなく、のぶの他にはもうこの悔しさを吐き出すところもみつからないのだ。

「あのう、お家さん、遊び、とおっしゃいますと」

座敷の作り、床の間のしつらえなどを見回すよねを、お千はおそるおそる窺《うかが》った。

「何や、あんたとこは男はんしか客にはしませんのか」

まるで昔のとおり、大店《おおだな》のおかみさんとその家の女中、という間柄を再現するような口ぶりで、よねは言う。

「きょうび、昼の弁当もできんようでは、夜の営業だけで勝ち残っていけませんで」

何もそんな嫌われることを言いに来たわけでないのに、つい言葉が尖《とが》る。男には憂《う》さを晴らす場所がさまざまあるのに、家に留め置かれる女たちには、行き詰まってもどこにも気晴らしに行くところすらない現実を嘆きたかっただけなのだ。

さすがに客商売、何でも受け入れまっせ、と言いたげに、お千は微笑《ほほえ》む。

「ほんまそのとおりだす。戦争が終わって落ち着いたからには、女子《おなご》のかたも大歓迎だす。うちの自慢の料理に舌鼓《したつづみ》打って、家に帰って家庭の味で出してくだされば、旦那はん方は喜んでまたうちを贔屓《ひいき》にしてくださいますやろし」

実際、この後、千歳花壇は高級旅館の仕出しとして行楽用に松花堂弁当などを考案して売り出すのだから、まんざらよねの来訪が刺激にならなかったとは言えない。

「さあお召し上がり下さいませ」

お千みずからが運び出す料理の豪華さに、よねは、男たちは接待と称して日々こんな贅沢《ぜいたく》なものを口にしているのかと、あらためて目を剝《む》く。そして次の瞬間、ええのや、たまには私がこんな贅沢をしても、と、日頃吝嗇《けち》とまで言われる禁欲的な自分を奮い立たせる。

料理はたしかに美味だった。思いも寄らない素材と調理に、椀《わん》が出るたび、

「これは？　しらこを、葛《くず》でまるめたんか？」

「これは葱《ねぎ》ですかいな。京野菜か？　えろうあっさり、上品ですな」

などと確認しては感心する。その独創性はもちろん、味もいい、器もいい、部屋のしつらえも一流だ。神戸一と言われる理由が、よねには今こそわかった気がする。

このひとときは、よねを満たし、尖った心を解きほぐして、しばし幸せな気分にした。満腹の後の濃いめの煎茶《せんちゃ》を味わった時、よねはお千に、訊いてみる気になっていた。

「どないや、お千。私はいやな主人でしたか？」

突然の、それもあまりに単刀直入な問いに、お千はひるむ。よねは言葉を足した。

「あんたにいっぺん聞きとうてな。……私は逃げだしたいような主人でしたんか、て」

思えばこのお千にも、問答無用の処置だった。そして珠喜にも、これこそが一番とすすめたのは自分の価値観だった。息子もそうだ。すべて、こうあるべき、と定めたのは自分だった。ただの一度も、彼らの意志を尋ねたことはない。

それでよいと思っていた。彼らに決断できるほどの知恵や経験はなく、強く押し出す意志もない。だから代わりに自分が、もっともよい道を選んでやったまでだ。

対するお千の答えは、笑みだった。ただ微笑みだった。

笑みほど多くを語る表情はない。よねはゆっくり、うなずいた。

「そうか。……そうでしたか」

ため息が出る。そしてしばらく、座敷を覆《おお》う沈黙。二人の女が座っている。

「人間、ちゅうのは、難しいもんでんな」

家を守るために自分を律し、その厳しさを他人にも求めた。お千に、息子に、そして珠喜に。そのことごとくが、この手を離れていった。いや、逃げ出したのだ。

手すりのついた南向きの窓が開け放たれて、はるか港が見わたせる。遠く、波止場を埋める船の汽笛も響いてきた。その時になって、お千が口を開いた。

「逃げ出したい、いうんとは違う、と思いますえ。お家さんのもとにおる以上に、惹《ひ》かれてやまん世界が他にあるんだすわ。そやからそっちへ走りとうなっただけと違いますやろか」

それは、京か大阪に行けと告げたよねに従わなかったお千自身のことだったのか。店や須磨の家にいるより、外へ外へと遊びに出ていく二代目のことか。それとも珠喜のことを知って言っているのか。不意を衝《つ》かれた思いでお千を見たが、よねは先に答えを知った。みな、そうなのだ。母であり主人でありお家さんである自分が示す道よりも、若い彼らには惹かれてやまない場所があったのだ。

こうしてここで座っていると、よねにもわかってきた。あの日、珠喜は、拓海との縁談をよねから直接すすめられ、進退に窮したのだ。恩あるよねからの話だけに、断ることは不忠に当たる。かと言って、田川のことは忘れられない。それを表してしまっただけでよねの不興を買い、常のおともにさえ置き去りを食うようならば、今までのように田川を思いながらよねに仕える、ということはかなわないだろう。

まさしく、前にも進めず、後ろにも退《ひ》けず、ぎりぎりのところで、珠喜は大きく地面を蹴《け》ったのだ。飛んで、よねの前から消えるために。そして、よねの懐《ふところ》を離れたなら、珠喜が他に行くべき場所は選べるほどに多くはない。姫路へはもう帰れないし、母方の実家の縁もはかなくなった。この家だけが全世界であったあの娘にとって、家の外にはただ田川一人しか存在しないのだった。

いまようやく、遠く広がる神戸の海のように心が静まる。

それやったなら、幸せにおなり。――よねの中に、ゆっくり、ほの温かい赦《ゆる》しがふくらんでいった。

「すっかりお邪魔しましたな。美味《おい》しおました。おおきにな」

丁重に礼を言い、席を立つ。よねは、お千が驚いて返しにかかるほどの代金を置いた。

「取っといとくなはれ。今度来た時、今日のんより美味しいもんを作ってもらうために」

お千はうなずき、お代を受け取ると丁寧に頭を下げた。

「またいつでもお越しくださいな。お待ちしとります」

また来ることになるだろう、そんな気がする。

ここに来たのは無駄ではなかった。今は珠喜のことを、違った方角から見ることができた。一語一語、選びながら書いたにちがいないあの手紙も、今はどうしようもなくいじらしく思える。こうなると、のぶのおっとりした慰めも身にしみた。

「お家さんは何も悪うおません。珠喜はん、それほど切羽詰まって、田川はんに会いたかったんでっしゃろて」

そうかもしれない。恋とは、慕う者のそばにつねに寄り添っていたいという衝動だ。何を見ても何を聞いても珠喜が田川を思っていたなら、いずれ彼女は田川を追っていく運命だったのだ。そう、あれが本当に恋ならば。

「おのぶはん、柳田はんに言うて、台湾行きを準備してもらえんやろか」

家にもどるなり、よねはのぶを呼びつけて、たのんだ。

「へえ。あの、……台湾へ？」

先を察して、自分が行きますと言えないのがむらとの違いだ。よねはのぶに宣言した。

「私は台湾に行きますえ」

あやうく腰を抜かしそうになりながら、のぶは慌《あわ》てふためいて、言った。

「そんな、お家さん、行って、どないなさいますのや」

おそらく、よねが怒りにまかせて珠喜を力ずくで連れ戻すと思っての、動転だった。

しかし、よねはゆったり笑って、こう答えた。

「何も知らんあの娘が台湾へ行くなら行くで、ほうってはおけまへんやろが」

まだ意味が飲み込めず、のぶはよねをただ見上げた。

そう、みすみす路頭に迷うと知って、ほうってはおけまい。突き放せまい。体は離れていても、この手は、心は、どこまでもあの娘の行くところまで及ぶはずだ。なぜなら、自分は母。この身で産んだ子でないにせよ、店の者は皆、我が子なのだ。そのためにこそ自分は在る。「お家さん」として。

「私が行って、ちゃんと祝言《しゅうげん》も挙げてやらにゃ」

母であるなら、家であるなら、子が幸せになるよう骨を折らないはずはない。拓海のことは残念に尽きるが、あれだけの若者のこと、他にいくらでもよい縁には恵まれるだろう。まだ珠喜との話をそう深くまで進めていなかったことが幸いだった。いずれ、折を見て彼には話せばよい。よねは、珠喜の出奔以来、自分の中でずっと処理しがたく渦巻いていた、怒りやとまどい、そして悔いが、すべて鎮《しず》まっているのを感じていた。

そうでしたか、と胸をなでおろすのぶは、あらためてよねの器の大きさに感動した。

「もっともでございます。……そんなら私も、喜んでお供させていただきます」

うやうやしく平伏するのぶに、よねは初めて満足げに微笑んだ。

けど、この台湾行きは、実現しませなんだ。

店を揺るがす、とてつもない大事件が起こったからだす。

神戸駅から栄町へ、「えらいこっちゃ、えらいこっちゃ」と大声を上げながら駆け抜けていく号外売り。まっさきに新聞を手に入れ、店にもたらしてきたのは、珠喜の出奔をまだ知らずにおる拓海はんでした。須磨と本店とが離れとるんはこんな時幸いでした。店ではまだ誰一人、上女中《かみ》がおらんようになったことなんぞ気づきもしまへん。

それはさておき、号外にはこんな活字が躍っとりました。

「日本製糖、五十万円の贈収賄《ぞうしゅうわい》！　臼井《うすい》哲夫代議士以下、二十四名の代議士を逮捕」

世に言う日糖疑獄事件が明るみに出たんでした。明治四十二年、明治政府始まって以来の、一大疑獄事件です。

しかもそれを引き起こしたんは、金子はんが、手塩に掛けた大里製糖所を売却したことにより、名実ともに日本一の砂糖会社となった、あの大日本製糖やったんだす。

日糖は、会社をまるごと国に買い上げさせて砂糖販売を国家の専売事業にしようと、代議士たち数十人に働きかけて巨額の賄賂《わいろ》を贈り、野望を達しようとしたのやそうな。

そこへ司直の捜査の手が入り、明治政府始まって以来の大量の逮捕者が出たというんです。

「なんちゅうことや」

いつの時代も、権力を持った政治家に癒着して自分だけ楽しよう、儲《もう》けようと考える輩《やから》はおるもんだす。けど、悪事はいつかは暴《あば》かれるのだす。

その日糖に、首の皮一枚で大里を売り抜けた鈴木でっさかい、衝撃は計り知れまへん。

号外売りは、さらにその後も、鐘を鳴らして町を駆け抜けました。

「酒匂《さこう》常明社長、自殺！　日糖は操業不能!!」

なんと、社長はんが、従業員にみずからの不徳を詫《わ》び、責任をとって、ピストルの引き金を引いたんだす。なんという劇的な結末でっしゃろか。

日糖では、大里と対抗するため新型機械を投入するなど大がかりな設備投資を行っており、さらに大里を買収するにあたってかなり無理な融資を受けとったんやそうな。経営は火の車やったということだす。しかも大里を手に入れてみれば、すでに日糖の生産高は国内需要を大きく越えており、製品はだぶつき、値は下がり、このままでは倒産の憂《う》き目を免れん窮地に追い込まれとったんだす。それだけに、必死で権力者にすがったんですな。

「あほなことを。なんぼ苦しゅうても、悪いことしてまで身を守るとは」

「いや、きれい事は言えまへん。うちはまだ大里の売却代、四百万円はもろてまへんがな」

おどけてはいても、金子はんの声にも動揺は隠せまへん。売却したとはいえ、一時払いではなく、十年にわたって返済される社債で受け取っただけに、日糖の今後はよそ事やなかったんだす。店は、上を下への大騒ぎでした。

それにしても――。騒ぎの中で、私の頭は冷《さ》たく冴えとりました。規模は違えど、同じ社長という立場。まったくの他人事《ひとごと》と、誰が笑《わろ》うておられまっしゃろ。

なんぼ悪事の果てとはいえ、酒匂はんの衝撃的なピストル自殺は、この頃、寝ても覚めても私の頭から消えん残像のようなもんでした。時折、耳の奥は、銃口から放たれた一発の弾丸の爆裂の音さえ聞こえて、我に返るんだす。背中に、脂汗《あぶらあせ》すらにじませて。

彼の末路は、決して他人事やおませんのだす。人の上に立つ以上、自分ひとりの保身は許されまへん。ましてその失策で社員を苦境に陥《おとしい》れたんなら、その落とし前は死をもって償うしかなかったことは、よう共感できました。それが、上に立つ者としての倫理であり、心構えというもんでっしゃろ。果たして、うちの二代目にもそんな覚悟はあるんかどうか……。

鈴木商店が、のちに政商と呼ばれる働きをするまでになっても、決して特定の政治家に金でつながることをせず、天下に一片の不正もすることがなかったんは、実はこの時受けた衝撃の大きさのおかげもありました。人のふり見て我がふり直せ、どんな時でも正直こそが自分を守る一番の方法なんやということを、臓腑《ぞうふ》にたたきこんだことでした。

「どないなっとります、日糖は」

毎日、店で状況を訊《き》くたび、事態が少しも明るうなっとらんのがわかりました。日糖は、派手に融資を受けて乱用した資金の回収や、従業員のゆくすえなどをどうするか、即座には決しかねて立ち往生しとんのだす。一企業の破綻《はたん》とはいえ、その影響は鈴木のみならず他にもおよび、再建が成るか成らないかは、日本の経済界全体にかかわることでした。

「なんちゅう間《まん》の悪いことや」

私は、台湾の珠喜のために鼻白みました。こんな時に、いくらお飾りにすぎんとはいえ店の最高責任者である私が外遊なんぞでけまへん。第一、砂糖の供給が止まっては、台湾でもきっと今頃大騒動でっしゃろ。田川はんがのんびり嫁を迎えたり、まして私の計画のように、挙式のために内地へ帰って来させるなど、夢のまた夢だす。現に、鈴木は日糖の債権者の中でも大口の筆頭でっさかい、金子はんはさっそく東京に出向いたばかりだす。そこでは日糖の顧問である渋沢栄一はんから、名指しで再建役を依頼されたそうで、事後の整理更生の相談に積極的に加わっとる、との報告だす。

店の空気も、私の気分も、とっくに珠喜どころではなくなっとりました。

とりあえず台湾の田川はんと台南の出張所長に手紙を書き、いずれ私が出向くまで、珠喜の身の安全を重々たのんでおきました。もちろん、あの娘が暮らしに困らんだけの仕送りも添えて。まさかそのことが、事態をぬきさしならんものにするなんぞ、思いもよらず。

——珠喜、あんた、もうちょっと待っとれるか?

そっと、遠いあの娘のおる南の方に向かってつぶやきました。

別状《べっちょ》おまへん、そう答える珠喜の明るい声がすぐに浮かんで消えました。どんな時でもそう答える娘だす。進退に窮した時でもおんなじようにそない言いまっしゃろ。そやからこそ、私は行ってやらななりまへんのにな。そやかて、店の者が地の果てで行き詰まって泣いているなら、駆けつけて手を伸ばしてやるんがこの私、お家さんたる者《もん》の務めだすやないか。

けど、体は一つ。より大きい困難と、より大勢の困窮者がおるんなら、そっちの方へ、先にこの手を向かわせなければあかんのだす。そしてそのことをわかってくれるあの娘やからこそ、私は後回しにすることができたんやと思います。

その夜半、台湾沖で生まれた大きな台風が北上してきて、紀伊半島をかすめて通り過ぎました。神戸は一晩中、はげしい風雨にみまわれ、湊川、生田川などほとんどの川があふれました。六甲の山裾《やますそ》に開けた街だけに、ふだんは斜面をわずかな水が流れ落ちるだけのささやかな川も、ひとたび雨が降ったら、どれも滝のように暴れて氾濫《はんらん》するのだす。店の方でも、港近くの倉庫が浸水するかもしれん、というんで、店の若い衆が夜通し詰めとったような具合だす。

なんでや知らんけど、それが台湾からの、何ぞの知らせのように思えてならず、台風が通り過ぎる明け方まで、一人、まんじりともできずに目覚めておりました。

慣れない外地、男ばかりの荒くれた地で、あの娘もこんな嵐《あらし》に遇《お》うとるんやないか。なんぼ惚《ほ》れて追いかけた男のそばでも、どんなにか心細いことやろか。――あの娘を思えば不憫《ふびん》でならんのでしたが、それもあの娘自身が選んだ道でした。嵐が通り過ぎるのを待つように、あふれた川の水かさがおとなしく引いていくのを待つように、人には、自分の力ではどうにもできん天の定めを、ひたすら耐えてしのばななならん時もあるのだす。それをあの娘がわかっとるならええのだすけど。

珠喜、あんたは強い子や、惣七はんの娘なんや、私が行くまで達者でおるのやで。

そう祈りをこめて、神棚の灯明に願うばかりの私でした。

（下巻へ続く）

玉岡かおる著　負けんとき
―ヴォーリズ満喜子の種まく日々―
（上・下）

日本の華族令嬢とアメリカ人伝道師。数々の逆境に立ち向かい、共に負けずに闘った男女の愛に満ちた波乱の生涯を描いた感動の長編。

玉岡かおる著　花になるらん
―明治おんな繁盛記―

女だてらにのれんを背負い、幕末・明治を生き抜いた御寮人さん――皇室御用達の百貨店「高倉屋」の礎を築いた女主人の波瀾の人生。

山崎豊子著　花のれん
直木賞受賞

大阪の街中へわての花のれんを幾つも幾つも仕掛けたいのや――細腕一本でみごとな寄席を作りあげた浪花女のど根性の生涯を描く。

山崎豊子著　しぶちん

〝しぶちん〟とさげすまれながらも初志を貫き、財を成した山田万治郎――船場を舞台に大阪商人のど根性を描く表題作ほか4編を収録。

山崎豊子著　花紋

大正歌壇に彗星のごとく登場し、突如消息を断った幻の歌人、御室みやじ――苛酷な因襲に抗い宿命の恋に全てを賭けた半生を描く。

山崎豊子著　ムッシュ・クラタ

フランスかぶれと見られていた新聞人が戦場で示したダンディな強靭さを描いた表題作など、鋭い人間観察に裏打ちされた中・短編集。

三浦しをん著
秘密の花園
それぞれに「秘めごと」を抱える三人の女子高生。「私」が求めたことは——痛みを知ってなお輝く強靭な魂を描く、記念碑的青春小説。

三浦しをん著
私が語りはじめた彼は
大学教授・村川融をめぐる女、男、妻、娘、息子……それぞれの「私」は彼に何を求めたのか。人間関係の危うさをあぶり出す、連作長編。

三浦しをん著
風が強く吹いている
目指せ、箱根駅伝。風を感じながら、たすき繋いで、走り抜け！「速く」ではなく「強く」——純度100パーセントの疾走青春小説。

林 真理子著
花探し
男に磨き上げられた愛人のプロ・舞衣子が求める新しい「男」とは。一流レストラン、秘密の館、ホテルで繰り広げられる官能と欲望の宴。

林 真理子著
アッコちゃんの時代
若さと美貌で、金持ちや有名人を次々に虜にし、伝説となった女。日本が最も華やかだった時代を背景に展開する煌びやかな恋愛小説。

林 真理子著
愉楽にて
家柄、資産、知性。すべてに恵まれた上流階級の男たちの、優雅にして淫蕩な恋愛遊戯の果ては。美しくスキャンダラスな傑作長編。

有吉佐和子著

紀ノ川

小さな流れを呑みこんで大きな川となる紀ノ川に託して、明治・大正・昭和の三代にわたる女の系譜を、和歌山の素封家を舞台に辿る。

有吉佐和子著

華岡青洲の妻

女流文学賞受賞

世界最初の麻酔による外科手術――人体実験に進んで身を捧げる嫁姑のすさまじい愛の葛藤……江戸時代の世界的外科医の生涯を描く。

有吉佐和子著

悪女について

醜聞にまみれて死んだ美貌の女実業家富小路公子。男社会を逆手にとって、しかも男たちを魅了しながら豪奢に悪を愉しんだ女の一生。

三浦綾子著

泥流地帯

大正十五年五月、十勝岳大噴火。家も学校も恋も夢も、泥流が一気に押し流す。懸命に生きる兄弟を通して人生の試練とは何かを問う。

三浦綾子著

細川ガラシャ夫人（上・下）

戦乱の世にあって、信仰と貞節に殉じた悲劇の女細川ガラシャ夫人。清らかにして熾烈なその生涯を描き出す、著者初の歴史小説。

三浦綾子著

千利休とその妻たち（上・下）

武力がすべてを支配した戦国時代、茶の湯に生涯を捧げた千利休。信仰に生きたその妻おりきとの清らかな愛を描く感動の歴史ロマン。

田辺聖子著　文車日記

古典の中から、著者が長年いつくしんできた作品の数々を、わかりやすく紹介し、そこに展開された人々のドラマを語るエッセイ集。

田辺聖子著　新源氏物語（上・中・下）

平安の宮廷で華麗に繰り広げられた光源氏の愛と葛藤の物語を、新鮮な感覚で「現代」のよみものとして、甦らせた大ロマン長編。

田辺聖子著　田辺聖子の古典まんだら（上・下）

古典ほど面白いものはない！『古事記』『万葉集』から平安文学、江戸文学……。古典をこよなく愛する著者が、その魅力を語り尽す。

瀬戸内寂聴著　夏の終り　女流文学賞受賞

妻子ある男との生活に疲れ果て、年下の男との激しい愛欲にも充たされぬ女……女の業を新鮮な感覚と大胆な手法で描き出す連作5編。

瀬戸内寂聴著　場所　野間文芸賞受賞

「三鷹下連雀」「塔ノ沢」「西荻窪」「本郷壱岐坂」…。五十余年の作家生活で遍歴した土地を再訪し、過去を再構築した「私小説」。

瀬戸内寂聴著　秘花

能の大成者・世阿弥が佐渡へ流されたのは七十二歳の時。彼は何を思い、どのような死を迎えたのか。世阿弥の晩年の謎を描く大作。

お家《いえ》さん（上）

新潮文庫　た－51－7

平成二十二年九月一日発行
令和五年七月十五日十一刷

著者　玉《たま》岡《おか》かおる

発行者　佐藤隆信

発行所　株式会社新潮社

郵便番号　一六二―八七一一
東京都新宿区矢来町七一
電話　編集部(〇三)三二六六―五四四〇
　　　読者係(〇三)三二六六―五一一一
https://www.shinchosha.co.jp

価格はカバーに表示してあります。

乱丁・落丁本は、ご面倒ですが小社読者係宛ご送付ください。送料小社負担にてお取替えいたします。

印刷・錦明印刷株式会社　製本・株式会社植木製本所

ISBN978-4-10-129617-3 C0193